雪落家山

杨俊文 著

春风文艺出版社
·沈阳·

图书在版编目（CIP）数据

雪落家山 / 杨俊文著 . -- 沈阳：春风文艺出版社，2025.1.-- ISBN 978-7-5313-6864-9

Ⅰ．I267.1

中国国家版本馆CIP数据核字第2024W8V300号

春风文艺出版社出版发行

沈阳市和平区十一纬路25号　邮编：110003

辽宁新华印务有限公司印刷

责任编辑：王晓娣　韩 喆		**责任校对**：陈 杰	
封面设计：八牛工作室		**摄　　影**：马俊儒	
印制统筹：刘　成		**幅面尺寸**：142mm × 210mm	
字　　数：205千字		印　　张：9.75	
版　　次：2025年1月第1版		印　　次：2025年1月第1次	
书　　号：ISBN 978-7-5313-6864-9			
定　　价：49.00元			

版权专有　侵权必究　举报电话：024-23284292
如有质量问题，请拨打电话：024-23284384

人的回忆颇似天国的炼狱,往事在回忆之中成为已经去掉愚昧无知的清明思想而复苏过来。

——赫尔岑

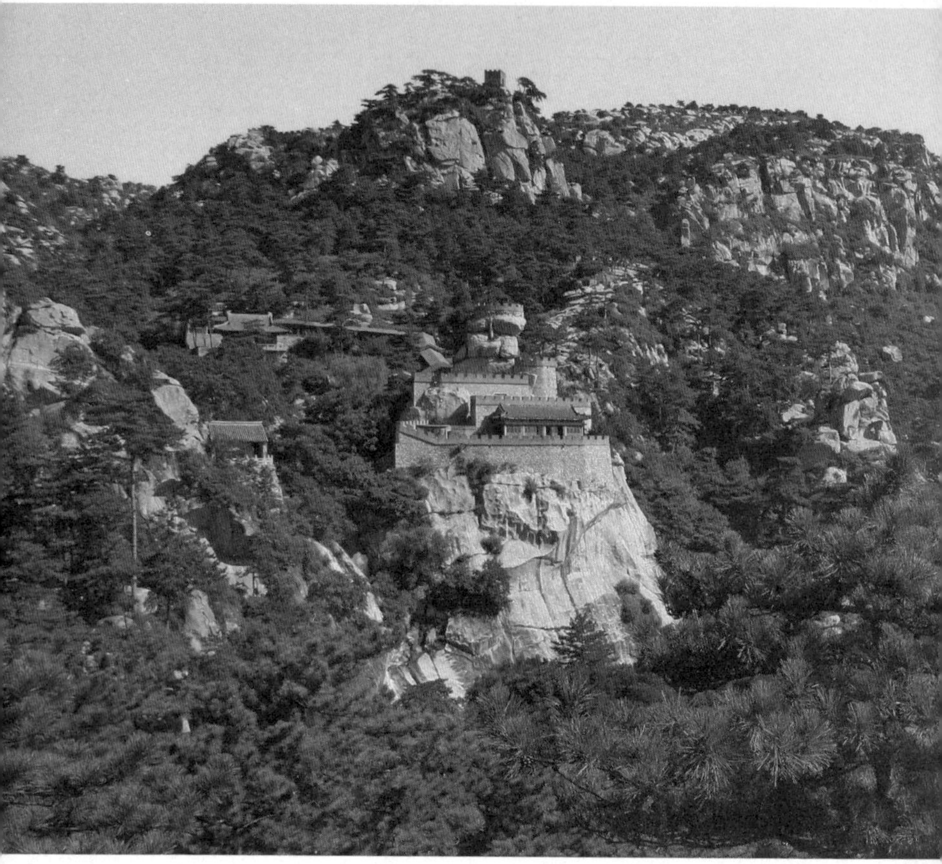

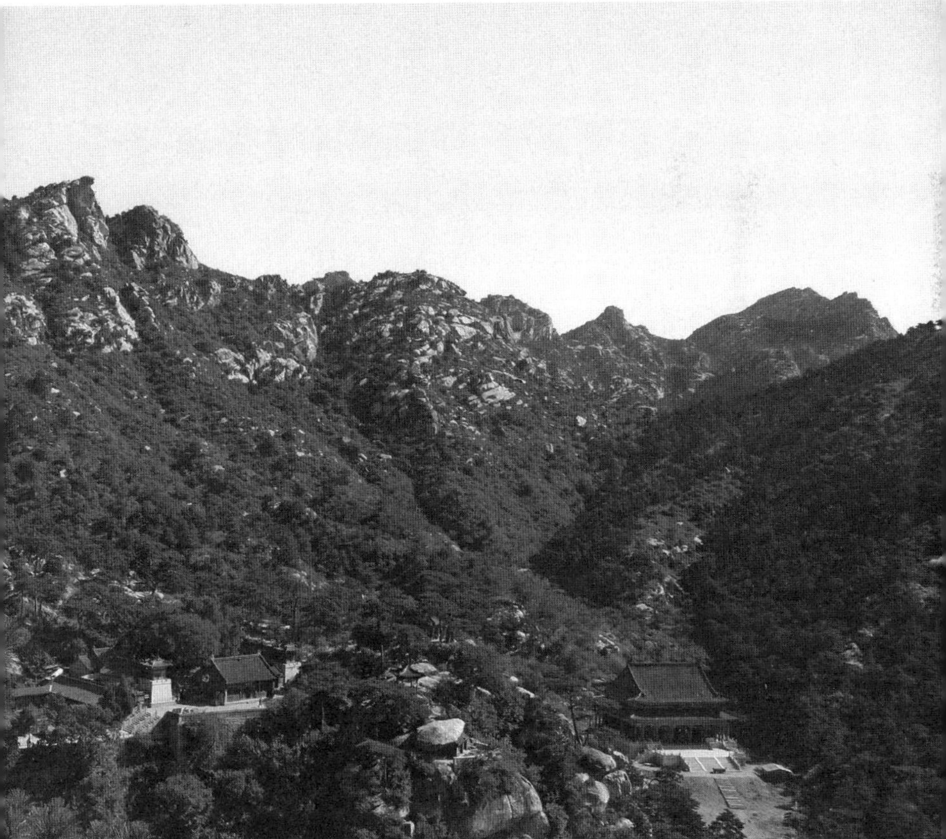

为故乡书写（代序）

时间总是在你得意之后，再把遗憾送给你。

我原以为，在我的文字里，《风过医巫闾》是对故乡饱蘸深情的书写，书中的人物和往事该是永远鲜活的存在。某一天，当我再次读它的时候，细细品味托尔斯泰的"写你的村庄，你就写了世界"的真正含义，发现我的写作是在特定空间里的追忆与遥望，而对壮镇堡的诸多叙事，还是缺少捭阖的气象，村庄里的人物也不足以透视出一个独特的人格群体。

对任何一位作家而言，故乡都是文学的沃土，尤为童年记忆中的故乡，更是永不枯竭的创作源泉。一个人的故乡一经文字的浸淬，故乡的地理概念便会超越时空，延展到读者的心灵深处，进而形成共同的认知与情绪，其文学的意义也便随之而生。所以为故乡书写，一直是我的写作方向。正如马克·吐温对自己的故乡汉尼拔所说的那样——"那是我生命开始的地方，也是我心中永远的家。"故乡的一棵树、一条溪、一座庙宇、一处峭壁、一片白云、一阵山风，都会因藏匿其中的悲欢，激起我的写作欲望。

我想，弥补一部作品的缺憾，没有必要再做文字的填充，因为任何量的增高都无法取代质的提升。在《雪落家山》的写作过程中，我一边重新打量脚下的土地，一边试着从遥望的姿态迈开双脚，走向医巫闾山的广大地区，并以更加审视的目光，重新看待我要书写的一切。对名不见经传的普通人命运的思索，对土地上的多维生存状态的寻味，对远去的陈年旧事的追怀，对废墟中残砖片瓦的遥想，对山形地貌和植物的端详，我发现所有的人和事物，都在表象之下蕴藉着丰富的文学元素。大山和古城里的老者、商贩、驮夫、艺人、香客、僧侣……其中的悲苦、抗争、友善和人性，包括一切无奈与期冀，一切不幸与大幸，都为这方独特的水土和个性鲜活的人群做出生动演绎。即使是早已荒落凋敝的地方，或是被岁月掩埋的往事，也会因内心的感动变得极不寻常。

对故乡情感的自然流淌，往往会以赞美为基点展开叙事。而我对故乡的赞美，却少了慷慨激昂的引吭高歌，而多了发自肺腑的慨然叹息。我爱故乡，一如游子爱年迈的母亲，为她曾经的苦难感到心痛，更为她今天的境况牵挂不已。越是爱得深沉，赞美便远不是触景生情一类的抒怀。因此，我在这书里没有纵情的放歌，也没有激烈的狂欢似的掌声。书中的多数篇什，似乎都有因消逝而生的慨叹，因困苦而生的哀怜，因坚忍而生的感佩。每一次怀想，总会让我吃力地探究，而探究的结果又禁不住心生忧思。我的文字没有语言风格的统一，也没有篇章文体的一致，全然是情之所至、思之所得的叙述。

也许有读者会说，《雪落家山》缺少阳光的明亮，或者以为它所表现的情绪多了几分忧伤。其实，忧伤是在感悟中才有的一种情怀，我对故乡山川的敬畏和对故乡人命运的关切恰恰由此而生，并成为我为之表达深情的另一种方式。这也是我对这本书些微的自诩之处。

医巫闾山作为文学的富矿，仅凭我微薄的笔力，只能开采出它的铢两分寸，难以穿透它承载的文化和精神厚度。我只是对一些人、一些过往做了深入的访谈，还有更多的人和事物包括历史遗存，依然在那里大放光彩。我的书写不过是拾取了一束光，以此让读者顺着它投射过来的方向望去，看到岁月远去的踪迹，听到历史脚步的回声，感受到山民的爱恨情仇。至于是否能有这样的阅读效应，我还是心怀忐忑，无法做出准确的预判。但我已经为此尽力了。

目　录

1　出　生　地
18　卷柏的形态
25　石　与　松
32　叙事九则
55　雪落家山
70　一个老人的古城
82　卖　香　人
90　千家寨开满白花
101　消逝的城堡
110　万年松死讯
119　驮夫和驴
128　货　郎　王
137　魔法的背面

145　采　药　师

153　一堵土墙的豁口

159　锔匠之死

165　记录一个女人

171　月光下的说客

178　流泪的雪人

187　一棵树的信徒

197　护林故事

211　土地的逆子

232　最后的面茶

243　云里生意

255　站在田埂的边缘

261　鸡东子小传

282　植物寻访随笔

出 生 地

一

我的第一声啼哭,惊飞了山林中所有的鸟儿,一片聒噪在灰白驳杂的险崖上稍作停留,旋即被弹回到歪斜着两株老梨树的院落。

接连下了三天三夜的雨骤然停歇,午后申时的阳光,从西南凹陷的山体之外,猛烈照射在纸窗下的几片玻璃上。山腰一块巨石,在那里稳坐了千万年,却在我的啼哭声里,带着闷雷似的轰鸣滚落下来,把临窗的一株梨树砸去多半个身躯,玻璃窗全部化为晶莹的碎片,在我的身体之上疾速飞旋。一只皮毛如雪的狐狸,端坐在巨石之上,嘴角微笑着朝屋子里眺望,瞬间便不见了。房后的井里水花喷涌。水井本该打在青龙位,在房子的东方,但风水先生说,这里的东方位枯水,青龙只有在

北方，才能身入水中。祖父为此与风水先生争得面红耳赤。平日里的井水，距离井口有十多米高。此时井水不住地漫过井口，向北面的溪流奔涌而去。

接生婆端起为我洗过血污的水盆，疾速跑出门去，把盆里的水均匀地洒向房子的四周，随即站在院子中央，仰面朝天，高举双臂，嘴唇一阵翕动。她是外祖父懂巫术的胞姐。

她到死没说这场景出现的缘由，也没说她的行为究竟为了什么。

这让母亲疑惑一生。听母亲讲述，我刚满十岁，比母亲更匪夷所思。

那天，祖父从山下萨满家里跑着回来，面对横卧眼前的巨石和破碎的窗户，竟然视而不见。因为萨满对他说，他的孙子已经出生。

我以啼哭证明我的肺部开始呼吸。山里的空气清甜得有些浓郁，拌和着就要熟透的苹果、梨和葡萄的味道。但我嗅不到，只是啼哭，啼哭在所有的声音之上。鸟群里数不清的灰喜鹊，拖着长长的尾巴，栖满未被石头捣毁的另一株树上，它们叫得金声玉振。母亲说她第一次看到喜鹊汇成如此庞大的队伍。

当我有了模糊的思考，以至于后来有了辨析的能力，我依然无法看清隐潜其中的玄秘。树木、飞鸟、峭壁和石头，以及奔泻而来的阳光，都与医巫闾山浑然一体。这本是确信无疑的自然的存在，可为什么在我出生的一刻，却上演了使屋子里的人都为之惊恐的一幕。山下的萨满说，雨停日出，阳光照耀，众鸟和鸣，这是喜庆的景象，大吉。母亲问他，巨石险些砸碎屋顶，作何解释？萨满欲言又止。白狐狸为什么笑着看人，目光里却充满诡异？萨满上下翻动着眼球，笑了，表情像白狐狸。后来，我以为萨满没有说出来的话，一定是凶兆之类。这样一分析，便是吉凶兼有。萨满竟然也模棱两可，面对没有谜底的谜团，他就以最终的谜团敷衍了事。其实，没有再继续猜想的必要。

3

相传虞舜时，医巫闾山①就被封为北方幽州的镇山，周时又是"五岳五镇"之一，早就被人奉为山神。这当然是我在很久之后才知道的史话。所以无须多言，山神的目光对身如蝼蚁的生命，无异于对身下无际的草木。那个场景与我坠地有关的牵强附会的奇思妙想，显得多么滑稽可笑。活到了白发苍颜，我还是个凡夫俗子。要么，就是愧对了山神不经意的偶然一瞥。但这想象属于虚无。

这有什么值得思考呢！在山里人的眼中，事物的因果之间隔着一座大山，看不见它们彼此早已紧紧牵手一起。有些机缘巧合的现象，只是巧合而已，一如有土壤、雨水和阳光，就有草木的生长；有山体的康健滋润，就有泉水流淌不息。我的啼哭，确切地说，是在我啼哭或是没有啼哭的时候，那些应该发生的事情，也会如期而至，只是那只狐狸在嘴角和眉眼之间流露的表情，使我不得其解，并以为它不是狐狸。

二

我的哭声萦绕在祖父的耳际，他已经走在清晨的荒径上了。这是牧羊人早出晚归的路线。沿着这条小路可以直接翻过一道梁，再向北折到青岩寺的山脚下，不到两公里的距离。村里的信众去寺院上香，走的都是这条小路。

---

① 地处辽宁省锦州市境内，简称闾山，为阴山山脉分支。

他要去寺院，找和尚为我起名。

和尚俗家就在本村，儿时是祖父的伙伴。他的父亲在讨饭时，被疯狗咬伤，不久就死了。母亲丢下十五岁的他和姐姐，改嫁去了关内。一天夜里，他的父亲给他托梦，告诉他在成人之前必须皈依佛门，而且要身在千里之外，否则死后要轮入饿鬼道。他已经是饿鬼了，经常在村子里乞讨。他乞讨用的瓷碗，是父亲的遗产，碗边的几处豁口，使原有的一圈蓝边纹变得模糊不清。祖父对他好，多次从家里拿出好吃的送他。村子里的每一条狗都与他亲近。这一夜，他的父亲用粗壮的手指，把他的脑袋敲得嗡嗡作响。他大汗淋漓，从土炕上一跃而起。他恐惧讨饭，不想当饿鬼，并恐惧所有的狗，天亮便悄悄出村了。他从五台山回到青岩寺时，已经过了四十岁。

当他身披袈裟，端坐在青岩寺下院的殿堂里，身边缭绕着香火，神态有了几分庄严。祖

父以当年伙伴式的动作,给他的肩膀一个拳头。他双目紧闭:"阿弥陀佛——"祖父没有怨恨,以为他修习正命并有法身了,转过身去对着弥勒佛像,丢下两块大洋。

有一天,和尚竟然踏着月光,穿一身素装,叩开祖父的家门,告诉祖父说,杨园子马上要分给穷人。祖父的父亲积攒的家业里,果园名气不小,本地和周边一带都称之为"杨园子"。我不知道那园子有多少亩,果树有多少株,只知道都是梨树,大都是鸭梨和白梨,也有花盖梨和香水梨。秋天,运梨的畜力车,排成一条长龙去往县城。祖父描绘那场景时眉飞色舞。

杨园子真的要分啦?祖父看着和尚。和尚说这消息千真万确,是当官儿的在青岩寺下院秘密开会时说的。祖父说,听官儿的。"阿弥陀佛!善哉善哉!"和尚旋即被月光淹没。

没过几天,杨园子不属于祖父和他的四个弟弟,但人们对杨园子的称呼没有改变。

祖父常去看望和尚,但不叫他小时候那个难听的绰号,恭恭敬敬地叫他法号善宽。他目光闪闪,对祖父双手合十。这天,祖父说明来意,和尚光滑圆润的下巴,向上提了一下。他的意思是,你怎么不能给你的孙子起个名字呢!祖父真的很难为我找到合适的名字,以寄托他的所愿所望。村里人抬眼看见什么,名字里就有什么,抬眼一望都是山,所以名字就被山包围着,喜山,宝山,泽山,庆山,怀山,向山,乐山,忠山,奇山……一家五个孩子,各带峰、林、石、树、松字,后面还要有个山字。老少爷们儿之间，像是山与山相连。

祖父的想法是让我与他们切断联系，长大后与山一刀两断，到山之外的地方，起码到县城里去做事。他事先给我起了几个名字，即便与山无关，也都觉得空洞，无法预示我将来一定要成为城里人。和尚问过我的长相，先说出个"俊"字。这并不是祖父想要的。人的丑俊与命运有多少关系呢？和尚知道祖父的心思，两眼微闭，轻轻捻动手持的佛珠，半响又说出个"文"字。他把前后两个字加起来，组成了我的名字。他似乎不懂五行，虽然问了我出生的时辰，但我的命里缺少什么，他却说不清楚，最后也没有说出"文"的含义，只是说申时出生正合申猴，山下火命，便再不作声。

祖父面露悦色，似乎看出独子的父亲，不仅续燃了一炷香火，而且孙辈有了才貌双全、走出大山的运势。他于是爬向青岩寺上院。上院在高高山壁的缝隙中，上边有一个石洞，里面供奉一尊菩萨石像，与真人比例相仿。她歪头端坐，故称"歪脖老母"，当地人只称之为"老母"。我牵着姥姥的衣襟，第一次见到她时，一群人正在浓烈的香火里朝她跪地叩首。而祖父朝她连叩三个响头，整整早于我十年。这完全是因为我刚刚有了名字，且又担忧我的名字的寓意将来不是我。他许下的愿，让老母很犯难，刚点燃的三炷香，瞬间就灭了。一股山风钻进洞里，把香炉里的灰烬掀起来，祖父顿时满头白发。

我对这些故事不以为然，尽管祖父讲的不止一次。

和尚成了青岩寺唯一的和尚。那年春天，他脸色灰暗，瘦弱不堪，从下院走到村头的老榆树下，双腿盘坐，默诵真言。在觅食的人群中，他还是抢先一步，把榆树干上残留的一截树皮，用镰刀刮得干干净净。榆树皮是那个年月的一种粮食。和尚由此转身，没了踪影。三年后的一天，他又穿上袈裟，在老母身边闭目诵经了。

三

我的思索走到尽头，尽头便是那座大山。当我的目光拨去游离，那只有半个身躯的老梨树彻底死去，我就看清了大山高耸与起伏的形态。虽然它把我出生的院落挤压得微不可见，但我会以它巍峨为傲。我的目光很不灵活，丈量不出它的长度和宽度。于是，我只能站在我以为的山顶上，看到它从东北向西南舒展的身躯。看它丰腴的体态和滋养万物的本能，我能断定它是母性的。我的生命在山里孕育成熟，在大山的怀里啼哭，后来所知的一切都在山里发生，所以我学会了比喻，说我是大山之子。尽管母亲不喜欢这个比喻。

外地人都叫它医巫闾山，医巫闾山一带的人叫它闾山，而我和他们不同，认为叫它家山才恰如其分。家山既指故乡，又说明故乡有山。在我的心智开始成熟时，常以炫耀的口气，对那些性情高傲的城里人，为我的出生地做出解释，丝毫没有忧谗畏讥的心理。尽管我的说法，在他们看来近于幼稚。一个出生在大山里的人，确实没有炫耀的资本，任何幽闭、空寂、贫苦，行走的盘曲和房屋朝向对山势的屈从，以及樵夫、牧人、鸣叫在陡壁上的带着胡子的山羊,不会引起他们的兴趣。而他们对我的冷漠,进而表现出的对一座大山的轻慢,早就使我心生厌恶。我就是山里人,城里人怎么就可以高人一等呢!我刚生出这个疑问,又马上觉得懊悔,仿佛就要遭到祖父声嘶力竭的一阵痛骂。后来我佯装仰羡城里人,但我从不以山的萧然去烘衬城里的繁华。

此前,我只知道家和山的亲密关系,家在山里,山在门前,在房前房后,山与家相携相依。我并不抱怨我的视力,不抱怨获得生理的改变晚于好多同伴。其实,村庄的位置还在原地,只是多了几户人家,使村庄的边缘有了不规则的延展,但村庄的整体完全敞向东方。而且我家的房子,躲过了西南的一座峰峦,倚靠在山脚上方的缓坡处。它也许是医巫闾山东麓的所有人家中,坐落位置最高的一所房子。祖父说,能建这座房子,是他响应上级号召,换来了对他的宽大政策。在果园和房产分给村里人之后,同意划给他这块可建四间房子的宅基地。尽管无法获得坐北朝南的风水,但终究没有从兴旺骤然滑入寂灭。房子的南面,恰巧还有杨园子散落在外的十几株果树,也一并划给了祖父。这在当地是很破例的事情,引起曾与祖父比肩大户的不满,还上书到县里。但祖父的房屋依然在那里,没有任何改变。

记不清是在仲秋的哪个早晨,在我还没有睡醒时候,就被反射在窗台上一个小镜子里的带着声响的光线,牵住我的头颅,直至把我拖出门外。这感觉很梦幻,我怀疑自己根本就没有起身，或者说就在一个长梦的某个情节里。一阵尖利的锣鼓声，在晨光里乍响，响声填平了大小沟壑。我叫她三姑的周家女人，要嫁到地处平原的远外祖父的村庄。迎亲的和送三姑的人，加在一起构不成像样的队伍，偶尔有并不响脆的鞭炮声，在三姑的头顶上绽放一朵朵蓝烟。三姑没有坐轿，陡峭的山路会把轿厢里的三姑冲出轿外。她被人搀扶着，像是不会走路，通红的身影向下顿滞地滑动。她的身后有几个与她要好的未婚男子。远房的二叔也在其中，走着走着，他停了下来，爬上一座覆满蒿草的石头墙上，然后蹲在那里一动不动，像一只就要振翅捕获食物的鹰，但除了伸颈张望，这鹰却呆若木鸡。随着向下滑动的红点点在他眼里完全消失，他跌落在墙下草丛之中。

我问母亲，周家三姑为啥不嫁给山里的男人？母亲说，平

原有好多庄稼。我说，那你不喜欢庄稼？母亲看着父亲，父亲扭过头去，把目光移到杨园子的尽头。我的提问没有结果，说明我的大脑还没发育成熟。但一个问题在脑子里产生了：嫁人和庄稼有什么关系呢？山里的果树长水果，平原的土地长庄稼，大山与平原也分孰优孰劣？后来，看到几辆送公粮的马车，在饱满的麻袋上面，坐着打着红旗的种粮人，才知道吃返销粮是很不光彩的事。山里的果子由集体卖给国家，国家把粮食返销给山里人，等于用水果换粮食。而粮食与水果相比，粮食的身份高于一切。这一点，我是在姨母的脸上看到的。她来到我家时，满脸像注满了灰色的液体，肿胀得马上要崩裂开来。如果看不到她跛脚的走姿，我根本认不出她是谁。母亲说因为断粮，她每天吃一种叫不出名字的野菜，野菜地里有许多毒蛇，毒蛇喜欢用它的长舌，舔舐野菜的叶子，所以野菜就充满了强烈的毒性。

从此，我对山下不远处的平原，开始有了瞭望的自觉，几个早晨向着阳光扑来的方向望去。山下有一条河流，它从我家后山的一条深壑里流出来，经过二十华里的奔跑，把山下几个村庄缠绕一起，挽住了包括外祖父村庄在内的广大平原，使山林和土地温婉地同和，并形成了空间的对比。大山以平原见其高耸，平原以大山显其坦阔。阳光明亮的时候，河水反射的光线坚硬而剔透。大地呈现出红晕和微黄的色彩，告诉人们高粱和玉米已经接近成熟。这只是一种地理的对比，但我开始意识到这种对比的意义有些不同寻常。我的视线还是被大山封堵，无法知道大山西麓的模样，只能想象山西与山东没有区别。

四

　　记不清是听谁说的，出生地与命运有不解之缘。这就等于说，我的命运与那座山密不可分。地灵才有人杰。我当然想做人杰，能否走此鸿运，那就要看家山是否灵秀了。这促使我必须抛开空间概念，把家山看得高于平原，高于比它高的所有的山。后来，我为自己的想法感到可笑。

　　家山的灵秀当然毋庸置疑。平原所有的鸟都是从山里飞去的。一片又一片蓊郁的山林，让天上的雨水不得不频频亲吻这方土地。平原上的水流，源头就在山里。我想，那些很少吃到水果的人，应该羡慕山里人。我说山里人当然也是在说自己，因为家山的水果，会让我唾手可得，从不会让我空空地垂涎欲滴。

　　"当大山里的果农，用装满一个驴车的白梨、鸭梨、麻梨、秋子梨、雪花梨、山楂，在壮镇堡仅仅换回一袋玉米和半袋高粱，人们对庄稼的亲近便如父母亲于子女，荒漠亲于绿洲。"我在《风过医巫闾》一书中写的这段话，是我离开出生地，到了外祖父家里生活，才知道水果和粮食两种食物的本质区别，知道地里长出的庄稼，对于饥饿的人群意味着什么。当我和大山相拥一起的时候，并没有认为庄稼有什么了不起，因为那时我不知道饥饿会悄无声息地结束人的生命。

为了我出生地的荣誉，我逐渐学会拉伸视线。从青岩寺的香火，到附近的几座庙宇，还有我见过的和尚和道士，都是用来讲述我的出生地不同于或远远强于别人出生地的理由。缠绕在山崖上的云雾，从石缝里钻出来的松柏，以及平原没有的花草，都成为我的出生地，使我的神经产生兴奋。这无非是说，我不同于他人或胜过他人，带有上天的、他人无法比拟的属性。但对于这些，外祖父村庄的伙伴们，神情都表现得很木讷，因为他们的兴趣在身边的城堡，因为他们的房子，都在明朝辽东总兵李成梁当年为囤积军需粮草下令修建的城堡里。我倒觉得城堡并不新奇，它早已残破不堪，如垂危的老者，正要咽下最后一口气。我很快知道，他们亲近的不是城堡，而是城堡脱去外衣，露出腐烂的骨肉之后，长出的葳蕤的草木。其实也不是亲近草木，而是草木引来的无数只鸟儿。我说，所有的鸟都是大山里飞来的，伙伴们不以为然，他们说就是天上飞来的，与大山没有关系。我虽然以沉默回答他们的说法，但因为没有给出生地争得荣光，心里总是郁郁寡欢。城堡是废墟的模样，大人们偶尔提起它的身世，孩子们却不以为然。李成梁根本没有常来村里卖糖葫芦的胡子爷亲近，他会让孩子们的眼睛一亮。

当一个春天来临，我误闯进城堡南面的老爷庙时，发现正殿里香烟袅袅，外祖母和几位我称她们为舅妈和大姨老姨的人，正跪在关公像前，每个人双手合十，嘴里叨咕着什么，似乎和祖父在老母面前的情形相一致。关老爷和老母谁的神通大，孩子们不会比较。外祖母看见了我，起身向我走来，伸出手便按我的头。我跪下，头也顺势垂下。我偷窥身边的人，我的姿势和她们完全一样。但我的嘴唇紧闭，因为我无话可说。这或许叫作什么活动的仪式过后，她们走出庙宇，来到东侧一个很小的院子。看得出来，他是和尚，他在看她们往一个破旧的铜盆里投放钱币。每一枚投到铜盆里，发出如一只蜜蜂飞过的轻音。外祖母突然回头，示意我到她身边。之前她与和尚有过几句交流。外祖母让我给和尚叩头，和尚急忙扶我起来："一切随缘，一切随缘！阿弥陀佛！"外祖母的手把我的耳朵向上拉起，我感觉到了疼痛。我哪知道，为我起名的和尚竟然是他，于是我向他注目很久。他转身走向寮房，头顶闪着一束光。后来听说，壮镇堡还有二十亩属于青岩寺的地产，这位和尚是这块地产的看管者。没过多久，我在路上看到他的时候，他的身体模糊在他脚下荡起的沙尘里，而且再没有真实地浮现在我的眼前。

  我还是常常向大山遥望，试图找出让许多人的出生地不可企及的部分。这对我来说，似乎并不费什么力气，只是有些故事让我听得没有一点新意。比如，村里说大鼓书的光头盲人，说发生在医巫闾山西麓有个惊天动地的事件：黄帝之孙颛顼帝，率兵东征讨伐夷族，当行至医巫闾山时，为此山之秀所倾倒，全军即刻匍匐在地，叩首祭拜。他死后竟然葬在此山，九个妃子也随之葬于此地……光头盲人的眼睛，用力向上翻动，两道细白的光亮，忽隐忽现，像是远古里残留下来的一丝光影。他的话是真是假，我从来不去在意，只觉得这古老的传说，把我的家山说得更具山神的身份。

但山神在远处横亘，沉默无语。后来，在村头的老槐树下，我知道它为什么无话可说，知道那位和尚为什么不再现身。青岩寺的老母被几个年轻人，从它端坐的莲花座上推倒，然后滚落到悬崖之下。有人说听到了老母的吼声，那吼声最初充满凄厉，继而是低落的雷鸣，一道闪电的白光，留在寺庙的上空，直到太阳出来才消逝。据说，一个道观里的太上老君和土地公，被砸倒后拖到三门殿外，道长在夜里举着火把匆匆逃离，次日有人发现他"羽化"在山下的水塘里。远处北镇庙里的石碑，随医巫闾山那些庙宇的倒塌声，碎裂得面目全非。古城墙的青砖，几天时间便飞落满城。在一场秋风里，我看到老爷庙火光冲天，乌鸦在上空哀鸣盘旋，庙宇轰然倒塌。我的哭声好久没有停歇。

出生地在我的眼前，被伸自于诡秘之处的无形的手，就那么肆意地驱遣、撕剥，直至把它彻底捣碎为止。我对出生地的不幸守口如瓶，又一想，也不是为它保守秘密，因为那时我没有长出保密的头脑。也许好多人和我一样，最初对一种现象的麻木，是因为周身所有的神经都已经锈死，当到了某一天，知道自己麻木，并被自己诅咒千遍万遍之后，才发现都在同一天做了同样的事情。我不知道那些情形是否应该发生，一如我不知道那些消逝，为什么会给当下的人带来仇恨，更不懂岁月的行走在遭遇猛烈的阻击之后，岁月里的人却为什么会有看客一

样的目光。

　　我也是个看客，目不转睛地看着出生地发生的一切。

　　一代又一代的人走远了，再不会回来。他们究竟遭遇了什么，那些原本数不尽的寺庙、宫观、佛塔、城堡，为什么在同一时间里倾塌？光头的僧人和胡须飘飘的道士，又是怀着怎样的心情告别这方水土？

　　我思考的浅薄，犹如我拼力翘首，也达不到大人们目光企及的高度。我能想到这些，已经使我煞费苦心。我的脑筋有所灵活，是在对"历史"二字刚刚认识之后。过去的才有可能成为历史，而历史恰恰在消失中存活。历史是活着的死者。所以我渐渐发现，所有的消失依然处于生命的状态，有血脉偾张，有清晰的足音，还有悠长而带着节奏和气味的回响。这种思考的结果，使我迅速摆脱了沮丧，并以为历史不因它有无遗存而存在。

大山之外多彩的生活使故乡变得贫瘠而单一，而正是外部世界的纷乱繁杂，才显得故乡成为纯净的存在，而这贫瘠也是一种圣洁。

出生地是我的前世，它拥有的一切，是我的基因，默不作声地在我的身体里潜伏，张望，我每一次对自己对别人对世界的行动，都有它的期许和力量。

我的出生地无论如何都令我炫耀不已。

卷柏的形态

最初认识卷柏,是在我家乡的后山,山里人都叫它"佛手"。我看到它时,虽不懂这一植物有何寓意,但看它长在寺庙旁的山岩上,确有手的样式,便以为它与佛有着某种联系。

童年时,在舅舅的婚宴上遇有一道菜,叫佛手白菜。后来知道,这道菜的做法也不复杂:白菜去掉叶子,选嫩的菜帮,开水焯过后,切四五厘米长段,用刀划四道,敷上拌好的肉馅,然后折叠,在一端轻轻挤压,置于深盘或碗中,上屉蒸十几分钟,佛手白菜就做好了。当时,一听这道菜的名称,就想起寺庙里如来佛一双宽厚的手,右手在胸前,左手微微抬起,所以不敢伸筷去夹。大人夹菜给我,吃了,挺香。后来,一到寺庙,看见佛像的手,就想起佛手白菜,当然也会想起岩壁上的佛手。

原以为,只有我家后山上有佛手,或者是有寺庙的地方才有。之所以叫佛手，而不叫别的什么手，怕是因为佛能普度众生。佛手玄妙空灵，有救人于苦难的法力。细思忖，像是合乎情理。佛手也是药材，具有化瘀止血、通利经脉的功效，山里人常常用它解除病患。有一年秋天，邻里赵六子上树摘梨，不小心从树上掉下来，摔得鼻孔流血。他父亲到寺庙的石壁上，采来佛手，煮水给他喝，没过几天，伤病就好了。村里有跌打损伤的，把晾干的佛手研成粉末，再掺些酒敷到伤处，很快就能消肿。可见，佛手并非一般之草。

不知从哪一天起，寺庙大殿外的一块青石板上，总是整齐地摆放着佛手，意思是到这里的人，都可以取一点用。佛手都是法师和弟子们采来的，边晾晒边等着有人来取。寺庙坐落在岩壁上的一处平台，平台下方耸立几株苍松，东南两侧长满了

一丛又一丛的佛手。法师每天在贴近佛手的平台上，微闭双目晒太阳，偶尔挥挥手，嘴唇一阵翕动，如做一种法事，似乎那些佛手是被法师开过光的。

清晨，佛殿里的木鱼声和诵经声缠绕在一起，像一股轻柔的流水，从佛堂里漫溢出来，漫过了佛手，佛手便添了一层新绿，精神好不抖擞。傍晚的经声，比清晨的轻缓许多，为氤氲到暮色里的佛手，贮满了超人的灵性。山里阒静无声，月光如水，佛手沐浴在水中，像是沉浸于参禅，它与月亮的对话，到黎明才算停歇，都是关于水的话题。

事实上，与所有植物一样，佛手的生长更需要水。但阳光和水从来没有配合的默契，一连多天的烈日之下，佛手的绿色消退了。没有水润的佛手，便会陷入沉默和思考。它的思考不外乎一种渴望，渴望得到水的滋养，而水却在遥远的云里，或在另一座山的南面。此时，它表现出强烈的自尊，不再固执于一种依赖，而是决然拔地而起，把自己的根，从僵硬而稀薄的土壤里抽出来，并用全身的气力，把自己缩成一个坚韧的拳头。它不是在表达对泥土的怨愤，也没有人类的忧愁、孤傲和沮丧，只是以这样的形态，等待一场风的到来。

风来了，它开始随风游走。它唯一的期待，是风把它带到有水的地方，只要有了水，有了不多的土，它就可以活下去。抱着这个信念，它任凭风的摆布，在谷壑，在空中，在丛林之上。终于，它找到了水的滋润。这感觉让它变得爽快，便重新把根扎入土壤，随后锯齿状的叶片就展露出来了。那叶子如它的护身，为它剪断了烦忧和悲伤的一次次袭扰。当它再次遇到上述情形，它依然选择与风同行，直至找到水为止。

由此可见，佛手是魔幻的植物，魔幻中充满了苦涩的现实主义，现实得有水即荣，无水即枯，但它绝不会因枯而死，总能在生死的边界线上，归于生的一边。写到这里，不能不想到一些人。比如，漂泊不定的祖辈，还有裸着脊背、在骄阳烘烤之下的父亲。家乡人的祖籍大都在山东，在那个如同卷柏无水般的断粮年月，祖辈们携全家老小，推车挑担，来到医巫闾山脚下。之后，几经战乱、匪祸、灾荒、饥饿，他们都一直挺起腰板，代代生生不息。山腰的松林，掩映一片坟茔，坟茔里长眠着这里的先人。他们来到这里的时候，山脚下无路可走，也没有多少人走路。多少年过去了，他们的后人，形成了一支浩大的山民队伍，年复一年，以顽强的意志耕耘劳作，让这里长出茂密的森林和各种果树。而他们筋骨的形态、肤色以及满是老茧的手，都在为他们的人生作出苦难与不屈的解读。

对于好多山民而言，他们都有着与卷柏相似的命运，只是他们不善于这样的联想，以为植物永远是植物，人就是人，植物和人属于两个世界，两个世界的物类，各有各的活法。我倒是觉得两者相通，因为相通，就有了种种的比喻。诸如人生一世，草木一秋，让人看到生命的短暂；如松之盛，可见人的不老状态；视如草芥，则是人对无价之物的轻贱。人有高低，草有贵贱，彼此之间，究竟是谁模仿了谁，那是不能说清的。

家乡的一位植物学专家告诉我，卷柏还叫还阳草、长生草、万年青、还魂草、九死还魂草，意思都是不死之草。她和同事编著的《医巫闾山地区野生植物原色图鉴》，其中收录植物图片1464张，而卷柏列在图片之首。这种排序也许是编者青睐于卷柏，暗合了它独占鳌头的意志品格和生命状态。我对这本植物资源志惊叹不已，它让我清晰地看到了自然界与人类的关系。原来，每一种植物，都有医治人疾的用途，植物竟然洞悉人的每一个器官、每一根神经，预测到人会生出多少种疾病，并因此而精确地分工，各自为人生长出这样或那样的根茎花叶来，待人随时采摘，用以解除疾患。俯首沉思之际，我为人类羞愧，为人类对草木的不解感到不平。植物为人而生，人却往往熟视无睹。有更多的时候，人的温度不及植物的温度，只是人的温度是表象的，不用触碰就能让人感知，而植物的温度却并不表象，甚至触碰也无从感知，植物的温度有一定深度，只有与它心灵默契的人，才能感知到它的高级与幽深，感知到它的人性甚至佛性。它能治病救人，又能使人心灵抚慰，它的光芒隐藏在光明或黑暗中，用无声的形式给人类以滋养，而人却无从感知。这种时候，我总有一种难以启齿的感觉，人类为每一株护佑自己的那些无声的植物，以往除了踩踏、劈砍、焚烧，究竟还做了些什么？

还是回到卷柏。前几天回老家，在后山上特意采了几株卷柏，本是干枯的模样，回来栽入花盆，洒足了水，很快就满血复活了。这让我禁不住想到家乡的山民。山民与卷柏，骨子里的情性完全可以重叠一起，两者都是不屈的硬汉。

这次回乡，我见到了村头的张老伯，心绪多日难以平复。我和他唯一的儿子是发小，三十年前，儿子在城里打工，不慎坠楼而死。在他死后的第三年，媳妇患肺癌去世，留下九岁的孙子由张老伯抚养。张老伯赶着驴车，到八里外的学校接送孙子上下学。后来，孙子考入北京一所大学，早已在京娶妻生子。一天，孙子来电话要几株家乡的卷柏，张老伯一时不知卷柏何物，后来才知道是佛手。几天后，孙子寄回一张照片，卷柏长在阳台上的花盆里，和岩壁上的卷柏一样翠绿。张老伯喜欢采药，这与他老伴患病有关。老伴几年前患了脑血栓，他一边侍候老伴，一边上山采药。院子里晾晒好多卷柏，一部分给老伴药用，剩下的拿到集市上换钱。老伴的病情有所好转，他活得也很硬朗。我问他的年纪，他只说八十多岁。我由此生出一份悲悯，却又觉得，张老伯从未愿意受人的哀怜和同情，总是以生命的抗争对待生命，所以，只有敬重，对他的态度才近于妥帖。

我和张老伯唠起过去的天灾，他对沉疴往事记忆犹新。

仿佛就在昨日。一场台风，像是在山谷里隐匿了许久。山里人不怕风吹，犹如卷柏，有时还怀有对风的焦渴。山里如果没有风，空气是凝固的。但现在的山里人，却从未见过那么大的风，也没有人听祖辈们讲过，从前的哪一年，有这样的风刮到村里。风似乎带着仇视和狂怒而来，就要成熟的白梨、苹果、鸭梨……被它撕掠满地，一年快要到手的收成，顷刻之间化为乌有。祸不单行。第二年初夏，又大又密的冰雹，席卷了整个山村，刚刚坐果的果树被冰雹横扫一遍。山里的硬汉子，咬牙仰面，唇角流血，看着天空的云团翻滚而去，但他们的眼里没有泪水，他们知道，泪水无法创造生活，内心便很快归于平静。一些人纷纷背起行囊，踏上了外出打工之路。春节前，他们把赚到的钱带回家，然后聚在一起商讨明年的去处。在鞭炮声中，人人喝得大醉不醒，早忘了那两场灾难。

卷柏又名九死还魂草，因为它的生命力非常旺盛，遇到极端环境根能自行从土壤中分离，随风移动，遇水会再次伸展开，根重新再钻到土壤里寻找水分。

山民像不像卷柏？每个山民就是一株卷柏。

石 与 松

医巫闾山上的石头，如果没有离开山体，便是山的肤色、骨骼或是表情，覆盖石头的草木也属于这座山的形态。

儿时在山里行走，路是顺势劈凿出的石路，两边长满荆棘，走一段路回头看山，清晰的崖壁告诉我，山是无法走出去的石头。这些石头拔地而起，不分高矮胖瘦相依相偎在一起，让人分辨不出石头的个体形貌。这说明，那时我还不懂山脉形成的原因，当然更不懂山的高低起伏，是由于各处岩石性质不同，抵抗流水侵蚀能力的强弱带来的差异。其实，地壳的薄弱之处，恰恰是山脉形成的地方，而这里便也成了石头的故乡。这个现象颇有哲学的意味：越是薄弱，越能生出它性格的反面，以对自身的缺陷给予彻底的否定。这样说来，医巫闾山的雄浑与厚重，便是随着地球诞生而否定的产物，而否定经过了撞击和挤压，最终在惨烈的轰鸣中归于平静。

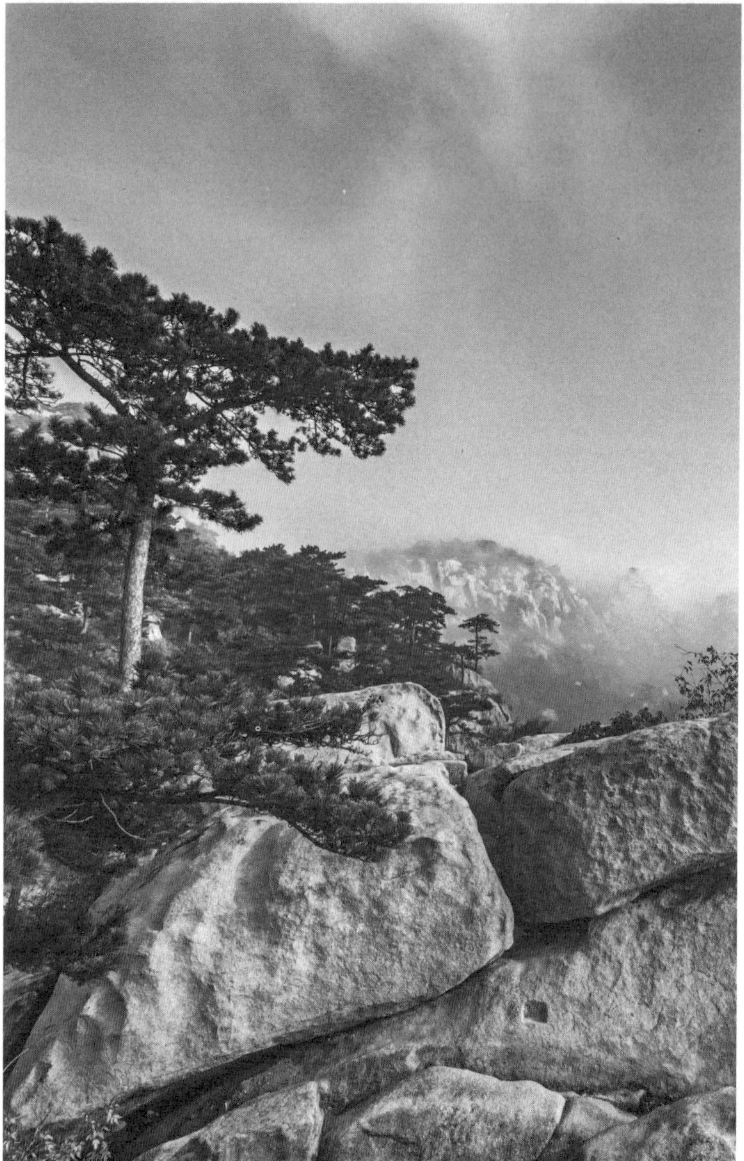

没人对石头的前世进行追索，目光所及的是，山体就是石体，离开石体的石头就是个体。尽管山上的石头是个体与个体的叠加，或是若即若离，但它们依然是整体的样式，似乎在告诉人们，它们永远属于大山。说不上是有幸还是不幸的个体被人观赏，或在城市的广场，或在某个园林，抑或在讲究的庭院。

实际上，整体的石头同样具有不确定性，但不是因为观赏，而是为了使用。小时候，时常听到山上放炮的声响，顺着声响的方向望去，石块朝山下滚落，白烟向天空升腾。几乎在同一个时间，石头被石匠们拉走，松树被人拽去当作柴烧。当然，成材的树会交由木匠，去制作各种物件。

石匠们让石头变成了房子的墙体，以及石碾、石磨、碾盘和喂牲畜的石槽，有些人家的院墙也是石头垒砌的。华山村王石匠的院子里有一盘碾子，本是未被清除的山体，处在房屋的白虎位，是置放碾子的好位子。王家的先辈凭着高超的石匠手艺，硬是巧借山势，凿出一盘碾子。不知详情的人，根本不会想到，这盘碾子依然是山体的一部分。

个体的石头虽有奇异的形态，但我并不喜欢，除了因之生成的有限的想象之外，看不到医巫闾山的一丝容貌。我喜欢看山上的石头，包括陡壁悬崖，以及一些相互攀附着的大大小小的石头。它们都是作为山的整体的存在，而且有松树植根其上，一株、几株或是一片。石与松的相互映衬，山石的面孔不再冷峻，松也不显形单影只，这才是这座山独特的征象。

我一直没有搞清楚，一枚松子被一只鸟或一只松鼠，丢进岩石的缝隙，石缝里便钻出了树苗，多少年后，树根就扎在岩石里，却又如此的粗壮，供给它的养分从哪里来？如果说从土里来，那土连石缝都未能填满，又怎能供得上健硕的松树对营养的所需呢！后来，有植物学专家对此给出化学物理的解释，我当然知道这个解释是科学的，但我觉得它远离文学的生动。所以，我愿意依照我的想象，去解读石头与松子相遇的状态：松子的芽苗顶着松子的壳冒出来的一刻，石头不会感觉到它的存在，只有芽苗变成了根或是向上挺身，石头才会渐渐感受到一种莫名的挤撞。石头毕竟是石头，岿然不动是它始终保持的态度。但树的生长的力量，似乎超越石头固有的执拗，它将石头的缝隙蛮横地向大撬开，拼劲为自己赢得生命的出口。

我的想象如果夸大了松的能力，那么，就是另一种情形。在松树生长的空间，也许是石头主动做出了让步，有意对松苗躲闪、退缩，以让树的根肆意地延展。所以，石头应该是松的知音，石头遇到松，没有任何强硬的对抗，只有柔顺的宽容，犹如这座大山对待它的山民。

忘不了"适地适树"的传统说法，但满山的石头和蓊郁的林木，会让这一说法无地自容。疯子才会说，石头上适宜栽树，尤其适宜栽松树。而事实上，本是石体的医巫闾山，确有一片连着一片的茂密的松林。石头与树各显奇绝，那是天的造化，非人工所能为之。人工造林，即便造出绿荫，却造不出自然天成的松石胜景。林下的游人四处张望，却不易发现石与松

的关系，于是只顾拍照，只顾记录被石和松映衬着的自己。

有些山石以峰峦的式样起伏着，但只充当烘托松林的角色，光秃秃的，只有阳光照射的痕影和流水留下的渍迹，如一段枯干的河川。山风起时，无声地吹过斑驳陆离的岩壁，之后吹进大大小小松林，松林里随即掀起阵阵涛声。松涛涌起的声音和风吹其他树林发出的声音完全不同，从远处听松涛，雄浑而低沉；从近处听，如站在浪涛汹涌的海岸，浪涛一浪接一浪拍打出震动耳鼓的轰鸣。

一方水土养一方人。这一方的石头和松树养育了间山人的性格。我离开故土多年，却一直没走出山石和松树的影子，每每遇事，那石头一样的坚硬和松树一样的执拗便会钻出骨缝，以独有的姿态挺立起来。

　　山民也有对石和松的忏悔。与家乡仅隔一道山梁的村子，一位张姓的满族青年，为准备结婚打一个衣柜，偷伐了集体的两棵松树。当第二棵树刚刚被伐倒，与树相依的一块巨石突然滚落，竟然砸断了他的一条腿，未婚妻离他而去。从此，他成为家乡一方土上的萨满，到处宣扬石有灵、树有灵、万物皆有灵。他在临死时嘱咐他的胞弟，把他的骨灰埋在他当年砍树的地方，让他的灵换回那棵树的灵。但那片山早被人承包了，承包人对此谢绝。胞弟送那人几棵松树苗，让他栽在那里，算是了却哥哥的一份心愿。

　　石匠们成了驼背的老人，早就沉寂下来，他们的脑子里却都装着山的模样，山上有多少石头，石头与石头有多少层叠加，石头之上有多少棵松树，多少棵粗大的松树随着石头的分崩离析而跌进沟谷，都在他们的记忆之中。他们甚至知道亲手凿制的每一件石器，是来自哪一处山的石料。

　　那个年月，无人不认为"靠山吃山"理所当然。山上有石头和树，可以用来建房，也可以换钱。我想起小学的课桌，那便是松木做的，教室里散发着松油的气味。没了松树的地方做了采石场，每天都传来斧锤敲打石头的声音。据说，制作全校的课桌，砍伐了二百多棵并不粗大的松树，垒砌学校院墙和教室用的石料，削去了半个山头。多少年后的一个植树的季节，这里重新栽满了幼小的松树苗。但这样的树再也长不到石头之上，只能栽植在被人工垫起的土层里。我想到课桌，想到课桌如果还原为一棵棵树并生长到今天的样子。

山里人看石头和树，石头就是石头，树就是树，看不出可供欣赏的风景，只看出它们与自己的生活休戚相关。那时，他们却没有意识到，一处山体的石头离开原地，会如活生生的肉体被挖去一块肉，留下永远的疮疤。疮疤处长不出任何腐殖质，当然也长不出几株草木。因为疮疤太过丑陋，鸟儿的飞翔要绕过它很远，连乌鸦也不在此处栖落。有时，石匠们望着寸草不生的裸露的山石，面带愧色，而又难以言说，只是不停地吸着用短粗的手指夹着的纸烟。

山下，当年的石匠和木匠聚在一起。

石匠说："山上有些窟窿（指当年的采石场）再也堵不上了，三十多年也没长出一棵树。"他长叹一声，"没想到啊！"

木匠说："可怜那些小树苗，当柴烧了，那时没人心疼啊！"他手指石匠，"如果没有石匠，谁还去采石？"

石匠不服气："因为有木匠，有人才去伐大树，让你们打家具！"

石匠递给木匠一根烟，木匠伸手向石匠借火，两人一起蹲下身子，仰望前方当年的采石场。

护林员走过来，"谁再敢砍一棵树，我挖他家祖坟！"

石匠、木匠扭过头去看护林员，又看背后的山和松树，山石和松树抱在一起，紧紧的，像是一对恋人永不分离。

31

叙事九则

春 天 里

在一年四个季节里，山民唯独对春天表现出异常的恭谨。他们知道，这个季节是孕育生命的初始，而在此时，所有生命都是脆弱的个体，一粒种子、一枚花蕊，甚至刚刚从泥土里钻出的一株小草，都有可能被风掠走，更容易被旱魔置于死地。风的柔和与雨的缠绵，是所有山民的共同祈愿。

于是，他们开始仰首看天，看天上的云里是否有雨，风行走的是何方向，看着看着，满山的梨花就开了。各种梨树作为医巫闾山的主要果树，都开着同样的白花。一片片香雪海里泛动的馨香，随风四处飘散。山里人的祖辈，春天里看到的就是这番景象，嗅到的也是这样的气息。

看久的风景，不过是平常的存在，冬去春来，皆属自然。

但山民与城里来的游人不同，游人看的是风景，他们的眼里平时似乎没有风景，也很少知道，果树和人一样，经历着一场又一场的艰辛与磨难。记得有一年，倒春寒让果树遭遇了奇冷，几乎所有芽苞全被冻死，本来一个希望的春天，却提早变成了绝望的季节。雨落下来，没了一丝梨花带雨的意蕴，只有无花的枝条在雨中抽噎。

山野笼罩在阳光里，春天的寒气终究没来，枝头的芽苞舒展得痛快，一夜之间便开得繁茂。山民们激动的不是风景，而是树躲过了可能发生的灾难。他们知道游人的心情，愿意让游人在自家的果园里拍照，但游人并不知道，山民依然忧心忡忡。

没过两天，照片里的梨花就消失了。那不是因为凋谢，是一场狂野的风，使所有的果树落花满地，等于摧毁了满树的果子。果树无言，风掠过它的肢体，山民听得出来，分明是哭泣的声音。无数株果树遭受同样的厄运，它们一同哭泣，哭泣声汇合在一起，在山里掀起巨大的吼声。它们以对风的愤怒，表示永远和山民站在一起。

今年，包括近几年的春天，风儿很是乖顺，吹拂得分外温柔，一如新婚男女枕边的夜话。漫山遍野的白色，引来山脚下横七竖八的车辆。游人们遍布四处，争相拍照梨花，好像那一片片白会忽然间就不见了。

那株老梨树几乎枯死，焦黑的主干被岁月咬噬得只剩一张外皮，唯有稀疏的几根枝条，吃力地开着几丛白花，像是对死亡的吊祭。老梨树的主人早想把它砍倒，当作柴烧，因为它不结几个果子，却给树下的作物遮挡了阳光。

有人告诉主人，这是风景，没有哪株梨树比这株更好的风景。他决定不再砍倒它，但他不知道它为啥是风景，只知道是曾祖父闯关东，落脚到这里之后栽下的树。老梨树离停车的地方还有一段距离，它却如一块引力超强的磁石，让摄影人径直奔它而去。摄影人让他牵出一头老牛，再拴上一副犁杖，他手持一杆鞭子，开始在老梨树下耕地。

主人有所醒悟，老梨树、老牛和自己，各自都属于土地。

河下之路

这是一条废弃的河，河下是一条久远的废弃的路。

河在外祖父家的房东,河的发源地是村北一个偌大的水坑,水坑里有两处泉眼,从远处望去,是一片不小的水面,壮镇堡的人称它为"大片儿"。"大片儿"的坑也是废弃的。壮镇古城烧制青砖,所用的土就取自于这里,城建好了,城外就现出了坑状。

"大片儿"的水自西向东流,流到由南向北沉陷的路上,路便成了河道。"大片儿"变成了葡萄园,河道早就没了水,路已经永远沉没了,只留下路的模糊的轮廓。当年在这条河里摸鱼捉虾的人,活着的没有几个,年轻人不知道这路的来历,没有谁为它发出一声感叹。

这是一条御路,清帝东巡大都要经此而过的御路。

就在这条路西侧不远的地方,一条宽敞的柏油路铺设南北,形成历史与现实的对照。事实上,没有人企图通过这种反差去说明什么,人们乘车在柏油上行驶,不会转头向东瞻顾那条被岁月掩埋的遗迹,更没有人将自己的情绪寄托于古今之间,并为后人留下只言片语。

史志上却有这样的记载:康熙二十一年(1682)四月,康熙帝东巡祭祖返程时就曾走在这条路上,就曾驻跸在壮镇堡驿站。但是,康熙帝到壮镇堡时是何情形,人们的说法只来自说书人的讲述:那天驿站修葺一新,黄沙铺路,清水泼街,皇帝身出銮驾的一刻,官吏们仆身在地,三叩九拜,而后有一杯香茶奉上……康熙帝是小憩即起,还是卧榻天明,两个说书人各持一说。

不在卷帙里的历史场景，只能依凭于想象的羽翼，穿越遥远的时空，去俯瞰在这条御路上发生的一切——

清帝们车马的烟尘消散之后，御路并未沉寂。被贬谪的官吏个个面色阴郁，是因忠言犯上，还是不逊皇权，让他们一路向北，只有他们自己清楚为何遭此境遇。面对流放，是对自己的过错自怨自艾，祈盼圣上宽恕，有朝一日重返京师，还是依然抱定真理，宁折不弯，每个人都怀有复杂的心思。

也许就在他们的背影隐去不久，如惊弓之鸟的逃荒者，肩背破烂不堪的行囊，或手推发出凄厉之声的推车，一家老小就走在这条路上，也是一路向北，向着可以耕种的大片土地，落脚到能够活下去的地方……

这样的联想之后，人喧马嘶中清帝的龙辇、缄默不语的流人和衣衫褴褛的流民，似乎从这里刚刚离去。所有的消逝与存在，虚幻与真实，在历史和今天的反衬中，都会让人感到五味杂陈，最后又将有意或无意的寻找，结束于脚下的一片荒凉。

河道如一处深深的创痕，为远去的岁月留下纪念。但村民在河道里堆放的垃圾，使这份纪念变得模糊不清。

风　水

医巫闾山一带有不少风水师。我第一次见过的风水师是爷爷小时候的伙伴。他很瘦，总穿一件青色的上衣，肩胛骨露在外面，眼睛很小，深嵌在眼窝里，一眨眼，让我想到伏在洞口的老鼠。他家的孙子，手里经常拿着白面馒头，说是爷爷看风水总能赚回几斤白面。他的孙子到了五十多岁，竟然也当了风水师。但他从来没到过龙岗村看风水。

张庆山的父亲为建房，请来的是邻村的风水师。风水师在虎岗村的外围绕了一圈，然后从山上走下来，确认了房基地的位置。位置的正南方，是医巫闾山向东延出的一道屏障，屏障上有一处偌大的豁口，正午时分，太阳悬挂在豁口处，正对着这座房子，明亮的光线从高处奔泻下来，整个院落显得金光灿灿。山里的人都认为，这幢房子建在了一块风水宝地上。

张庆山今年八十九岁，在这幢房子里生活了近六十年。每天，他或背回一捆柴草，或扛着一把铁锨，出入在自家的院子里，过着和山里人毫无二致的生活，并未看到这房子的风水给他带来什么好运。如果说有，那只是他长寿的年龄。

如果没有生活上的差异似乎就没有风水的好坏。当他的侄子张家宝的女儿，尚未成婚便喝农药自尽，有人才提起风水的事。侄子家与张庆山比邻而居，建房之前，也请来了风水师。先生手搭凉棚看天看地又看山，然后缓缓转动身体看四周，并亲手在地基四角钉了木桩，每个木桩系上红布条。有人说，这次看宅基地，风水先生下了功夫，选的一定是块宝地。太阳在山上的豁口一露出脸来，把张家宝的院子照得通亮。但多少年过后，女儿就这样离开了人世。祸不单行。张家宝的妻子不久也因病故去。接下来的一场原因不明的火灾，险些把他家的门窗全部烧毁。

都是风水师给叔侄两家看的风水，张家宝家连丧两条人命，日子过得不算平常，这到底与风水有何关联？人们思来想去，怕是与风水沾不上边儿，便也不再议论。

风水师遭到人们的质疑，是源于一位魏姓人家错打的一眼井。那井打在房东侧，属青龙位。风水师说，地下便是取之不尽的清泉。一年下暴雨，魏家东房山子倒塌，倒塌处现出很大的洞穴，洞穴上方垒砌拱形青砖。村里人过来围观，七嘴八舌说不出所以然。最后有人看出，他常年饮用的所谓泉井水，竟然是这墓穴里的积水。

那年夏天大旱，一家李姓的果园出现"奇观"：四十几株果树提水浇灌整整一天，树下竟没积下一点水。李家人愕然。

突然有一天，山里来了很多人，说是文物保护部门的专家，断定李家果园的下面就是墓穴，张庆山家的房子正建在一处墓穴之上，而他侄子的房子却建在另一座墓前。

专家临走前留下话：墓群，千年了，皇家的！

想到自家的房子在古墓之上，想着墓里躺着的人，人们才感到有些惧怕。祖先从哪里来？落脚到这里的时候，是否听说过山上山下埋葬着好多人？如果知道，非要亲近这方水土，也许是为了同古人一起，共沾这里风水的光吧。

风水先生从此没了踪影。

老人与狗

三个老人背靠石土混杂的残墙，年龄都过了花甲。

山里没风。入冬的第一场雪后，阳光被积雪折返到天空。

老人对待冬天的态度，与对待其他季节没有不同，也就是说，他们在四季里都是以相聚的方式，度过这里的每一天，或者说，他们没有季节。

三个老人的三个儿子一起走的，在很远的城里。他们的媳妇一起去找丈夫，后来也在那里打工。儿子的儿子或女儿，由爷爷奶奶抚养。

关于儿子的话题，从每年的春节过后开始。打工的亲人走了，为老人留下一年的忐忑与猜想。后村的一个青年，在省城当瓦工，从脚手架上掉下来没了性命。老人们知道这个消息，相聚时几天没说话。后来，有儿子打电话来，说他们三个人，有两个人干的是搅拌工，搅拌工不登高，一个当了仓库保管

员，媳妇们都在食堂上班，跑工地送饭。三个老人还是不肯相信，怀疑是儿子们担心老人惦记，所以说谎骗他们。他们习惯猜想，而猜想的内容，不外乎脚手架有多高，每天吃什么饭菜，一天干几个小时的活，年底能赚多少钱……

在儿子没有打工之前，老人们习惯在山脚下的一处破庙前，猜想当年的两个尼姑——她们的俗家在哪里，为什么要出家，每天念的是什么经？一个丢人的故事，让他们讲的没遍数：本村后来绰号叫"二瞎子"的年轻人，竟然胆敢翻墙进庙里，偷看尼姑上厕所，结果被另一个尼姑，用竹竿捅瞎了他一只眼。"二瞎子"长成了老光棍，病死那年，两个尼姑却都来做法事，虔心地为他超度。

庙被人毁了，尼姑怕是早去了极乐世界。

三个老人每家养一只狗，两公一母，母狗花白色，公狗是黑色。春秋两季，母狗发情，两只公狗由莫逆之交，顿时变为情敌，为占有母狗，相互撕咬，颈部、口鼻和耳朵鲜血淋漓，非拼个你死我活不可。公狗的两个主人，先是责怪对方的狗见"情"忘义，之后两个人又互相打起嘴仗，都说对方的狗不厚道，平时缺少调教。母狗躲在一旁，忄斜着看公狗为自己上演的一场争斗。母狗的主人笑而不语，他知道，不论哪只公狗获胜，都会让他的母狗满足情欲。他像是当然的胜利者，毫不怜悯眼前的血腥场面。

平日里，三只狗眯着眼，趴在各自主人的脚下晒太阳，像是什么也没有发生。老人说话偶尔高声，会有狗抬头看一眼，满脸不耐烦的表情，随即又把头缩了回去。

山坡上有好几幢房子空了多年。两个老人各住村子东西一头，另一人住在坡下。入夜，村子里静极了。三户人家的灯火，为一个没有消失的村庄作出证明。村里本该还有一户亮灯，那是一位"五保"老人，但天刚黑下来，他就打起了鼾声。除了风吹柴草的声响，没有其他异样的声音，能引来几声狗吠。儿子描述的打工见闻，不一定出现在谁的梦里，梦见了，明天聚在一起，便又有话可说。

老人们却没了交流，也许谁也没梦见什么，该梦见的，已经梦见了多少次。他们开始谈论狗，猜母狗来年能生几个狗崽，是公是母，有时为数量和性别，争得面红耳赤。养母狗的老人说，下几个崽都要送人，不如把你们家的狗管住，干脆别碰我的狗。公狗的两个主人不耐烦，都说把你家的狗管住了，啥事都没有了，说完笑得前仰后合。

一股风从山下的冰河上吹来，三人整齐划一地把双手褪在棉袖里，面朝太阳，双目微闭。

秋　天

所有的仪式感都在秋天，庄重、肃穆或是欢喜，包括悲摧与绝望，尽在这个季节里，在山民的眼神和一举一动之中。

微凉的山风吹散雾霭，拉开大山的帷幕，阳光在云朵的缝隙倾泻下来，树木的叶子和山崖周边的野草泛动着晶莹的光亮，空气中弥漫着甜香的气息。这便是一种仪式的前奏。

九月的医巫闾山，一个心跳的月份，山民还要躲过最后一场风。

秋天有等待的惰性，但它不是等待夏天的脚步，而是对自己可能拥有的一切漫不经心。我觉得，秋天只是一个季节的长度，充足的阳光和水分，早在春夏时就给果农带来了某种慰藉。当然，没有这个长度，好多植物的果实便会命丧途中。而秋天显然带有消极的情绪，缺少对它们的主动关照。无论如何，山民的目光最终要聚拢于秋天，但他们从来没有把秋天想象为一座宫殿那样金光灿灿，处处丰饶。因为多少个秋天过去了，他们得到的是不多的粮食，当然遇到好的年景，水果可换来可观的收入。即便如此，哪一个秋天也不会使他们的生活一步登天。在他们的心里，能够生产出足够的水果，并将水果卖出去，那就谢天谢地了。于是，他们会躬身走近自家的仙台，给供奉的仙家敬上一炷香火。

好像包办婚姻里未曾谋面的新娘，秋天盖头里的容颜令人难以揣摩，一旦掀去了盖头，喜欢与否都已经无法改变。所以，秋天让山民不可选择。无数个秋天给他们带来欢笑，而不知在哪一年，秋天却一反常态，来的两手空空。当一年里所有期待一旦破灭，秋天便会成为山民理想的墓地。

但山民的理想一直会死而复生，在下一个春天，还会生出对下一个秋天的想象。

在秋天面前，山民没有一丝愧疚，从剪枝、浇水、灭虫、祛病，对每一株果树都不敢疏忽。所以，秋天对山民丰厚的呈现理所应当。这种人与季节的关系，看来十分融洽，最终以等价交换的方式，实现了另一种天人的默契。

今年的秋天给足了面子，大风终于没有来。树上的果子将枝头压弯，开始炫耀自己的个头，每一棵树都仪态端庄。这是一年里果树最辉煌的时刻，他们祈盼主人的夸赞，一如衣锦还乡的游子，昂首伫立在久别的村口，等待乡邻们围拢过来，端详他，赞美他，为他献上惊喜的笑容。山民悬着的心终于得以平复，向着秋光里的黄金树仰首瞻望。此时，总有一户人家，率先点燃一挂鞭炮——开始采摘树上的果子。

我在采访的间隙，去看望山里的表弟。他带着全家人正在摘梨，南果梨、白梨，还有我叫不出名字的梨。看来全靠自家人，干不完采摘的活计，便从平原地区雇佣七八个人，每天付给每人二百元劳务费。果子装进包装箱，将全部入窖储藏，等待市场更高价格的来临。包装箱摆放得整整齐齐，上面印有本村地名的商标。歇息时，表弟全家人在包装箱前合影，阳光透过果树的枝条，照在他们的脸上，我看每人的表情没有喜悦，也没有忧愁，这情形让我看到生活的真实。

果窖门上的一把铁锁系着红绳。

秋天，渐行渐远。

算 命

他们不敢靠近寺庙和道观，知道自己的雕虫末伎，与宗教的法力判若云泥，于是选择在半山腰或山脚下，作为施术的"道场"。

他们像一只只饥饿的鸟，正在寻觅食物。当有人走近身边，他们的目光倏地变得柔和。"来来来，抽签算命啦！"游人会因这声招呼放慢脚步。

我结束对一座山峰的攀爬之后，从一座寺庙的下方继续下行，走到一处S形的小径上，先后遇到几个算命先生。在这几个以算命为业的人中，我只认识一位姓朱的人。他曾与我的外祖父同住一村，后来靠算命赚钱，经常不回村里。他的脸圆得有些特别，像是用圆规画过后长成的形状，眼睛也是又圆又大，如镶嵌上去的两个玻璃球。不过，他的黑眼珠只占眼睛很小的部分，所以，只要眼皮往上一翻动，几乎满眼都泛着白光。正因为这副长相，人们才觉得他高深莫测，似乎有通灵之术。他光棍儿一人，在生产队劳动时不爱出力，躲起来偷看算命的书。后来跑到城里，蹲在城墙根儿下，开始给人批八字算命。在旅游区的山上算命，他身边围的人最多，赚的钱也最多。他的占卜术是批八字，过去每天从山上下来，嘴里总是不停地叨咕什么天干地支。

我看那几个以抽签占卜的人，远不如朱先生的玄奥，毕竟阴阳五行、生克制化，其中恍惚似有命理。但他不轻易给本村人算命，有一年给一对未婚夫妇批八字，说人家命相不合，结果拆散了一桩姻缘，男方家人一见他就破口大骂。

"朱先生又赚啦？"他抬头看我："呦！混口饭吃，混口饭吃！"身边的一位妇女正给他付钱，忽然有人喊："来人啦！——"他知道上级禁止算命，抓住就要罚款，便如惊弓之鸟，忙往脑袋上裹一块头巾，背起背包，匆匆消失在林荫里。

当一朵云飘过，被轰走的鸟儿又飞了回来。

他们不愿离开，是源自这等生意会获得比耕田丰厚数十倍的收入。他们个个体态慵懒，手里摇晃着签筒，眼睛痴痴地盯着路过身边的每一个人，看上去毫无半仙之气。即便如此，他们的言语却如垂钓甩钩一般，会将某个游人死死地勾住。而这瞬间的引力，不过是一句溢美之词——"你非同常人，一算便知！"

当愚昧遇上拙劣的骗技，就像鱼儿遇上了非咬不可的诱饵。一切都是那么顺畅自如，又都是那么匪夷所思。那签筒里装着的吉凶祸福，其实全在占卜人的一双手上，然后极尽巧言令色，让求签问卜的人心花怒放，并欣然掏出钱来，献上一份酬谢。这数额本无明确的规定，求签的人若是听得欢喜如意，且又财大气粗，付钱怕是不会吝啬的。

我发现，也就是在他们彼此交流之际，虚荣与阿谀表现出的渴望与满足，使人性的弱点完成了一次生动的演示。

风乍起。一阵雷声滚过，雨来了。

鸟儿没了踪影。

农家的蜕变

"舅舅，我想吃黏豆包。"

"家里不做黏豆包，要吃我去集市上买。"

"舅舅，我想吃农家酱。"

"家里不做农家酱，集市上有卖的。"

"舅舅，我想吃锅贴饼子。"

"改烧液化气了，没有大铁锅。"

"舅舅，我想吃你做的豆腐。"

"早不做了，石磨都废了。"

我和舅舅的对话到此为止。

环顾他家的院子，比过去空旷许多，其实是没了柴草的缘故。当年的柴草来自山里，入冬前要去山里买柴草，堆积在院子里，留作烧饭的燃料，当然也用来烧炕取暖。吃的和烧的兼而有之，才算是得以温饱。舅舅家每年的柴草垛，堆得又高又大，他以此作为一种炫耀，以此让人对他的生活不可小视。有人到家里来坐，舅舅的目光时不时投向窗外，看院子里堆积的柴草，直到客人说："呦，这么多柴草！"，他才会把目光收拢回来。

没有了柴草，灶房里的味道有些寡淡。我禁不住想念炊烟。炊烟时而从灶门里蹿出来，浓浓的，呛人一阵咳嗽，不一会儿，灶膛里红彤彤，锅里的热气开始升腾。

不见炊烟，农家似乎不是农家。农家靠的是大自然的养育，而泥土与植物，为农民提供了供养的专属，始终散发着田野的气息。所以，土气才是农民生命的底气，土气一旦消失，农民的本色也随之被涂改。

一口缸倒置在墙角，也许是一口酿酱的缸，缸上扣一口大铁锅。这应该是舅舅家废弃的物件。锅上栖落几只麻雀。过去麻雀在柴草垛上，忽地成群飞起，又忽地成群飞落，也是院子里的一大景观。柴草垛没了，麻雀也见稀少。磨豆腐的石磨，只有半扇卧在窗下，另一半不知去了哪里。舅舅说，村里有做豆腐专业户，谁也不愿为吃豆腐受那种累。

记得在房子东南方有眼水井，井口垒砌几块条石。夏天，井边开着紫色的马蔺花。取代这眼井的是手压的"洋井"，现在取代"洋井"的是自来水。日子过着过着，就改变了模样。我知道这是舅舅盼望的。

舅舅直言不讳："你想吃农家口味，为啥愿意离开农村？"

这个提问令我语塞。

离乡的人想吃家乡的口味，除了偶尔萦绕心头的一丝乡愁，或是残留在舌尖上的那点记忆之外，似乎并没有什么值得你情有独钟。即便你在村头看见当年玩耍、乘凉，现在还在高耸的大柳树，顿时让你双眼噙满泪水，你依然不会因它的存在而对这片土地爱得不能割舍。所以，我对泪流满面倾诉乡愁的人，只是觉得他也许是被某件事、某个人或某个景物，触碰到内心柔软的部分，一时使情绪不能自已，而并不觉得他真的永远痴心于乡土，也不会以为他对土地上的人们情逾骨肉。

乡愁是诗意的，我要的农家的味道似乎也在诗意之中。但舅舅一类的农民不懂诗意，他们看到的一切都是现实的存在，比如种子、大地、野草、庄稼，还有酷暑和寒冬，雨雪就是雨和雪，同样没有诗意。他们有一种向往，很久就有，朦胧而又清晰，那便是城里人的生活。这倒是有诗意，但他们认为那只是一种改变，把乡村改变成城里的样子。

家里有一只狗，小小的宠物狗，这狗在城里见多了。我不喜欢在农村养这类狗，农村空间广阔，养小狗在这天地之间像只蝼蚁。大狗能显威风，可看家护院。后来我发现，舅舅的邻居也养小宠物狗，一时不得其解。

清晨，没听见公鸡的啼叫声，只有汽笛在不远处轰鸣。

我忽然觉得，我和舅舅正在一条路上相向而行，彼此站在城乡交汇点上的一刻，相互久久凝望。

我要去往乡村，因为记忆；舅舅要去往城里，因为渴望。此时，我们无话可说。

农家正在蜕变。

承包者

山坡上没有几棵果树，他心里觉得空空荡荡的。十年前，村上招标，他狠了心，承包一千二百亩山地，承包期五十年。当时他五十多岁，他以为他能活到一百岁，干到一百岁不干了，把花果山给儿子和孙子。但他不说自己为子孙造福，对于一个部队复员的老兵来说，说为乡亲造福才显得合适，所以，他承包的理由是为乡亲，带动乡亲们致富。

胆子大的人，想的事好多人不理解，认为他是蚂蚁想背山。但他不那样认为，觉得自己有力气把山背起来，而且能背它个底朝天。他还是清醒自己不会有期颐之寿，所以需要争分夺秒。十年里山上山下，似乎从未有过寂静。乡亲们按照他的意愿，帮他治山栽树，他给人家每天付工钱。乡亲收工了，他和老伴还在山上栽树，月亮升过了东山头，夫妻俩还没下山。

月光下的锹镐声，惊扰了山神的梦，一阵山风吹过来，夫妻俩没有感觉，却把锹镐声送出很远。人们在夜里做出种种猜想：那些桑葚树、核桃树、榛子树，真的能活下来？还有品种五花八门的葡萄，能如他说的那样，一斤卖出那么高的价钱？这个人啊，到时是哭是笑，真不好断定。他从乡亲的目光里，完全意识到，自己是在独木桥上冒险。

有时，一个名字起好了，这个地方就会红火起来。"生态采摘园"这个名字不错，引来了不少游客。游客进到果园里，拣树上熟透的果子吃，因品尝不收费，每个人都撑得肚子圆。

每年，游人买走不少果子，收入当然可观。

他在村里走路，开始挺起腰板，乡亲们起初对他刮目相看，后来渐渐地看他不那么顺眼。他在山里养了二百多头猪，是野猪杂交的品种，猪肉销售快，让众多的养猪户眼红。村里人以为他富得流油，当年转包给他山地的人，觉得有些后悔，但既然事已至此，有合同为证，谁也没有理由终止合同。人们也不完全是妒忌他致富，如果他能给村民多分点实惠，也能让大家心里舒服。但他显得有些吝啬。他想的是，一万七千多棵果树，后期管理需要很多资金。两年大旱，果树旱死不少，他要打井灌溉，井深三百多米，没钱休想。井打好了，把旱死的果树起出去，补栽新的树苗，他等着树苗长大、结果，头发又白了很多。

夜晚，他和老伴在灯下叹息。出大力、流大汗的年月过去了，他似乎没觉得有多累，那时心静，一门心思栽树，活一棵，心里就有一乐。在人们的眼神里，除了疑惑和赞佩，似乎没有异样的目光。果园建成了，有人却不像过去那样看他，目光里流露出对他的不满。他的心开始烦乱，他知道这目光来自人性的欲念，来自收入不均生出的妒忌。他忽然意识到，自己也像一棵不得浇灌的树，早晚会被旱死。不过，他还是能为一个怪圈找到出口，那就是收入快点增上去，多给乡亲们造点福。

土窑的主人

舅舅九十四岁那年咽气了，冯铁生当时二十岁，到现在做泥盆整整四十年。

烧泥盆的土窑没有点火，点火要等到够装满一窑的泥盆做出来之后。滤泥的池子在院子的中央，一片赭石的颜色，像是涂抹出来的。泥的原料是沟壑里的红土，有人从城北很远的地方，用汽车运过来卖到这里。红土堆积在滤泥池的上方，看来做泥盆的原料还很充足。车间就是冯家的老房子，窗框歪斜着，一副老朽的样子。

正月刚过，天还很冷。循着房子里发出的声音，见到了正在做泥盆的主人。问他姓名，知道叫冯铁生。他似乎不愿意接待来访者，也许怕是影响他做活的缘故。拉坯机在他的脚边嘤嘤地旋转。他的老伴站在他的身边，把他加工好的泥坯摆放在地上，顺手再递过去一块泥团。一个盛水的铝盆下面生着炭火，拉坯时他的双手伸进盆里，沾一点水敷在泥团上，这样会使泥团在拉坯机上旋转得十分滑腻，顺着他手法的收放屈伸，盆的模样就拉制出来了。

我对这种泥盆并不陌生,早年间,确切地说,是在搪瓷盆和铝盆出现之前,东北农家使用的大都是泥盆,泥盆的型号大小不一,一般分为四个型号。泥盆好坏要看颜色,好泥盆的色调叫"鸽子灰",用手一扣,发出金属的声响。

当下看不到谁家还在使用这种泥盆,也几乎看不到有人还会泥盆制作的手艺。不仅在医巫闾山地区,即便是走遍辽西,也难找到烧泥盆的土窑。冯铁生却说,内蒙古还有人喜欢泥盆,他家的泥盆,每年都会往那里销售不少。

他知道,做泥盆的手艺已经不上讲究,所以他不爱谈制作

泥盆的来龙去脉,更不谈他的泥盆质量有多好。他只谈他的两个儿子:一个大学本科毕业,在城市里当了教师;一个研究生毕业,考上了区机关公务员。然后,他开始讲儿子的今天与他制作泥盆的关系。这关系很简单,做泥盆卖钱,卖钱供儿子上大学。随着这种关系的消失,新的关系又出现了,他要继续卖泥盆赚钱,赚钱为儿子买房子,直到为每个儿子买一户楼。他竟然唠起孙子,要为他攒钱,供他上学。

他说自己也做花盆和丧盆。花盆是近些年才有人订货,丧盆却从来没断过货。丧盆源于东北丧事的习俗,起灵时要把烧纸用的泥盆,由长子高高举起,然后狠狠地摔在地上,摔落成纷飞的碎片。我曾为此写过一首小诗:

············
那令人震撼的一响
该是生与死最后的断裂
没有断裂的
只是悼亡者那缕情丝
谁能认出,泥盆
本就是冥界的锅
为什么非要以粉碎的姿态
才能走近阴间
难道死
正是一场破碎的生

无论怎样，摔丧盆的习俗并没有改变，所以，冯铁生的院子里摆放着许多丧盆，等着家有丧事的人来购买。

在这座土窑不远的地方，有辽代的砖窑和瓦窑，北镇当时的寺庙和佛塔，所用砖瓦都是来自这两座窑。窑的遗址不见了，后人在此发现了那个年代许多精美的建筑饰件。老人们时常会讲起，那时的砖瓦和手艺人的手艺有多好。

拉坯机不停地旋转，那声音传出窗外，像是带着几分忧伤的吟唱。

雪落家山

一

我记不得是哪一场雪,或许是多少场雪叠加到一起的雪,从医巫闾山的上空飘落下来,在白天和黑夜里循环交替,并为一个世界刻意地留白,直到留出林木萧疏的广大的白。

雪花在空中犹疑,它们对人间的万事不可选择一无所知,在情愿与不甘的摇摆中飘落下来。

雪没有遇到风,失去了奔突的气势,匀速、超逸而热烈,裹挟了冰冷的死亡和温暖的生命,也裹挟了人们已知和未知的所有故事。

就这样,医巫闾山在雪中潜匿、蜿蜒、酣沉,如一条巨蟒,筋骨舒展,神态安然,像是酝酿或等待什么,又似乎正在陶醉于一种现实。其实什么都没有,只是顺乎雪的造访,在相

同的时间与空间中,在有声和无声的世界里,重现一座大山雪后的容貌,使冬天的气息和色调更像冬天。此时,一切苍茫、阒静和冷峭,都因大山的一层雪妆而变得耐人揣摩。

雪好大,比哪一年的雪都大,因为我不知道还有比这场雪更久远的雪,究竟下了多少个昼夜。我所看到的就是这场雪,它在我的脑海里下了半个世纪,下到今日的天空还飘着零星的雪花,像是屋檐上残留的水滴,正为发生过的一切悄悄怀想。

一场大雪下到梦里,便永远下个不停。

二

仿佛铺盖在天地间厚厚的洁白的棉被，里面的棉丝密密相连。就在雪花一片接一片落下来的时候，片与片之间便拥抱在一起了，拥抱得毫无顾忌。它们在自天而降的途中，匆匆赶路，来不及有几分亲热，于是便有了共同约定，欢聚在某个合适的地点。

雪为一棵老梨树而来，没有仇恨，只为嬉闹，却让粗大的枝干在咔的一声中断得惨烈。完成了无意识的摧毁之后，雪随即掉落地上，如一只摊开身子的羔羊，并不见分崩离析的影子。

石磨上、井栏上、屋檐上、窗台上、土墙上，在雪中归来的姑娘的发辫上，雪保持了雪的样貌。山的凹处，正对着北面山腰的一片松林，松林之下有个偌大的平台，夏天上山的人们都要在此纳凉。雪像是找到了歇脚的地方，将平台覆盖得格外严实，雪的厚度超过了纳凉人坐时的高度。雪显得理直气壮，竟然挤到了平台的外缘。

风和雪本是一对朋友，它们在冬天相聚，春天分手，但大山里的冬天，风是风，雪是雪，它们彼此并不友好，从不捆绑一起，为人间上演一出扫荡式的风雪剧。所以风和雪在这里难以组成"风雪"一词。风对雪的怨恨是从雪的头上掠过之后，雪依然埋首无声，不做反应，于是风以怒吼之势，发起对雪的一阵狂扫，企图让雪魂飞魄散，让其从路边从枝头从每一块岩石上，以及所有的高处掉下去，从河洼从院落从所有的低处卷起来，但雪依然紧紧地依附着土地，依附着土地之上的所有物体，雪还是雪，雪的形态如故，随风而去的只是雪身脱去的零碎的银屑。

风还是放弃了对雪的敌意，放弃的时间大约是在山里开始有雪的第二天。风对雪的袭扰使出浑身解数，然后以为雪是沉重的白石，便悻悻地独自游走，直到今天。

雪花本来冰冷，冰冷与冰冷怎么会相互吸引，而且融为一体呢？山里的雪性，便是黏性，有了黏性便有了聚合、凝结，一种坚韧的力便由此而生。

谁让雪有了黏性？

问问天空吧！没有风，空气却在流动，流动中的空气是水的样子，在峰巅幽谷乃至每寸土地上漫过，所有冰冷的物体，

都在无形的水中退去坚硬而变得温和。这说明森林还有呼吸，从春到秋的水汽还没有散去。空气是冰冷的，而冰冷中的湿润正是冰冷的黏合剂，它能把所有的雪花，按照纵向和横向粘贴起来，最终粘贴成一个纵横交错的白色世界。

这是我信口说出的谜底。雪也许会说：冰冷中的温暖牢不可破！

三

牛和羊在没有落日的黄昏里，鸣叫着走出山坳，荒径上的浮石在它们的蹄下发出哗啦啦的声响。雪花落在黑牛和黄牛身上，留下碎碎的白色的雨点，羊群则比早晨出去时多了一分白。它们很快走进了自己的棚舍，与人一道倾听雪落的声音。

人听雪落的声音不完全出自想象。雪在空中是有声音的，雪花与雪花碰撞的声音，该如早市上人头攒动的人群，也有嘈杂和喧嚣。但这声音没有人能模仿出来，只能说近似于呼出的气息与空气摩擦出的纤细无比的柔声。如果有一只鸟在雪中的天空飞过，它会听到那种声音，而且会听得真切，那可能是一种轰鸣，是舞台上的群舞里才有的轰鸣。

我的想象还在继续。

雪的脚步如幽灵般的轻缓，它落在地上，落在一切物体上，那是什么声音？是有声还是无声？雪穿过树枝的残叶会发出沙沙声，耳聪的人完全能够听得到。雪落在院子里垛起的柴草上，开始没有声音，后来有了窸窣的响动，那是柴草在雪的

重压下的呻吟。至于雪落别处，会把雪落的声音想象到无法形容。

几声狗吠让雪夜的所有声音都被瞬间收拢。

雪还在下，一直下到梦里。梦里的雪比窗外的雪大，每一片雪花都变了雪团，绵密、极速地下落。恍惚是在树下的岩石上，要不就是在上山歇脚的那个平台上，雪把我掩埋了，开始时凉丝丝的感觉，后来渐渐凛冽、僵硬、麻木。我还有一只手露在外面，我用这只手拼力地挣扎，雪最后却让这只手也无法自拔。我无法呼吸，直至失去知觉。雪竟然能如重石一样，我第一次感受到雪的重量，就是在这场梦里。我被关于雪的噩梦惊醒，外面的雪模仿了我梦中的雪，下得越来越大，越来越不像雪。

而迎接它的大地却举重若轻。

四

雪下了两个漆黑的夜晚和一个昏暗的白昼,终于停在太阳初升的早晨。这个早晨值得期待,无论雪后会发生什么。我透过窗户,看到山覆满了霞光的橘红色,这种色彩畜禽也许看见也许看不见,但它们应该是向山的方向张望。我好像没有听到雄鸡报晓,鸡舍外面的任何地方,都没有它的立足之地。它或许叫了几声,那一定是因为中气不足,声音刚到喉咙的出口便坠落下去了。

还是出门看雪吧!

祖父一声唏嘘,呦!雪真大!我一声惊叫,哈哈,下雪了——!

房门被雪挡住,推出一条缝隙,再推,缝隙变大,之后再不能继续变大。好在能将脑袋探出去,脑袋能出门,一只手就可以握着屋子里的家什,把紧贴门的积雪胡乱地扒开,然后让身子出去,抓起门前的铁锹,把门前的雪清理出可以使门转到九十度的空间。

牛和羊对雪感到惊悚。它们一生短暂,怕是没见过这么大的雪,它们的先辈也没有告诉它们,有哪场雪下得最大。现在,它们出不去了,在棚舍里不住地发出叫声。它们比人急躁,在原地不停地打转转,棚舍里接连搅动起方向不明的旋涡。它们听见了主人的吆喝,顿时安静下来。主人把早已贮藏好的干草,送到它们面前,这时它们才意识到,无须跋涉同样

可以填饱肚子。吃饱后的它们，依然旋转身体，像要化作一股水流冲出围栏。雪告诉它们，你们寸步难行。

狗獾，这聪明而懒惰的家伙，对雪的世界一无所知，或者说它根本就没见过雪。自从深秋的一顿饱餐过后，一直躲在洞穴不出来。它们要在洞里待上整整一个冬天。它们吃什么？它们什么也不吃，身上厚厚的脂肪会提供生命的能量。它们在洞穴里共同冥想：春天快来了。

傻狍子像个占卜师，事先知道大雪就要降临，很早就出来寻找食物。它们的胃装进了平日食物的数倍，足够两到三天的热量消耗。大雪落在它们的藏身处，它们对占卜的结果十分得意。

只有野鸡显得焦躁，呱呱地叫着扇动羽翼，在树丛间忽起忽落。它们对寒冷无畏无惧，只是对食物感到忧虑。食物在雪的身下，野鸡怎能让雪翻过身去，露出草籽、草根，露出田野里残留的粮食呢？它们知道毫无可能，便以呼叫表达不安。一只野鸡飞落在树丫上，向院子里窥视，它只看见堆积的雪，没有看见往常专门为它们丢下的粮食。它鸣叫几声飞走了，算是宣泄了不满的情绪。

野兔们望雪兴叹，它们一时无路可走，只能躲在窝里静观其变。如果饥饿来袭，它们也绝不会坐以待毙，一定会挺身而出，奋力扒开积雪，寻找食物。窝边枯萎的草丛会依然如故。这是兔子们安身立命的底线。

若无其事的是野鸽子。山巅有一处裸露凸起的岩石，岩石上有无数个大大小小的洞穴，那是鸽子天然的巢居。每天，上千只鸽子在峰巅盘旋，山民出门看山，就能看到它们的飞翔。雪后的巢居全部挂上了白色的窗帘。鸽子没有一丝惊慌，挺身穿透帘布，照常飞向空中。它们意识到大雪里的世界没有食物，便结队飞向远方。黄昏之前，它们会一起归巢。

雪给生命的行走带来障碍，犹如雨使河流泛滥开来，并不是因本意而生的霸行。但事实上，雪让人惊诧，让畜禽惊诧，让所有的生命惊诧。雪不知深浅的玩笑，开得有些大了，让生命险些走进雪的坟墓。

天性鲁莽的雪！

雪不以为然。它说，冬天是出游的季节。

五

生活像被斩断的蚯蚓,只要一息尚存,就能接续下去。雪后的村庄渐渐打破沉寂。炊烟照常在每天固定时刻升起,风在大山之外,炊烟的路线与雪垂直,到了上空钻进云里。云没有因为炊烟改变颜色,依然是一片雪白,和大地、山峦上的雪一样的白。

雪后的空气突然凝固,天空像无边无际的冰体,而人是冰体里游动的鱼。只有呼喊——穿越围栏、墙体和林木的呼喊,成为黑暗中燃烧的火把,将人心一一照亮。雪后的呼喊声与平日不同,谁的一声喊出去,马上形成爆发力,急切、猛烈、炙热,而后拖着悠长的余音,绵软而又亲切,像是在为丢失寻找,为垂危救援。第一个发出呼喊的人,没见过这么大的雪,没见过雪几乎要把房子埋葬。接着呼喊的人,重复了第一个人的呼喊。多少人听到了喊声,随即会有喊声应答,一声连着一声。他们觉得雪没有伤害到人,也没有伤害到畜禽。转瞬间,一切恐惧、忧愁甚至绝望,都在呼喊声中化为乌有。

铁锨、木锨与地面的摩擦声,由稀落的声响汇成恢宏的轰鸣。惊恐万状的灰喜鹊、乌鸦、麻雀、山雀、斑鸠、啄木鸟们,几乎同时逃离山林,但它们刚飞到村庄的边际,又从不同的方向折返回来,重新飞入林中,等待复现宁静的一刻。当初,它们从不明的地方飞过来,像是再也没有飞出去,并学会了和山民一样的等待,等过了一场雪又一场雪,一直等到春天来临。此时它们却还身在雪中，在寒冷中战栗。

道路终于从雪里缓缓地现出身来，父子之间、亲戚之间的路，然后是路与路之间的路，最后是整个村庄的路，越过沟坎、河道、高坡，出现在各户的房前。路上的雪是被劈开的。路是雪的刀痕，窄窄的，人们可以行走，手推车也能通过。

路是村庄的血管，路通了，村庄的血液奔流。

村庄不死。

六

一场大雪像是把人间隔离了四季。人们走在路上感到兴奋，把双手放在嘴边，大口大口地呼着热气，彼此见面会放开嗓门，亲热地打起招呼，俨然拜年时的情景。房顶上的雪被掀下来，房子还是房子的模样。人们站在各家的房顶上，像欢呼胜利似的相互招手。

雪没有摧毁生活，反被生活粉碎。

恰逢朔日。寺庙的钟声早已在上空回荡过，村里的几名香客，头一天已约定好，要去庙上焚香礼佛。大雪拦住了他们的去路。没有雪的日子，去寺庙的路在白天清晰可见，从村头向上蜿蜒，然后过梁向北。山路不见了，山和路都在雪里。香客们各自燃起香火，把香插在院墙上的积雪里，遥对寺庙，双手合十，默诵着只有自己才知道的心思。香烟袅袅升起，如一缕缕虔诚的思绪。不知是哪些信众，很快清除了通向寺庙路上的积雪，有人开始向寺庙走去。远望他们躬身行走的背影，时而隐入雪里,时而漂浮在白雪之上,如同扁舟泛游于信仰之河。

雪真的没有什么了不起,最大的本事无非是把死亡重复埋葬。这又有什么值得悲伤呢?要知道,重复埋葬的死亡才是新鲜的死亡。松林里祖先的坟墓、埋入土中的枯死的树木,以及各种动物的骨骼,在被雪覆盖之后,便激活了人们的记忆,让人想起尘封已久的往事,想起生命在此繁衍和消失的始末。早就遗忘的事件,或者可有可无的话题,都因为对一场大雪的遐思而变得真实、沉重、详尽而又深刻,仿佛那些人和动植物带着温度和表情刚刚离去。

当雪成为追思的一袭白衣,一切被掩埋的事物,其实都已经暴露无遗。

七

雪后的风给每家关上了门,火盆里添加了青烟未尽的干柴。关于对一场雪的议论,在热炕头上展开。

议论那场雪有什么意义?之后的雪也时常纷纷扬扬,只是没有那场雪来的猛烈。也许就是因为它猛烈,让人猝不及防,才在人们的心头挥之不去。

议论那场雪,自然会说到牧羊人的死。当人们把自家房上的雪清理完,孤立在半山腰的一座房子,依然被雪覆盖着,那里的主人是年迈的牧羊人。雪在他家的房子下方筑起一个高高的陡坡,一时没人能上去,几个人冲着房子大声呼喊。牧羊人没出来,也没应声。当人们上去看到他的时候,被雪挤压的房门正卡着他的一只胳臂,人却僵硬在门里。

有人说牧羊人是患了急病,死前是想逃离出去医治,却被雪堵在了屋里。也有人说,他是担心羊舍被雪压垮,把羊压死,不得不出去,但雪不给他出路,最后让他耗尽了全身的气力。

他没有儿女,老伴早就因病死去。村里人凑钱为他买了棺材,还请了丧事鼓乐队为他送行。出殡那天,天气冷得出奇,北风刮进林子里,树疯狂地摇晃。鼓乐声被风吹散,没有形成哀痛的气氛。无论哪种猜测正确,牧羊人都是因雪而死,既然如此,雪作为他的殉葬品一点也不冤枉。牧羊人被掩埋了,人们把坟墓周围的雪全部取过来,把坟墓堆成一个小小的雪山。

牧羊人的丧事办得还算体面,人们开始转移话题,但还是没有离开雪。雪压垮了多家畜禽的棚舍,鸡鸭和羊都有死亡。牛还活着,倒塌的砖石和并不粗大的梁木,不足以让牛气绝身亡。遭受损失的人,表情并不凄然,眼里更没有泪水。他们学会一种对比,与过去发生的畜禽瘟疫的对比,深知大雪造成畜禽的死亡微不足道。

火盆里的干柴就要燃尽了,受到铁棒的掀动后,白色的灰烬腾空而起,围坐火盆的人视而不见。尘灰落满了他们的头,像是蒙上一层白雪。

他们为雪喋喋不休。

山民并不觉得那场雪有多大。对于春天来说,融化的雪越

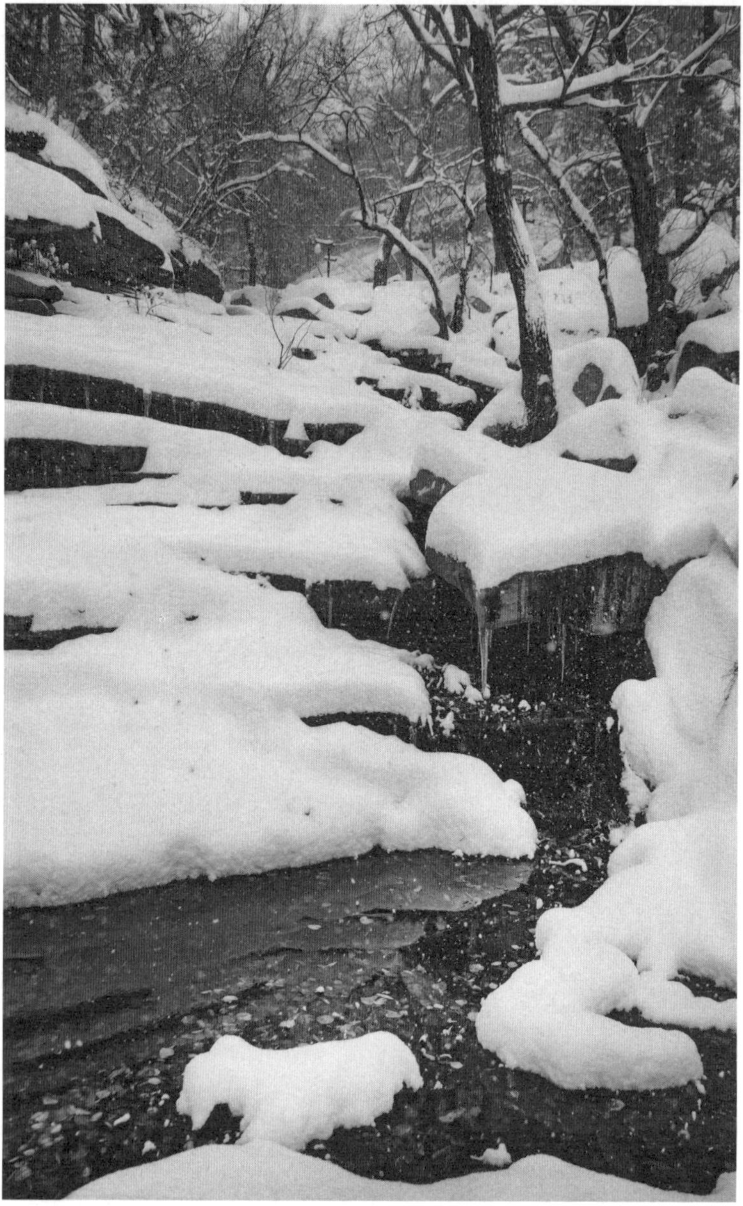

多，越像是春天的样子。已经连续两年遭逢春旱，山上的果树渴盼春水的浇灌。

窗外又有雪花飘落，稀稀零零的，毫无生气。这可能是这个冬天里最后的雪了。山民想到春天，只有到了这时，春天才容易被想起——漫山的雪化成水，冬眠后的果林得到久别的滋润，花蕾绽放，果树花开。土地变得湿软，种子播下去，很快长出青苗。还有野草，提早冒出来，牛羊会吃到鲜嫩的食物。

想着想着，春天就飘雪一样悄无声息地降临了。

一个老人的古城

汪德山老人每次在梦中遇见的北镇古城，都在他白日的游走中与他相逢，而他眼前的一切，却又不是梦中所见。这等于他在睡梦里还没有醒来。

在走过无数次的一条老街上，他停下脚步，缓缓地俯下身去，拾起一块石头，贴近眼睛端详许久，最后还是丢进垃圾桶里。他确信，那块石头与当年古街上的石板没有关联。

他有时对自己的视觉感到不可思议，脑子里清晰的那条街，怎么睁眼就不见了。他又徘徊在老东街的街口。这里像是有一片强大的磁场，将他有力地吸附过去。他禁不住又背着用家织布缝制的书包，恭谨地走进文庙，朝着孔老夫子的塑像，深深地鞠了一躬。之后，他马上想到，长大后要做一个文武双全的人，知道武庙就在隔壁，出了文庙便进了武庙。武庙也叫关岳庙，里面供奉着关羽和岳飞。他对他们二位不鞠躬，只是

抱拳作揖。关公和岳王目光如炬，转身离去时，让他两眼放光。

一辆摩托车轰鸣而过。他知道刚才的场景出自顽固的意识。

不是老街巷的街巷，藏匿着古城的影子。那影子在他的脑海里日益真切。大概每隔一个多月，他会完成一个行走的轮回，至于在下一个月里，上次相遇的情形，怎么又活脱脱地与他邂逅，时值四季里的哪一个季节，天是晴是雨，是雪是风，他当然不会记得。他只记得古城，记得古城里的每一条街，以及街里的每一个胡同。每天两次，分别在上午和下午，他都会走出家门，独自在老街上游荡，像是一位庄稼人，熟稔地走在自家的田野里。他的行走不是漫无目的的闲游。因为他在行走中，始终背负着一个个沉重的影像，并想要为它们找到属于自己的归宿。

　　它们的归宿在哪里？那些以古代衙署、禅塔寺院、商号店铺、居民姓氏和地形地貌命名的八十一条胡同，早已是植入他大脑的一根根神经。他一想起古城，那些根神经就开始蹦跳。随之，东察院胡同、西察院胡同，大佛寺、财神庙、老爷庙、皂君庙、城隍庙、鼓楼、牌坊等后面加上"胡同"二字的老胡同，还有胡同内外的赵家绸缎庄、王家药铺、陈家饭店和周家杂货商等，便纷纷向他伸出手来，甚至拽着他的衣襟，让他走近它们。与年少时一样，他走近了，就要和它们相遇的时候，它们却无情地隐去了，而后在另一个遥远的时空，不停地向他招手。其实，大约七百年前，在当时的广宁城里就出现了胡同，胡同里黄土的颜色早就暗淡下来，只有尘土和烟火的气味在空气中弥漫。近年来的变迁，胡同早已改头换面。

　　在常人眼里，他迷狂似的寻找，似乎展示一种精神的偏执，而偏执的怪异只能出现在他人的眼里，至于偏执本身，也许就是某种韧性和信念的表达。他每天蹒跚在街巷里，理性反复提醒他，寻找无非是回身一望，或是用眼睛搜索着走一段回头路。当意识里出现灰暗的闪念，他以更加纯粹的理性暗示自己：只要是寻找，足以说明丢失的宝贵，即使不可复得，也会使内心平和。

他应该将寻找视为一种游戏，既然是游戏，便不该对游戏的结果感到失落，更不能以为那些超乎现实的幻象，是对神志的某种嘲弄。他早就明知这种寻找近于荒诞，想要重新获取记忆中的古城，不过是梦里才有的惊喜，但他还是对寻找的状态乐此不疲。他喜欢以这样的方式，度过每一天的生活。这种特殊的愉悦，无异于在他风烛残年里，为他的行走送来一副坚实的拐杖。

这不觉得有什么奇怪。自从有记忆那天起，古城墙和庙宇的灰，数不清的门和门楣的红，相互交融在一起，使一座古城的色调成为他记忆的底色。所以，他认为自己的表现再平常不过，当然对别人投来的目光也不会有一丝的疑惑。

夕阳在医巫闾山的身后隐去半个脸，满城被涂上了一层淡淡的橘红，乌鸦栖满了槐树胡同里的一株古槐，等待黄昏的到来。他时常看到这群乌鸦，活到八十八岁，乌鸦似乎还是他第一眼看到的那一群。也就是说，乌鸦与他一起活着。他举目凝视，在心里朝着乌鸦高喊一声："你们没走？"乌鸦聒噪几声。他听到的回答是："你也没走！"于是笑了笑，露出一口假牙。恍惚间，他觉得自己是那株古槐。

他最早在古城里有意的行走,是从城隍庙开始的。那时,他家住在北城门外,进了城门就是城隍庙。由此可去东侧的崇兴寺,那里高耸着东西对峙的两座高塔,他当初对塔身精美的雕像和纹饰有些淡漠,对塔顶装有的风磨铜宝珠也不屑一顾。他喜欢的是那里的燕子。天气转暖,燕子如回归故乡的游子,径直朝双塔飞来,数千只燕子绕塔鸣叫,倾诉着离别一个寒冬的思念。它们的叫声不在阳光里,而在灰蒙蒙的云层之下,这会让他想到雨,想到城外雨中的庄稼,还有医巫闾山那条时断时续的瀑流。他不去想遥远的辽代，为什么要把塔建成八角十三层。有风吹来，塔檐下的所有风铃，激动得摇摆不止，那和声仿佛悠扬浩荡的偈颂。比丘们面向塔身，十指合于心口，对他视而不见。他偶尔遇上这种情形，也学着比丘的样子，但他只能听到风铃在丁零零地作响。

古城月光如洗。他在睡梦中，听见燕子的叫声，知道春天来了。几声鼻鼾过后，古城老街的树木同时撑起绿荫。用不了一个小时，他就逛完了观音庵、娘娘庙和药王庙的所有庙会，把碗坨、大眼烧饼、卷切糕、香油果子、大麻花，还有面茶和凉粉吃了个遍。他把梦里的场景讲给家人，讲给街坊。他重复的话，是他对上一个梦的重复。

他半梦半醒，拉洋片的图景还在变换。洋片是西洋景。看西洋景只花一分钱，眼睛对准木箱子的窥孔，洋人、老爷车和摩天大楼，山里没有的许多动物，就接连出现了。拉洋片的人边拉边解说。他还想听评书。听评书也花一分钱，但只能听一段，听到"且听下回分解"，如不再摸出一分，便会自动离场。他多次尴尬于这样的场面。

此时，窗外的雪花，正铺白古城的每一条胡同。

他内心的苦楚，是眼前的实体与意识里实像的对抗。街路两边高耸的楼房，店铺一张张灰白的面孔，悬挂其上的斑驳陆离的广告牌，都在向他张牙舞爪。喇叭里传来的叫卖声，尖啸出金属的音色，让他本已失聪几分的耳朵感到更加阻塞。他的双脚，似乎还站在今天的门槛之外。

他在城墙旧址的路边观望。原本周长十公里的古城墙上，可以跑马车，而汽车和拖拉机正在城墙的基础之上轰响着往来。五十多年前，他亲眼看见愤怒的人群，一起向城墙挥舞锤钎。呐喊声中，充满了对高大雄壮的墙体的仇恨。尼庵里的尼姑个个耳聪目明，起身先行一步。她们的背影在他的大脑里，在城墙北门外荡起的烟尘中。就在城墙的不远处，他看到墙体的粉碎，青砖由防御性转换为猪厩类单一的砌筑属性。

他看到了城隍庙的倒塌。城隍庙里的城隍，本为守护城池之神，一直背靠城墙，手执笏板，正襟危坐。有人为了保护城池向它祈祷，它却不再显灵，还没来得及躲闪，就被落下的青砖砸个面目全非。城隍神和城隍庙消失殆尽，代之而起的是一座墓碑。他看到墓地有人清扫，有人送上白色和黄色的花，在风中抖动不停。城隍庙的香火时常在他的梦中缭绕，四株粗大的古柏飘着丝丝袅袅的烟雾。古柏是神树，没人敢对它下死手，它们还活得硬朗。他对它们一一抚摸，末了是眼里的一汪泪水。

多少年来，他为自己曾经充当的看客感到羞辱。

一座城在看不见的烽烟里，被支离、瓦解，在今人的眼里，看不出它往日的几分宏阔。孩子们从不以为它有什么玄秘，也许他们的县城从来就是今天这个样子。来自远方的游人们，手里舞动某家旅行社的小旗子，目光空洞地在街上踱步，在与他擦肩而过的一刻，留下急促的呼吸声和浓重的胭脂味儿。此时，总会使他心生隐隐的羞耻感。他也曾是历史的看客，与众多的看客一样，面无表情，呆呆地看着另一群人，看他们莫名其妙的凶狠。他无数次地想过，古城如果什么也没有发生，在今人的眼里该有多好。实际上，正是他和无数人的"如果"，成为无数个追悔莫及的慨叹，以此为消失的文化特质送去一份悼念。他突然觉得，古城和自己同属孤独，一个孤独而去，一个孤独地寻找。古城是他的灵魂，他是古城的守墓人。他觉得这样的比喻还不够妥帖。他不是有神论者，只能以守墓人之心，去守护古城留下的并不完整的影子。

他在思考，一个人记忆中的古城，对于古城来说有什么意义呢？记忆迟早会随人而去。他不想知道，自己记忆的东西，会有多少残留在他人的记忆里，也不想沉湎于官方的史志，从中验证自己记忆的真实与否。他边想着他的古城，边现身于古旧物市场。在那里，不知经过了多少年，他获得了二百五十多张古城老照片。他为自己寻找的结果感到十分得意。那些景物与照片的每一次重合，都会让他激动不已。在他看来，那些照片就是物像的实体，形态、颜色和气味都在其中，而且永不消逝。他看到庙宇，就能看到神态凝重的信众，听到佛堂里嘤嘤的经声；看到庙会的场面，就看到人头攒动，蒸的炒的油炸的小吃，正冒着热气，散发着让他垂涎的味道；铺在古城门地面的石头，光华铮亮，车把式的一声鞭响，还有踏响在古街上的马蹄声，刹那间都在古旧的图像里旋荡出来。此时，时间的指针回转到时光深处。他随身而入的一刻，万籁阒静。

他的双脚开始沉重，却依旧让肉体拖着灵魂，每天由南街走到中街，如果再去北街，他便显得吃力了。在鼓楼绕行一周之后，他习惯地停下脚步，向四处张望。谁能知道他在张望什么。只有他自己清楚，他的张望无非是虚拟的形态。古城千百年来上演的一台又一台历史剧，每一次剧终人散，都会使一场喧嚣骤然寂灭，随之把那些朝代的故事，抛向不明之处。后人不得不对其作出寻找、猜疑，为某些人物和事件出具存在与否的证词证言。他当然确信史学家对古城旧事的追踪记述，但他还是愿意沉醉于由此生出的种种遐思——

耶律阮选定这片土地修建显州城，以侍奉父皇耶律倍，他当时是怀着何等复杂的情绪？北镇的满族民众是否知道，由辽国东京为守墓而来的三千户鞑鞨人，竟然是自己的祖先？如果没有显州城，明朝能否在此地修建一座新的城池？时任辽东总兵的李成梁，站在由显州城南门变成的一座钟鼓楼上点将出征，有无撼天动地的一声呐喊？努尔哈赤率后金军攻打广宁城，又是怎样城倾楼圮、血溅人亡的惨烈场面？鼓楼里供奉的胡三太爷，难道真是努尔哈赤因了一个托梦，大胜明军后兑现了梦中的承诺？……似乎只有那些超越呆板史料的想象，才会使他的血液流贯全身。

古楼在近年得以修缮,垒砌的部分青砖,当然没有经过风雨剥蚀才有的苍古,铺往李成梁功德石坊的一条石板路,在阳光下显得十分明亮。毕竟相隔那么久远,谁能无缝填补一段历史的断层呢,毕竟对古老的遗存生出了几分敬畏,这份填充也不失为一种文化的觉醒。石舫和鼓楼,最终还是给他的眼角挂上一丝微笑。尽管两处建筑在古城的五脏六腑里,早就失去了同其他器官的功能联系,但它们没有真正坏死,它让他听到了古城微弱的喘息。

寒风从没了城墙的西北方向吹来,他在街上踽踽独行,脚步缓缓的。路过赵家裁缝店的位置,他想起少年时的一个初冬,母亲带他在这里做了一套棉衣,花去三元五角钱。而贴在店铺窗户上的"寿衣"二字,让他忽然想到,生与死的距离只隔一个白昼。住宅楼高出城墙几倍,他向窗外看,觉得自己被悬在空中,随时可能坠落。他觉得,只有照片而没有文字,照片太显孤独。于是,他年复一年,为照片铺展出几十万的文字。他想得很简单,就是让人看一张照片,读一段文字,就会知道古城在哪里,古城是何容颜。把文字和照片装订成书,分发给城里的居民,他以为这样就留住了古城。

他心里清楚,这怎么算是把古城留住了呢!自己的做法,一如手捧死去的亲人的遗物,而亲人再不会回来。他抚摸古城的每一张照片,似乎还有砖瓦的手感。

古城里的那些老人,悄然在古城里离去,送葬的人为之留下一阵又一阵哭泣。古城在岁月里消逝,岁月带走了它原有的繁华和热闹，带走了数不清的故事和人间烟火。只有承载它的土地还结结实实地在那儿，处女一般，仿佛什么都没有发生。没有人为它送葬，因为它死得并不彻底。他知道它再也无法站立，不过，他没有悲叹，他想让它活着，即便是省略的局部地活着也好。

面对他，如面对一座古城，破败而不朽。

卖香人

除了十四尊胁侍和两尊天王，她无疑是在奉国寺大殿中陪伴七尊大佛时间最长的一位。尽管她的陪伴不是为了消解大佛们的寂寞，也不是为了明心见性的静修，但她在医巫闾山西麓辽代皇家寺院里，始终以卖香人的身份，怀有如胁侍般的殷挚，让那些往来的香客们感到，她似乎与佛性相通了。

她个子不高，微胖，短发，每天早上，当大殿高高的木门，在一阵吱呀呀的声响中打开，她便抱着几炷成扎的香随身而入。大殿的门槛内，有一张漆色斑驳的小木桌，她进殿后，把各式的长香短香，整齐地摊放在木桌上，然后在桌前踱步，等候善男信女前来焚香礼佛。

她不主动搭讪进殿的陌生人，她知道，来大殿礼佛的人，敬香是必不可少的程式。所以，她的目光不像市场上的摊贩，对路过身边的每个人都抱有购买的渴望。一种约定俗成的行

为，使香客们在接近那张木桌的一刻，总能停下脚步，对她说要买香。香客买香和顾客买东西很有区别。顾客大都问价或讨价还价后，再把东西买走，而香客却不然，他们把香拿到手上，然后再问要付多少钱。几乎没人为买香讨价，也许担心丢了虔诚，遭到佛的耻笑。在佛殿敬香，当然要敬佛法僧"三宝香"，如果在道观里，敬的则是"三清香"了。一角钱一支香，是20世纪90年代初的价格。她当时给奉国寺的管理部门年交两万摊位费。在外人的眼里，卖香的生意，显然收入不菲。

多少年的惯例是，她进殿后要为七佛正中的毗婆尸佛点燃一炷香。七佛由东向西，等距结跏趺坐于莲座之上，居中的略显得高大，两侧依次略小，最西的一尊为释迦牟尼佛。没有人能说清这种排位的确切缘由。她给毗婆尸佛焚上一炷香，以为就是敬香于所有的佛。香客们却不一定知道，一佛就是一切佛，一切佛就是一佛，所以唯恐轻慢了其中的哪一尊，即使在某一尊前，没能以香相敬，也要叩首膜拜，以示心中的亏欠。

她没有香客的信奉，也不疏离于香客的虔敬。实际上，她每天要敬一炷香，既是对佛的礼仪，也说明自己并非与香客格格不入。她绝不是为了卖香，才去有意释放烟火的气味，引诱进殿的游人买她的东西。每次把香点燃，插立于香炉沉积的厚厚的烟灰中，她也和香客一样，仰望佛像瞑目合手，至于她的祈愿是属于自己的生意兴隆之类，还是为了家人和亲朋的安康，那就只有她心里清楚了。

无论怎样，作为大殿里的卖香人，每天沉浸在香火里，在香客与佛之间，为着尘世的挂碍转向虚空的清净，把每一炷香恭谨地递送到香客的手上，在香客看来，她的生意确有一种别样的意义。对于她而言，卖香和卖其他东西，都归于生计，似乎都没有意义。但实际上，借助于某种信仰，让信仰者舍去一点钱财，换取表达信仰的物品，以了却心中所愿，便是居于生意之上的生意。香在信众的眼里，是信心之使与修道的助缘，向佛焚香，则凡圣相通，卖香与买香的交易自然有些许的敬重。所以，在受到国家重点保护的千年寺院里卖香，她应该感到不同寻常。也许只是因为有不菲的收入，她才去嘴上淡化这生意的特别，以回避人们出自妒忌的评说。

该是出自某种模糊的意识，其中不难想象，她的这种意识正被金钱与信仰交叉捆绑。她有丈夫，有一双儿女，要为安身

立命和家庭生活赚取收入。所以，世俗的物重无法使她进入纯净的境界。也就是说，她不能成为一心向佛的信徒。把香从遥远的地方运过来，摆放在桌面上，待每一支香燃起烟雾，便形成了世俗与信仰的分野。她沉沦于世俗，因为香客的钱，流进了自己的腰包。此时，世俗对信仰显露的卑怯，如阳光之下的一处晦暝，鲜明地对比出混沌与清透、庸常与超凡。

大殿空间的纤尘，在幽暗中开始飘移，信众与佛展开心灵的隐秘沟通。在她看来，眼前的一切，都不过是惯常的情形。佛面庄严，却充溢慈悲，阳光投射到地面上，距离七佛端坐的莲花座，至少有五六米的距离，而反射到大佛身上的光线，稀疏而昏蒙。焚香者身心通透，谁知道他们灵魂里的祈愿，是否被佛所知或者欣然接纳。

焚香的人大都如此：从山门进来到中门时，步子迈得快捷，经甬道走向大殿，像是突然遭遇一道强光，头部低垂，步

85

履缓缓，恭谨中蕴藉些许的忐忑。祈愿本身就是忐忑不安的心理，对未来的不可预知，对超越于人的寄托，对某种希冀的焦渴，一齐涌上心头，因之，每向前移动一步，都牵绊许多心思。所有人都是奔向七佛而来，进了大殿，每个人脸色骤然凝重，目光停留在香桌上，然后投向她。在他们或她们的眼里，她就是一炷香，或是一炷接着一炷的香。

卖出去的香，化作烟雾，在佛身上下缭绕。偶尔有燕子闯入大殿，但香烟的气味使它无法忍受，啁啾几声便又匆匆飞出殿外。香客们屏息凝神，在香炉前仰视佛面，默诵心中的祷念。

升起的烟雾像一束束温和的薄光，在人的面前表现出一种精神力量。佛们超凡脱俗，面对的却是每天香烟缭绕的世俗场面，在看似无动于衷中，以偶像的方式慈悲地面对虔诚的香客。

通常，她和众佛一起静静注视着烟雾中的众生，不同的是，众佛俯瞰众生时，仰望与俯视之间，因了袅袅的香火，像是有了一种不可言说的默契。而她对信众的平视，自然使她游离于信众之外，所以，她自己是一名看客，看香客的神情像画册一样，在她的眼前一一翻动。当她闭上眼睛的时候，那些个片段开始在脑海里涌动，而片段里的情形却不是她所见到的，是被遮蔽的某些场景或某种形态：日渐消瘦的孩子不住地哭号；老人呻吟着露出半个脸；渴盼的眼神等待一场透雨；欲望之火正在燃烧；劫难的钟声穿透黄昏的云层……她把这些无限放大，最后都在尘世中消散了。

她猛地睁开眼睛，香客不见了，暮色沉落到寺院古松的梢头，被高墙阻隔的喧嚣乘虚而入，七尊大佛依然面目庄严。此时，殿门正滞重地缓缓关闭，一位老妇踉跄着高喊："等一等！"

卖香人早已跨出门外准备回家。

"烧——支——香！"老妇气喘吁吁。

卖香人召唤同事，将大殿的门重新打开。

老妇仰望佛面，泪眼婆娑，口唇翕动。第二天，也是这个时间，老妇又来敬香，时间与昨天傍晚一样，还是晚了一步。她必须等到儿子下班，把孙子交给儿子，之后才能到大佛寺。卖香人只管卖香，不问香客的事。老妇自己按捺不住，说清缘由：居家后面有一处圆形的池塘，前几天下雨，塘中蓄了多半的水，水面上浮着一只死鸡，一只仔猪掉进去就没爬出来。孙子只有五岁，到处乱跑，万一滑进池塘，性命难保。买香人听得真切，送她出了山门。

知道自己脑海里的片段，不过是平常的想象，每天的烟雾里，到底隐匿着多少故事，一炷炷香火点燃多少期盼，是她从来没有认真想过的问题。卖香赚钱就是了，何必要替佛操心呢！况且，那些前来还愿的人，并没有把他们如愿的事告诉给自己。这样一想，她与佛、信众，与这座千年古刹似乎没有任何关系。但她最终并不这样认为。也许是慈悲的咒语每天在她的耳际无声地回响，也许是她天性善良，抑或那些香客的神情，给她的内心以强烈的触动，她收下卖香钱之后，朝着香客的背影思索许久。

又是那个老妇来了，在山门未开的早晨，她又站在了那儿，脸上的皱纹全部舒展在霞光里，眉梢弯弯，满是欢喜。昨天，密密的铁丝网围住了池塘。卖香人感谢政府采纳她的谏言。老妇人却叩头谢过大佛，又躬身作揖谢了卖香人。卖香人微微一笑，默不作声，目送老妇缓缓走出殿门。

大概就从这个时候开始，卖香人习惯与香客聊天，聊天没有目的，不问谁来自哪里，当然不问为何而来。但是熟悉的香客每来一次，都会和她交流一会儿。就是在这不经意中，她得到了许多鲜为人知的信息，比她脑子里浮现的片段要多出十倍百倍。有时，她听着听着，眼里就有泪水流出来。当得知某些人为还愿焚香，她也会为之欣喜。久之，每天面对纷至沓来的香客和信众，她仿佛并不在一处清净之地，而是置身于尘世的深处，人性中所有的友善、怜爱、悲欢、惊恐、偏执、贪婪，都搅拌在一起，形成一个旋转异常猛烈的涡流，使她心神的一叶扁舟，在涡流中起落沉浮。她倍感世俗的烦乱，只有大佛们却若无其事，无论对何人都视为众生，在香火中继续发散着慈悲。

　　一道禁令下来，大殿里不可再有香火。卖香人似乎预感到会有这一天，提前搬走了卖香的桌案。没过几年，她死了，确切的死因是肺癌。灵位写有她的姓名——王淑梅。有信众悼念她，为她点燃香火，接着便嘤嘤地诵着咒语，响起一阵与大殿里相似的声音。

千家寨开满白花

五月，千家寨的稠李树花白如雪，阳光轻缓地照射下来，偶尔有风拂过，稀零的花瓣怯生生地飘向天空。

年近八旬的沈广阳眼里闪着泪光，双肺的张力到了极限，随即一声叹息，竟然拉长到岁月深处。他的叹息却没有叹息的纯粹，风过松林似的声音，仿佛带着无穷的哀怨。大黄狗突然空吠几声，一群乌鸦从松林的枝头，蓦地飞向东南，在白花开满的山岭上盘旋。我似乎听到空谷足音，慌促、错乱而轰鸣，然后嗅到浓稠的炊烟的味道。我的一声唏嘘，为他的讲述标注一个惊叹号。

医巫闾山的千家寨，最早以一枚路标的指示牌，在我的眼前一闪而过，后来一次采风从此路过，对那三个字却视而不见。这个地名对我的眼球不产生吸引，是我揣测它贮满了喧嚣，庞乱与荒僻也该是它的征象，所以没有光顾的兴致。

我对家山感知的缺失有所羞愧，恰恰是与千家寨擦肩而过又与它此次相逢开始。这要感谢贾辉先生，他以作家敏锐的目光，对医巫闾山审视了半生。他说千家寨里长满故事，故事都在沈广阳的脑子里。贾辉采访过他多次，与他颇有交谊。沿着通往山西的公路，在医巫闾山脚下向南拐进两公里，就到了千家寨之下的村庄。广阳老人像是那里的守门人，因为去往千家寨，首先要经过他家的房子。

几个中老年妇女，身着俗艳的衣装，手拎装满食品的塑料袋，说笑着向上走去。我一直以为，如果心里没装着故事，即便游览时把眼睛瞪如牛眼一般，也许只带回哪座山、哪株树或哪条河流一丝的影子。当然，游客不必是骚客，骚客看山看水，能看出几个朝代。而游客游的是自己的心情，只要高兴就不虚此行。此时，一拨游客从山上懒散地下来，每个人的表情麻木。我不能问他们为什么。

历史被岁月揉碎，又被岁月掩埋，甘愿找到它的半根筋骨，并以此还原一个完整的躯体，那是有心人要做的事。我反对说这是主观赋予，这和赋予没有关系，因为原本的存在，任何赋予都无法使它复活。依凭于记忆、追溯、苦思，不囿于任何固有的影像和断断续续的传闻，将原本的一切复归原本，这对于残破不堪或已消失殆尽的事物，对于随之远去的数不清的人来说，是一次极为幸运的相遇。那些个幽灵从离开各自躯体的那一天起，也许很少甚至根本就不知道，有人会以这样的方式寻找它们。

千家寨山下的村庄，有两位能道出一些往事的老人，早被子女接到城里去了，广阳老人成了村里唯一怀揣千家寨的人。他的讲述，不免令人一阵惊悚——山路上的尘埃涌成洪流，攒动的人头在洪流里相互碰撞，叫喊声响成一片。小孩子的头在大人的头上，如水中漂浮的无数个小小的皮囊……

那场迁徙来得太突然。第一个发布消息的人到底是谁？他怎么知道努尔哈赤要率兵攻打广宁城中的明军，连城内的老幼妇孺也要一起杀掉？传播消息和听到消息的人诚惶诚恐，顿时，满城如一锅沸水。人们只有一个念头，就是寻找活命的去处，不能在城中等死。十字街南布庄的东家李善士，携家带眷捷足先登，走了十五公里，到了医巫闾山的圆通观。道观里的姜道士是他的好友，自然愿意他来此避难。圆通观下院和中院坐落在山腰的峡谷里。峡谷呈马蹄形，开口向北，上院在正南的峰顶。从下院出去不远，就可上路返城，如有后金兵追杀，还可到上院避险。城里人的眼睛盯着李善士的路线，紧随其后纷纷涌到圆通观。十家为甲，十甲为里，算来整千户人家。一次恶意的揣测，使圆通观三院的香火昼夜不息，把山头白色的云雾，变成了铺天盖地的灰色的鸽子。人们站在圆通观上院的殿堂外，远眺广宁城，城中火光熊熊，厮杀声隐隐传来。

不知过了多久，避难的人们又返回到广宁城，因为他们得到的确切消息是，后金兵并未对城里的居民挥舞刀枪。一个往返的结果，只为一个幽闭的山谷，留下了"千家寨"的名字。

广阳老汉讲述的情形，像是他刚刚从久远的千家寨转身回来，每一句都是对消逝的场景的回放。

传说总比改写历史怀有良心。我宁可听信支离破碎甚至无中生有的善意的传说，也不忍看改头换面、颠倒黑白的所谓史料。但千家寨的故事即使真实不虚，那又有什么可以追怀呢？我的思绪纷乱一阵之后，忽然闪出一连串的词语：争霸、家庭、生命、人性、妇女、儿童、祈愿……我向四周望去，迫切寻找一缕炊烟，如果真的能看到炊烟未散，那么，我就会生出幻想，幻想那一定是千家寨断掉的游丝。恍惚之间，几只鸟在稠李树上倏地飞起，唧啾里满是对我的揶揄。

千家寨里的圆通观，确曾有它真实的存在。医巫闾山有四大名观，圆通观是其一。圆通，活脱脱的佛教用语，没了无明、烦恼的障碍。道人住进圆通观时，圆通观也许叫圆通寺，有僧人曾在这里奉佛。后来，僧人去了他处修行，道人却喜欢这里，"寺"便换成个"观"字，算是道人名副其实的修炼之地。而慈航道人作为佛道两家的共同信仰，当然还在那里受到虔诚的供奉。

它真正的不幸，绝非远离了仙道之气，而是破碎与迷没。其实，某种文化的真实，一旦只能通过几点遗残，去辨认它的前世，便会让人心痛不已。

心痛不能使远去的背影还魂，况且圆通观早已碎尸万段。转念一想，它的消逝就是它的存在。犹如有的人死了还活着一

样，圆通观还活得让人心神往之。稠李花正在它活过的地方，以传统的白色，祭奠它活着的模样，用喏嚅的轻声诉说一段往事。

那年，一阵怒向石狮的劈砍声，传到千家寨之外。一对石狮原本欢笑着，蹲坐在下院殿堂门外，且面面相对，互送欢喜。石狮嘴里含着的石球，欢喜得像要滚落出来，但始终含而不落。无论人手的作用有多大，石球都以滚动的声音告诉来者，进到狮子嘴里的东西，绝不会吐出去。越是这样，有人越是觉得，那石球里藏着宝贝，便开始与一对石狮较劲，非要让它们把球吐出来不可。它们依然欢喜，依然把球含在口中。于是，石头和肉体之间展开一场对抗。尽管石狮口含的石球，有驱魔镇妖的寓意，但寓意属于虚无。所以，那斧头最终砸烂了它们的上下嘴唇，砸掉了牙齿，使它们的样貌变得不可辨识。石球最终坠入尘世，正殿一根粗大的石柱，随即訇然倾倒在地，石狮淹没于白色的烟尘之中。前来圆通观的香客，再也看不到石狮最初的容颜。

经过圆通观的下院和中院，等于经过了时光。时光无声无息地站在它的位置，睥睨过往的每一个人。我顿时觉得，我和所有的游客，与那段时光邂逅，并不是幸运的事。当我有了这样的感觉，我就知道，不幸是幸的亡者，幸的形态毫无保留地嵌入于不幸，因之，过去曾发生的一切，也就是那场劫难，并没有粉碎我的思索。源于我对一种信仰的尊重，总会使我对愚蠢和野蛮大惑不解。

几点白花被微风吹落,只有泥土能听到它的幽响。广阳老人抬手指向山巅,说那上面有两株千年古松,古松怀抱一道残垣,那就是圆通观上院。他说的真切,当然也是曾经真实的场景。但我遥望山巅,看到的却不是一丛翠绿,不是坍塌的墙体,而是两株古松幻化成一对白发夫妻,共捧一具尸骨。这情形我在梦中也未曾见过,竟然在眼前出现了。瞬间,它又变换出另一个形态:一座高大的坟茔,浓郁的绿茵是坟茔的厚土。这厚土通明,只是封埋的意象,死去的事件依然暴露在阳光下,凌乱而苍凉。

那年冬天,雪大风猛,圆通观仅有的三位道士,在一个雪夜给所有的仙位焚完香,一起逃离到山下。次日,他们出现在农田会战的人群里。山下的信徒和香客,偷偷给他们送去食物。许多人认为他们仙气未消,其实他们再也不是道人,圆通观里的香火,只是留给他们的记忆。有些记忆不仅使他们难以忘却,山下的民众同样刻骨铭心。几场大旱,山民身披蓑衣,头戴柳枝,到圆通观上香祈雨。二十多名道人与山民一起,拜完"三清",拜玉皇大帝,拜雷公、雨师等诸神。如此一番,乌云密布山野,雨便尽情倾泻。所以,这方土地从未有过因干旱无法播种的年景……

我对广阳老人关于求雨的讲述并不确信,认为无大旱之年不过是天公作美,不该归于向天祈祷带来的甘霖。他的话却无休无止,一直说到道人们为祈雨出过力,说山里人和当年的道人很是亲近,某人患病离世,是乡亲们为他入殓送葬。当下,道人早被遗忘，广阳老人却记得三人姓甚名谁。

我和他的目光交汇在一起，却不知道他指点的峰巅，在他的心里还能幻化出什么。

古遗址是逝者的故乡。活着的人发现它，并在此安营扎寨，理直气壮地被遗址供养，让历史存续，让逝去的人和事物复现出来，直挺挺地与你并肩同行。你学着逝者走路的样子，学它们怎么说话。身为活着的人，知道为什么会活成今天的样子，则是很有价值的追溯。

千家寨还是被岁月的铃印封弥了，变成了一座岁月的古墓，那些人和事都蜕变成了许多的故事。如同面对一座真实的古墓，盗墓的人惦记的绝不是墓里的人，而是随身带去的物品。千家寨这座古墓里的物品，竟是一座消失的"名观"，有了对它的回忆，那些陈年旧事也被一一牵扯出来，并成了导游人必不可少的一段解说。

头脑灵活的人到处都有，他们会让无数个遗址变成展览馆和博物馆。门票是参观者的钥匙，靠它才能把门打开。有人开始为圆通观打造这样的钥匙，但那钥匙与圆通观的锁似乎毫不相干。山泉流淌的路线被剪断。据说那泉水从上院的井底流出，经中院到下院，之后奔向山下的村庄。山民吃的井水，便是地下涌动的清泉。像是民宿或是宾馆的烂尾建筑，拦截了这条古老的水路。不知道哪位投资人，到底要为千家寨留下什么。这些速朽的道具，没有圆通观的任何属性，其人工意义却构成了对地灵的毁灭。有人说，在山民的怨恨声中，那人悄悄离开了，再也没有回来。只有道教的一尊寿星，一手托着寿桃，一手执蟠龙拐杖，强作欢颜地站在山路边迎候游人。

游人回返时表情的冷漠，说明千家寨并不是好玩的地方。游玩一处荒凉，那是诗人要寻找荒凉之美。荒凉是大自然的作品，而此处却又不能定义为荒凉，它呈现的是被人摧毁后的哀伤与凄楚，远离荒凉的本质。我可以判定，眼前的游人里没有诗人，因为诗人一旦因荒凉生出诗意，绝不会把刚刚飘落的朵朵白花，那么无情地碾碎在脚下。

但凡祭祀都渗透着追忆。对本该完好无损而最终成为废墟的怀想，当需一种勇气。因为任何悲惨的结局，要不使人目不忍睹，或泪流满面，要不使人唯恐避之不及。我的眼里既没有泪水，也没有绕路而行。一如对逝去的遥远的祖先做一次吊祭，我恭谨地走近它，倾听那些令人不屑的残石片瓦，正在与

风神秘地交流。我能感知到它们在窃窃私语，每时每刻如此。就在这时，我忽然成为通灵者，听到一块殷红色的碎石在说，把它从仙台上砸下来的人，在刚要离开殿堂的一刻，便口吐鲜血不止，随即气绝身亡，它的颜色便是那个人的血色。还说，它曾是元始天尊眼下的香炉，每一个人叩首焚香时的眼神，都放射着奇异的光，那光有几百种颜色，其中只有红光和蓝光，是从黑色的心脏里喷出来的。风没有回应，觉得它说的不免虚妄，况且任何荒诞无稽的过往，早被自己一扫而光。风给了它一个不明的手势，然后呜呜几声，算是今天的作别。我想，在风的眼里，所有的人与事都与它相随而去，没有再讨论的必要，所以它们的交流似乎没有交流。

千家寨是一种启示，它的一石一瓦都有一种不朽的力量。荒凉闪着幽暗的光，所有的断垣残壁都来自繁华，即使是蛛丝马迹，也能给有心人以无尽的遐想。曾几何时，那不可救药的繁华侵袭了我们的灵魂，我们丢掉的很多，我们开创的也很多，我们改天换地的雄心壮志，另辟蹊径的标新立异，都将归于千家寨一样的宁静。

我在倾听中遥想，信众、道人、殿堂、香火、轰鸣、烟尘，在我的脑海里一起翻卷。

广阳老人的叹息不仅一声。他家门前叫作冯家园子的松林里，埋着一个叫冯麟阁的人。坟冢凄清，散落着几朵纸花。让当年宏大的墓园再现，成为游人的必看之处，是广阳老人久有的心思。冯算是个名人，却没有声望。他作为奉系军阀，与张作霖有很深的交集，曾为奉军二十八师师长。虽然名气不小，但毕竟出身绿林，盖棺论定不黑不白。这片蓊郁的松林，也不能为他烘衬出一分威仪。冯家用精美的白色花岗岩方石砌成的鹿厩，当年引来官府不少人参观，如今鹿厩早已不见踪影，围墙的石头变成了一座礼堂的墙壁。

山里人没有充足的理由以冯麟阁为傲。他的儿子冯庸，散尽家财，在奉天建立冯庸大学，成为著名的爱国将领和教育家，倒是被后人称道的，但他的墓地却在父亲墓地两百公里之外。

日渐西斜，游人已远。松林的苍翠与稠李花的洁白铺叠一起，山中充溢着肃穆的气息。忽然，一阵来历不明的风，卷起地上的落花，一如漫天飞雪。

消逝的城堡

它存活四百多年，在那个年代的瞬间，它却没了踪影。

我在《城堡》中写道："当我睁开记忆的双眼，是在某个阳光朗照的初夏，城堡给我留下的印记多余而荒寂。从外祖父的家向南折进城里，或者去城外的任何一个地方，都要穿过墙体的一处豁口，叫不出名字的草木，沿着豁口形成的硕大的U字生长出来，参差而葳蕤。白的黄的紫的蓝的花儿绽放其间，从远处看去像是一个残破的花环，为这处断壁默默吊祭。"城墙不止一个U字，那是城里人和城外人共同作用的结果，因为他们要彼此往来，必须打通这道阻隔。

在外祖父的家乡壮镇堡村，现在只有两位掉光了牙齿的老人，能以含混不清的声音说出这座城堡的身世：明代的辽东总兵李成梁镇守辽东三十年，为整饬兵备，积草囤粮，才修建了这座城堡。城堡距当年李成梁驻守的广宁城二十多公里，周边还有不同功能的城堡与之守望相助。为抗击北元残余及女真各部的侵扰，城堡西南方位依次而建几处烽火台，以台台相连的密布警戒疆域，倘遇敌情便会即刻施烟点火。

外祖父口中的城堡，完全与军事的功用无关。他不止一次对我说，古时这里有一位青年进士及第，且名列榜首，皇帝便给这位状元郎赏赉这座城堡，状元堡便成了壮镇堡最早的称谓。至于此事属于哪朝哪代，状元郎究竟姓甚名谁，根本无从

考证。城堡倒是很小，仅有四万多平方米。中状元者虽为"大魁天下"，皇帝也未必有此慷慨的必要。但壮镇堡的许多人，当年与外祖父一样，说城堡就复述一遍状元郎的传说。传说最初如一块粗粝的原石，经过众口的打磨，变得日益光滑，以至于家喻户晓，渐渐忘却了城堡是李成梁所为。据说，还是李成梁取强壮重镇之意，把状元堡改为壮镇堡。

史实也好，传说也罢，壮镇堡的人无非是要证明，自己所处的一方土地绝不寻常，随之而来的是，居住在这里的人也会与众不同。我倒是喜欢关于状元的传说，尽管也知道它牵强附会，甚至纯属子虚乌有，但总觉得它有一种文脉的征象，在土地之上隐隐而来。躬耕于土地的人，并不仰羡他们的同类。关于骡马、犁铧、锹镐和镰刀的谈资，几乎充斥了全部的日常生活，而这些谈资最终还是归宿于脚下的泥土，所以，他们表情木讷，没有痛痒，也没有悲喜。而一个构不成故事的传说，却常常使他们感到兴奋，并陷入缥缈虚无的想象，甚至连状元郎的姓氏也有七八个之多。壮镇堡多年考上大学的青年，几乎包揽了那位状元郎的全部姓氏。后来，我知道人们的心思，是在按照自己的意愿，凭空勾连一种因果。这个因果似乎远远超出种子与泥土、阳光和雨水的意义。其实，他们也明知，状元与一座城的说法并不成立，李成梁建城用于军备才是真实不虚，城墙四角的炮台也一定与防御有关联，但他们也许觉得，远去的兵火也有血腥的气味，没有津津乐道的必要，只有状元的传说氤氲着独特的文墨气息，似乎给这座村庄留下永久的灵性。

所以在文与武之间,他们还是喜欢把城堡和状元联系在一起,以为那位状元会与自己的祖辈有着某种亲缘。无论如何,那些人所要表达的,最终不过是面朝黄土与读书人命运的巨大反差,因一个虚拟的文脉展露出一种向往。

每一座城堡都是由万象之物所组成,驻兵再多,也遮掩不住它的烟火气。收回跑远的思绪,已是旧迹难寻,难以让今人一睹它原有的风貌,萦绕于心的不过是一份怀想而已。

城堡和庙宇似乎密不可分,庙里供奉神灵,以护佑城的安宁。壮镇堡的城堡坐落在南城门东侧的位置,是一座关帝庙,村里人叫它老爷庙。庙宇紧临城墙,两对石狮立在庙门内外,庙门之后是一座高大的影壁墙,过墙一侧是"马殿",再往后去就是正殿。正殿高大,正中供奉一尊关公像,两边有关平和周仓的塑像。大人们常到正殿上香,孩子们只顾在这里玩耍。

不知从何时起,关帝庙的正殿成了生产队牲畜的房舍,饲草的槽子就在关公的位置,几匹骡马在吆喝声中早出晚归,殿里原有的一切都不知去向。后来,我无意地发现,关公手握的那把铁铸青龙偃月刀,却藏在城外一个萨满家的炕席下面。这是关帝庙遭逢一场大火后,散落在废墟里的关老爷的"遗物"。大火发生在我十岁那年。我的一个小伙伴躲在正殿的一角,拾起一把花生秧,划燃火柴烧花生吃,引发冲天大火,尽管全村的人奋力扑救,最终整个庙宇还是被全部烧毁。

没有庙宇的城堡,像是一个人被挖去了眼睛,看上去显得十分孤寂和沉郁。在孩子们的眼里,它却是能够带来快乐的地方。村子里没有几株长在一起的树木,只有城墙根长出许多柳树、榆树和槐树。城墙上裸露的黄土里,冒出数不清的杂树、灌木和野草。夏日里,有城墙的地方就有阴凉,就有纳凉的老人。孩子们的兴趣不在纳凉,而在翻飞于草木之间的鸟儿。雨后的鸟儿从躲避的阴暗处飞出,在城墙一带叫得清脆婉转。我和小伙伴从U字的豁口爬上去,手持弹弓,把泥做的弹丸射向羽毛各异的生灵。它们受到惊吓,呼啦啦腾跃而起,树木上的水珠旋即迸溅开来,像是抖落下碎碎而晶莹的银子。城墙上长得最高的一棵树是榆树,它的根深扎在城墙的泥土里,树冠远远超出城墙的宽度。论树的大小,它在整个村子的榆树中排不上号,若论榆钱花,任何榆树都没有它开得繁茂,人们管它叫"墙头榆"。在最低的一个支干上,悬挂着一口残破不堪的钟。这口钟最早在庙宇里,后来有人把它挂到树上,每当钟声一响,社员便从家里走向田野,开始一天的劳作。那天,我在墙头榆上打下两只鸟,顺便又把撸下的榆钱花,塞满两个衣兜。

外祖母却满脸不悦,她曾告诫我,不许打墙头榆的鸟,更不许去撸那棵树的榆钱。但我不知道其中的原委。这次从她的口中,我才知道,从墙头榆树上掉下一个撸榆钱的女孩儿。女孩儿叫蓝儿,她实在是饿极了,明明看到墙头榆上残留的一簇榆钱,不是她能轻易够得到的,但她还是爬了上去。她摔死在城墙根时口中还含着榆钱。那年,她十三岁。她喜欢唱歌,尤其喜欢爬上城墙,站在墙头榆下唱歌。外祖母说,自从蓝儿死后，数墙头榆上的鸟儿最多，好像从医巫闾山飞来的鸟儿，都栖到墙头榆上了。它们都是蓝儿化作的精灵，唱的都是蓝儿唱的歌。我对外祖母的话似懂非懂。

一种抽象的恨，最终还是落入虚无，比如对那个凶年饥岁，人们一时找不到看得见的某个实体去表达愤怒，所以蓝儿的父亲只恨那具体的灰色的高墙，恨不该长在高墙上的那棵榆树。他想把那棵树砍了，但他舍不得树上的榆钱，村里人也都舍不得。他想把城墙扒了，可他没有那个力气，便把愤恨积压在心底，开始寻找发泄的出口。他会看风水，女儿死后，不论哪家死人，他都会说，必须用城墙砖垫墓穴，否则死者就会沦为畜生道，入十八层地狱，逼着丧家在城墙上扒豁子。村子里来的外村人在墙头榆下的城墙根崩爆花，我看见蓝儿的父亲，把就要开启的爆花罐接过来，然后冲着城墙的方向，两眼冒火，紧咬牙齿，高喊"崩——倒——你——！"咣的一声响后，他沮丧地坐在地上，吃力地抬起头来，望着坚固的城墙和城墙上那棵树，始终不说一句话。他重复这样的动作，直到崩爆花的人推车离开村庄。

蓝儿的父亲九十三岁了，是两个掉光牙齿的老人之一。他走路不行，头脑却还清楚。一个春天，我回到壮镇堡村问他，城堡的高墙是从哪年开始被毁的。他不假思索，说是在大炼钢铁那年，为了砌炼钢炉台，用去了西北角整整一个炮楼的青砖。扒墙砖那天，下了两场暴雨。人们聚到炮楼下，天还是晴的，当有人操起铁钎，向砖缝砸去，天空忽地响起一声炸雷，

随即豆粒大的雨点把人们浇散了。不一会儿，天又晴了，大家出来想继续扒砖，人刚聚齐，雨又来了，瓢泼一般，还夹杂着鸡蛋大小的冰雹。人们手抱头往家跑，有三个人还住进了公社医院。

村子里没人再说天意不可违，毕竟那一座炮楼不见了，如同人的四肢被断去其一。村里的萨满说，在那之后的几天里，他看见一只皮毛如火的狐狸，那狐狸三条腿，蹲伏在那个炮楼的遗址，夜里用一条腿站立起来，对着月亮不住地发出哀鸣。没有人对萨满的话产生一种联想，以为它流浪到此，在这里不过避避风而已。后来，有人又听萨满说，那只狐狸是李成梁的幽灵。

我去问另一个掉光牙齿的老人，他就是那位萨满，与蓝儿的父亲是堂兄弟。我和他谈及当年扒炮楼的事，问他你是怎看到三条腿的狐狸？萨满说，在梦里看得真真切切。那你真的听到它的哀嚎？当然了，是它把我哭醒的。梦里的事怎么会是真的呢？他哎哟一声，在炕上翻过身来，仰面翻动几下灰蓝色的眼珠，说生活里有的东西，梦里就有。

萨满的话令人半信半疑。我在梦里遇见的场景，有的确实在生活中出现过。那些在城墙上的林木间穿飞的鸟儿，依然在啁啾不停。在接连的两场雨后，彩虹都高悬在南城门的上空，它的一端分明与庙宇相连，又像是彩虹从庙宇里腾空而起。北城墙的南面，冬天里许多老人背靠城墙晒太阳，他们眯着眼睛，双手褪在露出棉花的破旧的衣袖里，交谈着张家李家发生的事，偶尔有人支离破碎地谈论几句城堡的旧事。一个除夕，城墙上依次垂下十几挂爆竹，它们一起炸响，回音震耳欲聋，连砖缝里的泥土都被震落出来。

城堡消逝，背靠的城墙消逝，老人们也悄悄离去。似乎只有城堡的墙体，才能够把人粘贴在一个平面之上，而没有城堡的村庄，犹如人被剥去了衣装，任凭风的肆虐，最终被风抽打为一具干尸。朔风卷起的雪，不再高高地堆积在城外，而是均匀地铺散在农家的院子里。

最终使城堡碎尸万段的，是城里涌来的知青。按照上级的指示，知青必须住最好的房子，但微不足道的建房补贴，难以让知青的住房达到上级的要求。大队干部的目光一起投向身边的城墙，他们要取城墙的砖建知青住房，既坚固又不花钱。冥冥之中似乎还有一种恐惧的袭扰，因为那场冰雹和那只狐狸。

村里接受管制的"四类分子",早已在恐惧中变得言听计从,他们十几个人被驱赶出来,充当了摧毁城墙的主力军。于是"打倒牛鬼蛇神"的呼喊声,在他们的身边响起,无数条蛇在散落的砖土里爬出来,向四处逃散。没有人敢去打蛇,"四类分子"们知道自己就是蛇,只能自己拿起铁锹,将蛇身砍断,随即扔进事先挖好的土坑里掩埋。没过多久,在一阵锣鼓声中,知青们背着行囊走进了新居。历史的青砖为他们遮挡风寒,但没有谁去打听变成另一种墙体的青砖的身世。

如同一块被收割后的田野,解禁之后会跑来众多的人重新翻检属于自己的粮食,当城墙的残垣很快被分割殆尽,许多人家用城墙砖垒砌猪圈,而好多猪圈里并没有猪的影子。

时光把每一块城墙砖都化作了齑粉,最后成为浮泛的微尘随风而逝。它只残留在人们的记忆里,而记忆却又被岁月悉数掩埋。两个掉光牙齿的老人死在同一个冬天里,在他们走后,又有一位老者,在通亮的灯光下只议论田里的收成,当然还有新近发生的事情,而对于远去的或是消失的一切不再提起。看来,昨天的所有早已成为自己的背面,看不见更触摸不到。每天起来,人们只关注天气,关注土地上的风和雨,对秋后到手的钞票津津乐道。没有人认为村庄里失去城堡意味着什么,也没有人觉得不谈论城堡有什么缺憾。

当有人发现,远方一座保存完好的城堡,每天都有络绎不绝的游览者,为城堡里的居民送来大把大把的钞票时,心中忽然产生一种对比,而对比却在一声轻轻的叹息中倏然终结。

万年松死讯

我听到万年松的死讯,是在去年的秋天。每年,医巫闾山都有植物或死于病虫害,或死于雷电,或死于寿终。死者大都寂寂无闻,所以死亡不能被放大,如蒸发的一丝地气无声无息。

万年松是个顶天立地的大人物,能在风景区的山头呼风唤雨。所有游人像面对神祇一般仰视它,给它系上数不清的红布条,默念一阵心中所思所想,以求得到它的护佑。在闾山风景区望海寺下,它傲立了一千多年,这一树龄的判断出自林业专家之口。但在人们的感知里,它似乎是亘古以来的不死之身,所以称之为"万年松"。它的死讯,如巨峰崩塌,一时间流传开来,引起人们的种种猜测。

意义非凡的树总是要点缀一段历史或传说。我最先想到的却不是它的死因,而是和它有过交集的乾隆皇帝,揣摩着在公元1754年的那一天,他第二次登临崮山,来到万年松之下,抚松仰首时是怎样畅快的心情。我想,他也许读过李白的《登庐山五老峰》,其中有"吾将此地巢云松"的诗句,要么熟吟宋代张经写的"昆仑之西东海东,中有一士巢云松",否则不会在万年松下脱口而出——"地灵自呵护,天意本栽培,云巢真可号,龙种是谁栽"。此诗虽韵味寡淡,但借"云巢"喻此松之高耸,也是十分妥帖。云栖树上,树为云巢,与巢云的寓意没有不同。乾隆皇帝从山上下来,当地官员便把"云巢松"三字的铁牌镶在了树干上。

听到这个讯息的前两天,我正在读英国牛津大学教授斯塔福德的《那些活了很久很久的树》,书中引用了华兹华斯的一首诗:

巨大的树干!每一根树干都生长着
相互缠绕的纹理,蜿蜒
向上卷起,固执地盘旋

诗中描述的一棵树的形态,很像这棵万年松。

少年时,外祖父带我到过万年松所在的风景区,自然把我带到这棵树下。外祖父说,这是一棵神树,只要它的树冠轻轻摇晃,其他幽壑里即使没有风吹过,所有的树木都会舞动起来。每年秋天,它的第一枚松果落在地上,响起的声音能传遍山谷,炸裂后的松果喷溅出浓烈的松香,在一个秋天久久不散。山里

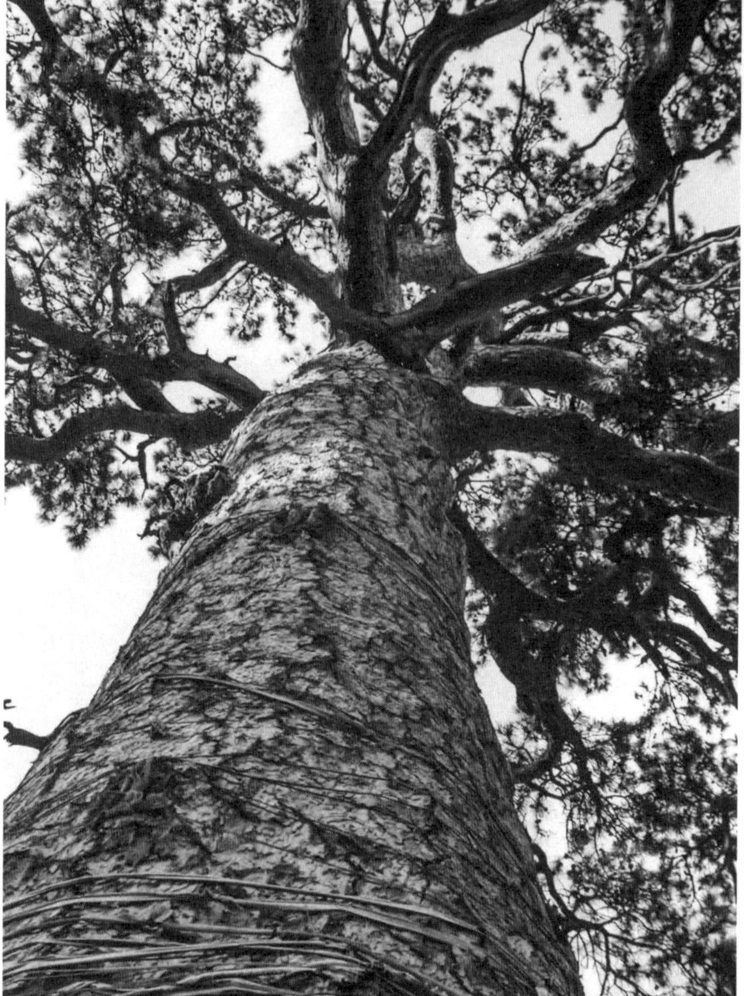

的其他树的叶子，就在那个声响里，骤然变得一片金黄。

我不知道它为什么是神树，只觉得它是一个人，是像村里的萨满一样能施法术的人。我也不知道它确切的高度，只是觉得对它的仰视，如一只蝼蚁望向苍穹。看不到它的年轮，三个成人手拉手才能围起它的腰身。谁知道里面贮满了多少不为人知的故事。后来我为自己幼小的年龄能有这样的疑问，感到那时的形象思维萌发得不同寻常。

当时没有任何影像留下我和它的身影，只有在我的脑海里让那棵松昂霄耸壑。后来有了相机、手机，每隔两三年，我都会跑到它的身边给它拍照。我在它的身下依然渺小得可怜，而我越是觉得它高大，越是觉得它真的有某种神力。

我发现，很少有游人在它面前恭谨地停下脚步，静静地望着它，然后做片刻的沉思。往往是一声惊叹之后，便是急促的拍照，为那棵松，为看到那棵松的自己。欣赏的结果不过如此。

如同对一个死者的追怀，所有的故事都发生在人死之后。随着万年松死讯的传播，过去编造的一个又一个传说，又被重新翻检出来：辽太子耶律倍是最早与这棵树结缘的人，他在医巫闾山生活期间，与爱妃高云云一起广植林木，这棵油松的幼苗就是耶律倍亲手栽种的。以它的树龄而论，那个年代似乎与耶律倍的出现有一点吻合，所以人们便信以为真，并推测树的原始称谓应该叫"太子松"。无论这棵树是否耶律倍所栽，这个传说还是容易使人陷入遐想，比如耶律倍与高云云共饮"风井"里的水，那么栽种这棵树时，也应该是取松边"风井"之水浇灌的吧。

传说不仅于此。太子松受到乾隆皇帝的几句歌咏，变成了云巢松后，让医巫闾山的僧侣们对其刮目相看。一座寺院就建在松树的不远处，每天响过晨钟暮鼓，会有僧人走出寺庙，口诵经文，绕松而行，为的是给这棵松以佛力的加护。当僧人们刚刚看到朝代更迭的战火，便在逃离之前，悄悄把无数根铁条钉入树干里，这让进山的盗伐者，手中虽持刀斧，却对这棵树无计可施。

按照常人的思维和逻辑，受过皇帝咏诵的神树怎么会死呢，这岂不枉称它"万年松"了吗？在一番联想之后，我仍然以为它不会死。既然能熬死几代皇帝，它就不至于那么巧死在

当下，死在见过它的这一辈人的眼里。我的想法未免有些幼稚，因为任何生命都逃不过死亡，况且它的生命有过曾经的"万古长青"，也算是不枉一世。

但我不情愿它死去，不情愿看到它死后可怕的干枯的形态。入冬的第一场雪后，我又来到山上，远远看到所有的树上都残留着皑皑的积雪，唯独这棵松不见雪的影子，枝上的松针枯黄得像经过了烈火的烤灼。看来，它的枝叶已经无力承受雪的重压。走进它的身下，它的四周架起了铁架子，主干和支干都被草帘紧紧包裹，听说这是景区的管理者，从很远的地方请来的林业专家，为这棵树采取的施救措施。细细打量它的容貌，如同躺在ICU里的老者。

山里没有游人，四周阒静无声。我想听到它的一丝呼吸。两只栖在干枝上的乌鸦，突然啼叫几声，向着一片松林飞去，山间留下悲凉的回音。我最讨厌乌鸦，讨厌在探究一个生命是否存在的时候，听到它莫名其妙的叫声。我一直以为，乌鸦是死亡的使者，在嗅到生物濒临死亡或已经死亡的气味时，它会满心欣喜、翩然而至，为的是一餐腐食性的美味。在它沙哑的叫声里，我预感到有种不祥之兆，紧紧笼罩着这个空间。万年松怕是真的寿终正寝了。

想来想去，一时弄不清它的死因，只知道它死在被人欣赏的目光里。我和那些游人一样，对它的欣赏，不过是对它的壮硕之美的索取，想通过它的巍峨气象和散发的古老气息，使自己获得振奋和愉悦，或是除此之外的某种感动与遐思。

失去关注的欣赏会生出野蛮，如一把软刀子，能无声无息将万物杀死，或者使其在不知所以中失去灵魂。曾几何时，江河的碧波在被欣赏中开始污浊，森林在被欣赏中渐渐消失……万年松也许不知道，那些接踵而至的游人，都是形形色色的利己主义者，眼里放射着贪婪的攫取的光。也许万年松是知道的，它活了这么多年，怎么能看不穿这些人的心思？如果它真的死了，那一定是看够了这些人的嘴脸。

没有必要问罪于某个具体的人，只有关注中的欣赏和欣赏中的关注，才具有人道主义的高尚和善良。现在想来，人们似乎都缺少善意的关注，对河流、山峦、草木，对土壤、阳光、空气和所有的植物，总是习惯于视而不见，或者在不断索取中不断放弃。其实，关注是动了心思的，是对一种结果的培育，对一种后果的警惕。我刻意地排除关于树龄的问题，只想到松毛虫的啃噬，想到树的根须对水分的吸吮以及遭遇的风雨。

一种现象一旦被过于复杂的思考，往往如泛滥的洪水，淹没了确切缘由的踪影。几只泛着紫蓝色的金属光泽的喜鹊，突然打断我的思绪。它们从山腰的丛林里，径直飞落到这棵古松最高的枝头，叫声异常清透、响亮。它们的出现很有意思，像是携带一个神秘的旨意而来，要对乌鸦的暗示作出不容置疑的否定。我希望喜鹊寓意里的吉祥，为这棵树带来一份好运。

细一观察，万年松倒不像是彻头彻尾的死亡，凡是对死亡确信无疑，都是脱离了死亡的客体，冰冷而坚硬，如一块石头沉寂的存在。万年松在风中还有偶尔的抽咽，那声音尽管有些微弱，但说明它有对风的感知，有对风的心思的响应，那也就说明它意识还保持足够的清醒。我不想让风停下来，想让那抽咽变成号啕，最后使号啕随风而逝，想让古松依然以一身翠装，在原地不动声色。

春天来了，万物萌发。我应该去看那棵松，但空气里还裹挟着寒意，便又等待一段时间，直到暖阳之下草长莺飞。这个时节足以断定那棵松的生死，如果它的枯叶没有被翠绿取代，就说明它真的死了，那么，去年秋天关于它的死讯，也就不再被人质疑。从望海寺的后面一过来，还没有见到那棵松，我便忐忑不安，不忍向它张望。我担心看到它还是那副模样，但我终究是为它而来，即便是收获一个绝望，也必须抬起头来，向它走近。环顾山峦，包括松树在内的所有树木，像是在充足的睡眠之后，显示出十足的精神，唯独那棵古松依然如故，几朵白云飘浮在离它很远的上空，铁架子照样围拢着它，本该脱去的防寒外衣，还在包裹着它的躯体。游人的围观再不是为了欣赏，目光里充满了惊愕。他们也给树拍照，也许是为记录死亡，并以此想象它曾经高大勃发的姿容。一个小男孩跑到树的栏杆旁边，喊着爸爸给他拍照，爸爸跑过来把孩子拽到离树远一点的地方，然后拿出手机对准了另一棵树。这情形令人感到有些悲凉。孩子不知道万年松意味着什么，他也许看到它的长相，决然不同于其他的树。有了思想的人，随之也懂得避讳一切干枯、僵死和灰暗，所以不会把那棵树作为一个鲜活生命的背景。此前，数不清的游人竞相与它合影留念，那是它的超拔非同凡响，是立于这方水土之上的一尊神灵，人们要借它几丝神灵之气，驱邪避凶，获得福报。这像是傍上了一个大人物，该有多么荣光呢！孩子们与这棵树的合照，意思是茁壮成长。老年人站在它的身下，寓意则是"如松之盛"。眼下，它屈曲枯槁，神灵变成了死神，再也没了往日雄踞一方的英姿，怀有怜悯之心的人，也不过对它留下一声深长的叹息。

第一场春雨从天而降，万年松在雨雾中身影朦胧。它死了，却站立不倒。它一息尚存，却不见醒来。如果它能冒出一枝新叶，就等于那个死讯失去真实。

驮夫和驴

　　七十多头毛驴和它们的几十号主人，披着落日的余晖，从青岩古刹的西坡上疲惫地走下来，走进一座叫石匣子的村庄。这些清一色的公驴，发出声声痴情的鸣叫，显然是对那些留守的母驴亲昵的呼唤。顿时，整个村庄卷起一阵喧嚣。但它们没有得到回应，便悻悻地回到各自的院落。

　　往高高的山顶上驮沙子、水泥、砖石等建筑材料，那是成熟的公驴才能干的苦差。母驴并不是不劳而获，它们可以在村头做些诸如耱地、送粪、"拉秋"一类的杂役，也可以驮着主人去赶集，或在家里繁殖后代。它们大都不能冲锋陷阵，即便身体硬朗，也不会被主人拉进公驴的队伍里。一旦有母驴在服役的公驴身边现身，公驴会驻足嘶叫，或不顾背负的沉重，竞相追赶过去，那场面一时难以控制。

　　养驴与养骡马不同，驴好饲养，饲料价格低，又容易驾

驮。山地零散，多在坡岭，最适宜驴下田。医巫闾山东麓，很少有人家养驴。那里的人以为，赶骡马车能装门面，骑马的人阔气，骑驴的人寒酸。所以，我的家乡虽然山地不少，但那里的山民爱面子，宁可多花钱，还是喜欢养骡马。

骡马走平路，可尽显威风，而一旦登高，那就没有驴的本事。20世纪80年代中期，早已破败不堪的青岩古刹要重新修缮，其中的文殊院和歪脖老母洞，都在接近山顶的位置。这让骡马望而生畏，只有驴可以肩负运送物料的使命。

石匣子村一百九十多户人家，每家至少养一头驴。王德全带着四个儿子、六头驴，第一波在通往大山东麓的小路上向上爬去。儿子们要赚钱，他也要赚钱，但又不完全是。他的心思变得有些复杂，因为他要借机赎罪，并感恩老母这尊菩萨对他的宽恕。

当我知道他当时为什么怀有那样的心情，已经到了他刚过完八十五岁生日的时候。如果放弃这次专访，我原来按照传言的说法对一个谜团的破解，将永远属于以讹传讹。

在秋日的暖阳里，王德全老人吸着烟，坐在家门前一条小河的堤坝上。他的头脑很灵活，对往事的记忆依然清晰。我们的话题围绕一头驴一天能为主人赚回多少钱开始。

"当时，一头驴往山上驮货一个来回，能挣六块钱，后来涨到十二块。"他似乎不愿意谈论赚钱的事，喜欢谈每天有多少人拜老母，拜老母的那些人都遭遇了什么。医巫闾山一带的人，无人不知老母这尊观音石像，他们把它作为神灵，经常有人到洞中焚香膜拜。

我心里的一个疑团还是没有散尽，又想起当年那个轰动一时的事件。那年，老母石像被人推到山谷里，我听家乡的人说，坏事是西山那边来的人干的，也就是王德全家乡这一带的人所为。我禁不住向王德全询问。

"您可知道推老母的事？"我问。

他的眼神流露出一丝的诡秘，但很快就消失了。

"当然，能不知道吗？"他长出一口气。

"那是对人的崇拜以排山倒海之势袭来的时刻，医巫闾山大大小小的佛道仙神骤然间沉寂。数不尽的香炉在轰然而起的烟雾中四处滚落。僧侣道人在某个黄昏或黎明，似乎不约而同地于峰巅壑谷之间，消失了脚步匆匆的身影。而歪脖老母则在一个暮色苍茫的傍晚,于那座香烟浮荡的洞穴里瞬间消失。"我在《云端的石像》中接着写道,"医巫闾山西麓过来四个小将,先将一面红旗插在老母洞口,然后挥舞拳头呼喊口号,再后来就是把那尊老母石像推倒在地,推到十米外的悬崖边上,接着就是一阵高声的叫喊,随后便是轰隆隆的声响,峭壁上腾起一片烟尘。"

我把这段描写的大概意思,说给王德全老人听,他对参与者的身份和人数马上做了更正:那年秋天,十来个地主、富农出身的子弟,在公社造反派和村干部的威逼下爬上青岩寺。造反派高喊,谁不推老母,就把谁推到山下去!还说,老母不粉身碎骨,你就没破"四旧"。他的父亲是富农,他和两个哥哥都被赶到山上,无意间成了推倒老母的执行者。

他说,逼迫我们推老母的人,没有一个人活到六十岁,有的不到四十就患上了绝症,而推老母的那一帮人,也许是被逼无奈之举,没有受到老母的怪罪,大都还是正常死亡。他不是信徒,却按照善因善果、恶因恶果的因果之理,解释两伙人的命运结局。他说自己是这个事件中唯一活着的人。

王德全怀着赚钱和赎罪的双重心理,翻过山顶,来到老母洞前。他知道破碎为几十块的老母石像,已经被人拾起,并经过拼接,还了老母的原身。但他的脑海里还是那个秋天的情形,心里还像那天一样地默念:"老母饶恕!老母饶恕!"他跪在老母身下,泪流满面。以后每天,他牵着驴从西麓爬到东麓,把驴放在一边,便给老母叩三个头,然后才牵着驴到东麓的山脚下，开始一天的驮夫生计。

接下来的几个早晨，在去往东山的队伍里，王德全身后总是多出几头、十几头驴。乡亲们看清了这笔生意，要比种地的收入高出多少倍，于是驴被主人从碾坊里、从山沟里、从驴棚里牵到山那边。多少年来，山里的驴作为农业生产资料，从来都是为人节省劳力的工具，几乎没有哪头驴出一身汗，就能为主人赚来钞票。一座古刹的修缮，使驴遇上了为主人赚钱的好时机，它们走出山坳，兴奋地爬到山顶，登高一望，也算是开了眼界。

每天，驴第一趟驮货，几乎是排队而上。待到第一头驴快要到达修缮地点，最后一头驴才刚刚起步。从山下向上望去，整个驴队如一条长长的辫子，辫子带着山石滚落似的声音，在天地之间旋荡开来。在这声音之上，传出一声声人对驴的吆喝。

王德全的身影在辫子的夹缝里，缓缓向上移动。

那些驴是习惯走山路的，但它们没有爬过这么高的山，没有走过贴近悬崖的路。起初，每头驴都战战兢兢，不敢大步攀爬。驮夫既高声喝令，催逼它们放开脚步，又担心驴失前蹄，便死死地牵住缰绳，唯恐它们坠入山谷。后来，它们完全领悟了主人的心情，在又快又稳上拿捏得炉火纯青。

我当知青时，在山上修梯田，亲眼看见驮石头的一头黑驴，从山顶上滚落下去，有人以为驴不堪重负，有意跳崖自尽。究其原因，驴没有那个勇气，而是在重负之下，总想找个依靠喘息片刻，结果它靠在一株幼树上，幼树被折断，驴也便一命呜呼。靠驴赚钱，驴要多驮东西，但驴一旦累着，就会在山路上找依靠，如果靠在悬崖边的幼树上，就是那头黑驴的命运。

王德全爱惜驴，让驴驮重都在二百斤以下，不让驴伤了身子。驮夫们和他一样，对驴都秉持劳逸适度的原则，所以，石匣子村的驴从上山那天起，没有一头驴出现伤亡事故。它们在上山时，遇到一段台阶路，会本能地变换脚步，按Z字形行走，以防背上的货物失去重心。山里有人说，修青岩古刹，有老母保佑，人驴平安。王德全听得一脸肃穆。

中午，王德全一家五口，围在一起吃午饭，之前要给几头驴饮足水。驴没有午饭，早晚各一顿饱餐。人吃饭，驴在一旁乜斜人。驴负重攀登，当然比人要累，而人随驴行，不带任何物件，中午却又要填肚子，驴看在眼里，心生怨恨。但驴能忍气吞声，装作若无其事的样子。驴渐渐发现，所有的中午，都是人在吃饭，后来，驴就不看人，它们彼此打量一番之后，认为驴命就是受苦受累，于是也就各自心安，干脆趴下来打个盹儿。人的午饭过后，驴爬起来继续为人效力。

其实，人动辄骂人拿驴做比喻，骂谁是"犟驴""蠢驴"，对驴来说有失公允。斥责谁是"驴脾气""瘦驴拉硬屎"，也是对驴的贬损。至于说谁的脑袋被驴踢了，说人脸沉下来，拉长得像驴脸，更是戏谑和有辱驴的语言。凡此种种，驴依然装聋作哑，听而不闻，甘当为人赚钱的工具，实在气不过，尥两个蹶子发泄了事。久而久之，人在驴面前便习惯了吆三喝四，甚至大打出手。人长了脾气，到头来是驴惯的。如果驴天性暴戾，人就会装作温顺，唯恐驴大发脾气，伤了自己。由此可见，欺软怕硬是人的秉性。

虽说给驴每天吃两顿饭，但每一顿王德全都准备得格外精心，把筛得干干净净的谷草和上好的玉米拌在一起，驴吃得可口，浑身有劲，每头驴每天驮货六趟往返，让王德全感到心满意足。

一天，王德全赶驴上山，驴驮的是红砖，走到山腰时，一位青年游客从老母洞下来，用手中的树条，朝着驴屁股抽打两下。驴一抖身，红砖从脊背上掉下一块，正巧砸到那个游客的脚上，砸得那人嗷嗷叫喊。那人却骂驴没长眼睛。王德全第一次为驴打抱不平，说我这头驴眼里不揉沙子，谁是好人坏人看得清清楚楚，没挨驴踢，你应该回去给老母烧炷香。那人正要和王德全理论，驴突然扭过身来，把那人吓得直往山下跑。

王德全手里从不拿鞭子，也不曾用什么东西打过驴，唯独一次对驴的体罚，是因为驴撒欢儿，撞到了院子里的玉米囤子，玉米洒落一地，鸡鸭猪都跑过来饱餐一顿。王德全把这头驴拴在门前的榆树上，一天没给它饭吃。事后，他把地上的玉米，拾起多半个簸箕，却让驴吃了个饱。

驴身上热汗涔涔，看来是砖驮多了，王德全赶紧让驴停下来，分别从驴背两侧卸下几块砖，自己手捧几块，招呼两个儿子一人捧两块。驴到了山上，竟然把脸紧紧贴在王德全的胸口。王德全知道它的意思，抱着它的脖子轻轻地摇晃了几下。人与驴的情感交融，是人性对驴性的征服，也是驴性对人性的精神馈飨。

驴的寿命只有二十年左右。第一批跟着王德全上山的驴，早就不在了。它们给他赚了多少钱，出了多少汗，吃了多少饲草和粮食，王德全心里最清楚。驴在卸任的时候，人和驴都不是滋味。驴耗尽了气力，再不能为主人效劳，心思似乎格外沉

重,在主人面前明显抬不起头来。人呢,看着朝夕相处的驴,转眼到了这步田地,心里也颇为不安。杀了它,吃它的肉吧,主人绝不会有这个念头;若为它养老送终,赡养费也是一笔不小的支出,唯一的办法就是把它卖掉。

三十年来,王德全为了当驮夫,买驴卖驴各有十几头。买来年轻力壮的驴,他的心情总是好的,一旦把为自己卖过命的老驴,卖给驴贩子,他在几天前就闷闷不乐。卖出去的驴,命运不言自明。这一带的养驴户,没人把自家的驴卖给附近的人,他们怕有人趁机开驴肉馆,所以都把驴卖给来自河北的驴贩子,至于驴贩子把驴倒卖给谁,或是直接送到驴肉馆里,那就当作全然不知。主人惦记驴的命运,总会有个美好的想象——驴到了新的主人家里,正颐养天年,吃的比这里更好。

老驴不想离开,在院子里打转转,最后,驴还是没有犟过人。卖命十年的那头驴被人牵走了,王德全跟在驴的身后,不停地抚摸驴背,禁不住满眼泪水。驴却感到心灰意冷,冲着大山空叫两声,缓缓上路,再不回头。

货 郎 王

货郎王死了,整整活了九十岁。

几年前,我回乡下,特意去看过他。除了两腿移动吃力,耳朵有点失聪,身体尚无大碍。他的目光虽然浑浊,但我知道他在看着我。用模糊的目光诉说清晰的往事,是老年人的习惯。他告诉我的事和我知道的事,能写出一本关于他的书,这本书对于他来说,尚有一点纪念的意义,而对于没见过他或者没有见过货郎的人来讲,也许不屑一顾。有人会认为货郎来自天外,抑或幻想出来的可怜的人物,并以为这个人物会让岁月里的故事显得牵强附会,甚至在不可思议之后留下些许的嘲讽。

货郎王说,他死的时候,什么也不带走,就把那个拨浪鼓随他葬了。他说这话时,还不到八十岁。后来他不再提死的事,更不提拨浪鼓当他的殉葬品。拨浪鼓原来放在柜盖上,有时家里来人,看到它免不了摇一摇,他听到那声音,像听到一曲挽歌,眼角会溢出泪水,然后要过来,自己摇个不停。女儿把拨浪鼓放在屋梁上吊着的竹筐里,他伸手够不到,外人也看不见,只好让它落满厚厚的尘灰。

货郎用过的拨浪鼓,还有昨天砰砰的余音,让我对老人凝视许久,且对一段时光抚摸再三。

我翻阅一些资料得知,宋代的经济发展,货郎也随之应运而生。花担、推车、货郎箱,是货郎的标配,他们摇着拨浪鼓,唱着悠长嘹亮的歌谣走街串巷,给大宋朝的繁华抹上了鲜亮的一笔。南宋画家李嵩有一首写货郎的诗,道是:"鼗鼓街头摇丁东,无须竭力叫卖声。莫道双肩难负重,乾坤尽在一担中。"诗写得十分形象,那些货郎走街串

巷，一条扁担两只筐，手摇拨浪鼓的样子呼之欲出。

货郎挣的是辛苦钱，每天挑着几十斤重的担子，光走路就要消耗大量的体力。一根被肉质的肩膀磨得油光铮亮的扁担就是这个行当吃辛苦的写照，它是货郎的货车的车轴，也是防身武器，意志、韧性、品德都镶嵌其中。

货郎最受孩子们的欢迎，好吃的、好玩的货物，比如糖果、点心、鸟笼、小鸟、蝈蝈、风车、泥人、不倒翁、风筝、小灯笼等，都是货郎常备的东西。他们能在各色各样的人们口中探得大量的小道消息和逸闻趣事，边卖货边讲述，接着又是一阵拨浪鼓的声音。

直到现在，我也不明白，那些招揽生意的响器，究竟是否上天的安排。磨刀的喇叭、算卦的堂锣、郎中的串铃、理发的唤头，每一个都让生意的边界清晰，互不混淆。我在有记忆的时候，听到拨浪鼓声，才知道货郎王做的生意，是挑着货担卖人们离不开的日用品，诸如糖果纽扣、胭脂水粉、针头线脑等。货郎王的一个表亲在供销社当主任，从那里取得这些货物，可以得到批发价格的优惠。我家离供销社并不远，村里人大都去供销社买东西，在那里可以买到比货郎担里更多的商品。但不知为什么，在孩子们的眼中，货郎担就比柜台亲切许多，我们围着它，像是围着寒冬里的一座火炉。

我记得问过货郎王："为什么白天很少看见你？"

"我出村的时候，你还睡觉呢！"他说。

"你去往哪里？"

"山西。"货郎王的岳父家在医巫闾山西麓，那里的人去供销社要走很远的路。他去山西卖货，就是去他岳父家的地方。

大山西麓的山脚下，离我外祖父的村庄有二十多华里。货郎王几次对我们几个孩子说，他早早赶到那里，是为了给人鬼之战鸣鼓。他说每一天夜里，山西靠近大山的地方，人和鬼都要有一场拼杀，拼杀到天亮还在继续，如果听到货郎王的拨浪鼓响起，双方就会停止交战。而停止的结果，要么是几个鬼抬着一个人，向一处坟地走去，要么就是一帮人把一个或几个鬼，拖向山脚下的一座水库，直接把鬼淹死。我们问他，鬼长得什么样，他说他也看不见，结局的场面，是在他的大脑里出现的。但他说能听到鬼的哭声，说那声音像是风吹屋檐上的茅草，呜呜的时断时续。人被鬼抬走，人没有声音，只有鬼在笑，鬼笑的声音比哭声难听，与狗被打断腿后的嚎叫十分相似。

他的拨浪鼓响个不停，和鬼打完仗的人都围着他，纷纷买他的东西。货担里的小镜子，被人们一抢而光。他说夜里借着月光，能用镜子照到鬼，鬼最害怕镜子反射的光亮，只要被镜子一照，鬼就会昏死过去。原来，那里的人不知道镜子有这个功效，都是听货郎王说的，结果每次货担里的镜子都不够卖。

货郎王讲的故事越多，越觉得山西是个诡异的地方。当太阳剩下半个脸，我就开始为那边的人忧虑不已：落下去的偌大的火球，最终会落在哪里，会不会把人烤死，火球什么时候才能熄灭，都是我要考虑的问题。我还是以为，火球一定是熄灭

了，熄灭后变成了灰，灰便涂黑了夜空。如果不是这样，鬼就不会出来，就没有人鬼大战，当然也没有月亮，没有小镜子里使鬼惧怕的反射的月光。我把我的想法说给货郎王，他闭上眼睛，耸了一下双肩，什么话也不说。

在落日的余晖里，货郎王回到村庄，我们跟在他的身后，看他手摇拨浪鼓，迈着一双罗圈腿走路的样子。他个子不高，微胖，待人和蔼，见到小孩子先是笑笑，有时也会把拨浪鼓塞给你，让你摇动一番。我发现，他的鼓声如果响个不停，那一定是在告诉村里人，他今天的生意不错。做这种生意不完全是买卖，也可以实行易货，用废铜废铁之类的东西换他的物品。因为山西路远，他嫌担子重，通常都是用剩下的商品，在山的东麓换废旧物。他把废旧物卖给废品回收站，所得的钱当然高于他换出去的商品价格。每次他从山西回来，一进到村子里，都要坐在老榆树下歇脚。我们会和每天一样，问他人鬼之战的情况。起初，我们的提问和他的回答都陷入重复。

"人和鬼又打起来啦？"

"嗯，当然了！"

"鬼和人谁胜啦？"

"谁也没胜。"

"是鬼抓了人，还是人抓了鬼？"

"鬼也抓了人，人也抓了鬼。"

后来，货郎王说，在有月亮的夜里，鬼都被人打败了，因为人的手里都有小镜子。现在那边已经没有鬼了，没有被水库淹死的鬼也都吓跑了，跑到山东这边来了。没几天，村里没有小镜子的人家，都买了货郎王的小镜子。

上小学时，我和货郎王唯一的女儿王艳梅同班同桌。她的衣兜里总揣着个小镜子，还有糖果和饼干。她的小镜子除了照自己，就是用反射的阳光照同学的脸，其做法与他父亲说的用反射的月光照鬼没有区别。被照的同学睁不开眼睛，跑过来夺走她的镜子，但第二天，她的衣兜里照样有镜子。她另一个衣兜里的东西不给任何人吃，她吃的时候却又总是面对着同学，而且非要咀嚼出声音。大家嫉妒她，又羡慕她有个货郎的父亲。

在我的记忆里，货郎的媳妇是村里最漂亮的女人。她有一头浓密的黑发，黑发上的发卡总是不断变换，今天是金黄的一朵菊花，明天就是一枚色彩鲜艳的花蝴蝶。她喜欢擦胭粉，从她身边一过，会有一股香香的气味。村里的女人们常围着她，看她头上的发卡，有人非要买和她同样的发卡戴，可没过两天，她的发卡又换成了新的样式。

货郎王挪动一下身子，随之哎哟一声。"不当货郎就好了！"他自言自语。早就听说，他在四十岁那年，膝盖的髌骨遭遇粉碎性骨折。那是在通往山西的山顶上，有一处窄窄的过道，过道两侧是一人高的岩石，每次经过这里，他都要放下挑担，用手先把一头的箱子举过头顶，再侧着身子挪动脚步，把箱子运到过道口，然后再转过身去，运另一头的箱子。那天，山上风大，箱子还没放稳，就被风卷翻了，他扶箱子时一脚踩空，连人带箱子一起滚落下去。他命大，一棵岩石上的松树死死把他卡住，被一个牧羊人发现后，找来几个年轻人，把他送到了医院。他的身体滚落时，右腿的髌骨撞到了岩石上，粉碎后的髌骨只好手术全部拿掉，从此，他的一条腿再不能弯曲。

他点燃一支烟，目光突然闪动光亮，表情像是有些激动。他看头上的竹筐，实际上是看框里的拨浪鼓。这让我想到，生活里的一个小小的工具，竟然会使人梦萦魂牵，这绝不是它曾经给人带来过某种幸福或是苦难，而是它已经变为一把钥匙，用它可以打开记忆的闸门，让自己欢乐的、忧伤的包括悲愤的泪水奔涌而出，随之，你可以大笑一阵，或者号啕一场，然后再仰望天空，此时，你会心如止水。我能想到，货郎王看到拨浪鼓是何感受。拨浪鼓响起来，它让货郎王走破了脚掌，却得以养家糊口，所以，在他的眼里，拨浪鼓该是他的一个念想，一个念想里极好的东西。

他流泪了，流着流着，又说起他当货郎的事。其实，他心里装着的事，比谁都多。他当年出去一趟回来，总能讲出新鲜事。有些事不仅使他难忘，孩子们听后，也一直刻骨铭心。一个小女孩儿从家里偷出五分钱，买走货郎王的五枚糖果，女孩儿的母亲发现后，跑过来拽住孩子就是一记耳光。女孩儿哭着把糖果退给货郎王，货郎王还了她的钱，又把五枚糖果给了女孩儿。货郎王还说，一个男人发现自己的媳妇，买了一瓶白玉兰雪花膏，以为那个钱应该买盐，一赌气把雪花膏抢过来，冲着石墙摔个粉碎。货郎王讲这些事的时候，我们一群孩子还不懂事，听听也就算了，只是看着他在连连叹息。我很佩服他的记忆力，竟然能说出好多种卖过的物品，至于花织线有多少种颜色，他还能数得出来。现在他伤心，也是因为他的老婆。老婆前几年患病离世，他总觉得老婆跟他没享着福。下葬那天，他知道老婆喜欢发卡，亲手把她留下的半个抽屉的发卡，全部拿出来随葬。

后来，听说货郎王也是萨满，用单腿跳神能驱邪除鬼。这很容易让我想到他说的关于鬼的故事。他跳神的事，村里人都知道。据说，那年的一个秋天，他遭到批斗，罪名是大搞封建迷信。批斗那天，也让他挑担，两头是大水桶，里面装满了水，有人高喊让他单腿跳神。他站在人群中间，用一条腿支撑着肩上的两个水桶，没多长时间就昏倒了。他不说挨批斗的事，他生活的往事里似乎只有货郎的经历。

村里的第一个小卖店是货郎王的女儿开的，后来叫作超市。货郎王时常在店里，对买货的乡邻讲当货郎的往事。把一副挑担和一座超市捆绑在一起，年轻人很难听出，那是一部生活的变迁史。

王艳梅告诉我，她父亲死的前一天，手指屋梁上的竹筐，眼睛一眨不眨。他说不出话来，但女儿知道他的心思，便取出拨浪鼓，递到他手里。他摇了一下，鼓槌却没有敲在鼓面上，他不甘心，接着又吃力地一摇，鼓响了，他的眼眶里顿时蓄满了泪水。

"拨浪鼓"是那个年代的音符。货郎王出殡那天，天降大雪，拨浪鼓随他而去。

魔法的背面

她对我说,她看见了一个小女孩儿,在乱衣堆放的墙角。屋子里应该有个柜子或是箱子,可是都没有。不只是衣服,还有被子、褥子,以及一些辨不清的杂物,任意杂混在一起,看上去狼藉不堪。那小女孩儿是堆叠着的有色彩的布兜和围巾,被偷偷溜进来的一线幽光映出的幻影。这幻影倏地跑进她的心里,就不再想出去。她随即取出一张红纸,取来一把小小的剪刀,把小女孩儿剪了下来。小女孩儿翘着两条辫子,发出银铃般的笑声,但笑声只有她能听得见。

有人把小女孩儿买走,付给她一百块钱,她不吝惜,因为小女孩儿人在她心里,人买走的不过是小女孩儿的一个纸影子。她有能力复制出许许多多小女孩儿的影子。她是剪纸艺术家,做这件事情很容易。

她是四岁小女孩儿的时候,就跟母亲学剪纸,七八岁时能迅速地剪出拉手人，让几个满族姑娘牵手一起，站成一排，个个富有神采。她的父亲突然病故，母亲改嫁，她不愿跟随母亲去一个陌生人家，便投奔医巫闾山脚下的姐姐。之后，她嫁给一个牧羊人。人称牧羊人为羊倌儿，那时生产队一共有二十几只羊，每天他把羊赶到山里，自己躺在山腰有阳光照射的石板上，觉得很舒心。她嫁给他当然也为过上舒心的日子。她生了三个儿子。他们早已成家立业。

她在不足两间的破旧的房子里，对我讲述自己的身世。八十岁的老羊倌儿倚在炕头的土墙上，还是光着膀子。除了寒冷的冬天，他都不穿上衣，这比当年京城胡同里的"膀爷"要胜过一筹。她对自己的男人似乎没有不满，说他这辈子不容易，可能是牧羊时有股邪风钻进心脏，老了经常犯心脏病。老羊倌儿不作声，均匀地喘着粗气。屋子里隐隐散发着一股发霉的气味，这气味显然来自地上堆积的东西。

在与她会面之前，我对她的家有一种想象：墙上挂满了剪纸作品,"医巫闾山剪纸项目代表性传承人""国家级非物质文化遗产项目代表性传承人"两个证书,摆放在来访者一眼就能看到的位置,印有她的作品的书籍,也应该在摆放之内。或者设一张桌子,作为她施展手上艺术的工作台。这些就够了,证明她是民间的剪纸艺术家。而眼前的一切,活现出她是一个生活邋遢的农民。

生活里看不到一点艺术的影子,艺术完全隔离于生活,隔离于这座房子和房子里的所有,甚至隔离于她矮矮的个子和疼痛弯曲的手指、双腿。看到这情景,不再让我怀有继续访谈的心思。

然而,她却饶有兴致:"我脑子里都是萨满。"她说的是萨满文化和反映萨满文化的剪纸。实际上,她嫁给羊倌儿,也不能说是嫁错了人,如果不给羊倌儿当老婆,她就不会遇见声望日隆的萨满巫师。她的婆婆几乎每天都在施展巫术。她描绘的情形,与我在《风过医巫闾》写的很相似——

"那个小个子的人,腰扎带有花纹的裙子,一只手拿一面鼓,鼓上的铁圈串有好多个铜钱,另一只手拎着系有鞭穗的敲鼓家什。只见他的身子猛地一抖,说道:'日落西山黑了天,家家户户把门关……驴皮鼓,桑木圈,弟子拉马到堂前,左手提着文王鼓,右手拿着武王鞭……'哗啦哗啦哗哗啦,那鼓被他一阵击打。听不出小个子唱了些什么,高个子'伙计哟''东家哟'一遍遍应答。又说自己出深山、离古洞,本是黄家兵。在昏黄的灯光里,他的眼睛放出蓝色的光亮,如夜晚坟茔上飘动的鬼火。"

她的婆婆就是这段文字里的通神者。在一阵接一阵的跳动和狂舞之中,她一开始感到眼花缭乱,甚至有些许的惧怕,后来,她竟然喜欢这个场景,喜欢婆婆眼神里的幽光、面部表情的瞬息万变,以及肢体的怪异夸张,就连那身色彩纷杂的装饰,也让她感到十分着迷。

她说,她被萨满所俘获,而她又俘获了萨满——天神、地神、山神、河神、蛇神、狐神,树神……数不清的神被她揽在心里,这些神让她懂得了虔敬和尊崇因何而生,看到了人与自然血肉亲缘的通途。于是,那些个神就像有了温度和呼吸,在癫狂、诡异的世界里各施其法。她感到兴奋不已,它们在自己心里的形态,化作了她手上一枚枚精巧的剪纸。当剪刀在她手中翻转的时刻,她说能听到某一种神的声音,时而急促,时而

轻缓，但无论是谁发出的声音，都与婆婆发出的咒语声毫无二致。那些个神在她的魔法里，从纸上一跳出来，都是蜷缩着身子，不见首尾，待她用手轻轻地抖落两三下，它们便蓦地舒展开筋骨，露出各自的容颜，让人端详与膜拜。人们在她的家里把神请走，请到自己的家里，贴在墙上，下面打个托板或置放一张案桌，再设一座香炉，燃几炷香火，心灵算是有了寄托。久之，一些人也以为她能通神，通自然界里各种各样的神。

如果说获取生命秘密和神灵力量是萨满的一种生命实践，那么，剪纸或许也是她的生命实践吧。

我是无神论者，有时就想，假如她的心中真有有无数个神，似乎也因为她平衡不了神与神之间的关系，得罪或冒犯了一些，甚至全部，不然她也不至于晚景如此清苦。

其实，她可能并没有得罪她的神灵，没有冒犯，对其中的哪一位都没有，虔诚始终是她对萨满的态度。

有时，当人们遇到对某些具有悖论性无法解释的事情时，往往采取回避现实的态度和方法。把事情的因果推到取法考证的前世。如此，自己心安理得，旁观者也不至于坠入"五里雾中"。

一进入宿命论，任何问题似乎都迎刃而解了。那么，她的清苦定是源于无休止地偿还子孙的宿债。连她自己也说不清楚，偿还来自何时的亏欠。总之，她心甘情愿，把用一张张剪纸换回的钱，还有作为"传承人"国家每年给予的补贴，毫不吝啬地拿出来接济儿子。长孙做买卖不成，欠下一笔外债，她也想要为其偿还，免得孙子出现意外，断了一门的香火。

早已土崩瓦解的"养儿防老"的观念壁垒，竟然在她的脑子里还是那么完整无损，她希望在自己身边的三个儿子，个个家庭美满，儿孝媳贤，孙儿好运，晚年受到他们的膝绕和赡养。按照她的想象，至少有一个儿子，可以让她称心如意。但是，她的超乎剪纸艺术之外的想象，都化作了一片浮云。

"我的命不好，想好也是白想！"她很善于以宿命解释困境，化解自己内心的块垒。

早就听说政府给她新建一座房子，意在让她安心于剪纸。她现在住的显然不是那座房子。她说，那房子卖了，问其原因，她说得很含混，但能听得出来，是她和老伴都因患血栓病住进了医院，儿子拿不出钱来给她和老伴看病，结果卖了房子。三个儿子先后建的房子是"北京平"，也许都花干了积蓄。与两个哥哥家不同的是，老儿子房后另有一处曾储藏猪饲料的小房子。她和老伴出院后，就搬进这里来住。她竟然没有说出什么，似乎她真的无话可说。

时近中午，老儿媳妇进门，借走了婆婆家的炒勺，顺手拿走一袋盐。不一会儿，对面的房子里飘出肉香。

不知她对现实生活并不在意，还是长期在某种落差间生活已经变得习惯和麻木，她对我感觉到的这些似乎全无察觉和反应。或许，这本是被生活逼迫出来的生活智慧。没有对比，就没有攀比，没有攀比，就不生嫉妒或怨嗔。更何况，住在"天堂"的，享用着美味的人，是自己的亲生儿子。就算自己付出下地狱的代价,也还是要祝福自己的孩子过着天堂般的生活,毕竟,她归根到底还是一位母亲,神灵也不能让她丢掉一个母亲的初心。

现在,她还能自己做饭吃,还能在下雨之前,抱进一捆备炊的柴草。还能趔趔着走一段路,走到每个儿子的家里。有了这些,她认为还没有到老的时候。

"我不指望谁,靠自己活着!"

"到不能走动那一天,怎么办?"

"还能走,到那时再说呗!"

在没有离开她家的时候,我便一直在为她设想。如果她不为儿孙们着想,她就会没有那么多负累,也就不会过得如此清贫。我想,她没有理由不承认这一点。那时,尚未长大成人的儿子,在她眼里都是她将来的依靠。只是让她没有预料到的是,"将来"竟然是一个冰冷的现实,最终没有依靠上哪一个。

这就是命运,而命运从来都是没有人能说清楚的。如果当初不是嫁给那个羊倌儿呢?她也许就不会成为被放牧的一只羔羊,挨羊倌儿的打骂,不会在打骂中生出与孽缘有关的孩子。但转念一想,她不结缘她那个萨满婆婆,也就看不到另一个世界的诡异和癫狂,当然也就不能在那个世界里找到护佑自己的神灵。那么,她很有可能与那些文盲的姐妹一样,淹没在男权主义浑浊的泥潭之中。所以,她的另一面倒是值得庆幸。

但我还是更多地关注"传承人"最终的命运。就在写这篇文章之前,传来一个消息:我当知青时的老村主任,老伴过世后，因不满于两个儿子对他实行轮流寄养的生活，一狠心用一根细细的麻绳，吊死在老儿子家房前的一棵枣树上。

这消息让人不寒而栗。我突然想起她所说的"将来已近在眼前"的那句话。究竟隐含着怎样的指向呢？她是要像老村主任一样，了断自己呢，还是自知时日无多，就在这小屋子里咽下最后一口气？

无论如何我都希望她好好地活下去，尽管她有生之年还会在一场孤苦伶仃的悲剧中担当主角，但对艺术来说却是一件幸事。尽管我的这个想法，在某种意义上说有点残酷，但只要她还活着，能说话，能用手指摆布剪刀，传承的使命就不会消亡。

事实上，她也没有忘记传承，有几个学剪纸的徒弟，使她感到满心欢喜。也许，她也和世界上某些大艺术家一样，来到这个世界的使命就是为了艺术。若是如此，她一生所受的一切苦、一切卑微和辱没，都将在后世放射出耀眼的光芒。

采 药 师

他的前世也许就是一株草药。

五十六年前,第一次进山采药的当天,他就认识了桔梗、柴胡、百合、天南星……十天过后,面对啸叫的山风和苍茫的植物之海,他的目光如山鹰般明锐,辨认草药多达五十五种。他为收获每一株草药手舞足蹈。

任宝安把采来的草药,按照书上的形状理好根茎叶,然后晾晒在窗台上,让阳光照射出它的水分,使它收缩、枯干,之后变成名副其实的药材。

一个人对某种事物产生兴趣,往往并没有目的性的裹挟,兴趣似乎来得莫名其妙,甚至没有任何缘由可以作出解释。至于后来由兴趣而生成了建树,兴趣便有了专攻的意义。上溯几代,任宝安的宗亲里,没人当过采药师,也没出过中医。

他二十岁时对草药的亲近,却并非空穴来风。他的缘由便是村医冷冰冰的一张脸。患病毒疹那年，父亲带他找村医看病，村医不耐烦地朝他的患处瞄了一眼，随即拿出几枚药片，收了父亲整整十块钱。服药后，病情根本不见好转，只好去县城里的医院。成年后，他心里留下的这个阴影开始放大，并幻化为一个强烈的欲望，这欲望催促他进山采药，用草药为乡亲治病。这也许是一种带有报复性的冲动，抑或幼稚的情绪的发泄，但他的想法很简单：既然中草药能治病，那就把它们请下山来。

任宝安来了。也许是多少年来，没有人的足迹到过这里，山上的草木错综杂乱，它们像是一直那么疯狂，而又一直那么落寞。如同对陌生人的寻找，任宝安事先在中草药的图片上，记下一些草药的容貌。"春宁宜早，秋宁宜晚"。按照采药的古训，在那个寒意未尽的早春，任宝安带着采药的工具离开村庄。这一天，注定他一生的命运，那就是与草药、与有关草药的书籍为伴。

医巫间山里有多少种药材，不容易说清楚，但这座山里有多少种草，搞植物研究的人早有统计，一共有一千多种。草与草药的关系，具有高度的同一性——一种草或许就是一种药，也就是说，有多少种草就有多少种药。这样推演下去，似乎可以断定，人类有多少种疾病，大自然中就有多少种草药。草药与疾病的巧妙对应，则是人与自然的此呼彼应。但草表现得矜持，对人只是一种无声的挂牵，依然隐身在大山深处，等待着人类对它们的寻找。

通灵者却说，草也有灵，一株草枯死了，只因它的灵魂不死，所以在下一个春天，它依旧可以复生。草的心思满是对人的怜悯，在月光笼罩的静静的深夜，它们会听见患各种疾病的人发出的不同呻吟。这呻吟使它们焦急、战栗，它们也会因为自己不能挺身相助而感到无可奈何。它们听厌了鸟儿的鸣叫，更不想看它们在身边飞来跳去。它们为人而生，在山里的每一天，最期待听到人的脚步声，哪怕是人与它们擦身而过。

世上无数个因缘际会，都显现于偶然之间，并让你从此看到有一种缘分，就那么与你形影相随。那一天，任宝安一进到山里，一股山风便拔地而起，他被这风撕扯一阵之后，风骤然停歇下来，云朵在天空散开，阳光分外明亮，他的目光也随之倏地明亮起来。透过密密的灌木丛，他竟然与远志相遇了，这相遇一如事先的约定。虽然蓝紫色的花还没有开，但他的眼前却是它一副花开的模样。他为平生第一次采药而又第一眼遇见了远志感到意味深长。因为他喜欢"远志"这个名字。"所谓远志者，以肾藏志，远志能宣泄肾邪，邪着则志不定，邪去而志自远大也。"他刨出远志的根，捧在手上，按照"远志"的寓意，眺望远方，心中禁不住一阵狂喜。他断定自己与草药的缘分生来有之，只是那根心弦尚欠情感手指的弹拨，时至今日才发出声响。

人之于草，人还是缺少善意，以为草芥是毫无价值的东西，甚至目光里对它们充满轻蔑。那些性情高傲的人，往往因为草芥的卑微，不假思索地割断了人与草包括所有植物的联系。而这种割断，有时不是情感的决绝，而是野蛮和暴力，诸如连根铲除，付之一炬，当然也有药物灭绝。

那些因悲悯于人而生的草，始终在寂寞中经受酷暑严寒、雨打风吹，年复一年地等候人的出现。只有大山知道草的耐心，懂得它们对人的天然的情意。后来，它们终于拥有自己的高光时刻，那是李时珍把它们的名字一一记录下来，使那些草由卑微而跃为高贵。最终，中药房里的药柜，每一个匣子里还是装满了各种草药。这是草的荣光，更是人类的大幸。

爬山，越岭，任宝安期待着与各种草药不期而遇。阳光落在他的身上，使他和山石、植物一样泛着光泽。他向大山深处走去，每一个采药的日子就这样开始了。

他突然瞪大眼睛，抬头或俯身，眼睛像阳光一样亮起来，在他的感觉世界里，这个时候周围的光线是被调暗的，一种使

空气紧张的类似声音的比阳光更亮的物质出现在他的视线中，由远而近，越来越大，夸张得连每一个纹络都清晰无比。

没错，它是草药。每当发现草药时他的眼睛都会闪闪发光，而草药无光自灿，像是配合默契的伙伴，冲他点灯，冲他发出阳光般的微笑。

这是诞生的时刻，一株治病救人的草药诞生了，一个悬壶济世的采药人诞生了。任宝安伸出手去，小小心心采摘在手，又轻轻举过头顶，在阳光中仰头看看，这才会低下头，放草药进筐，然后长舒一口气，像是完成一个仪式。

在采药的日子里，任宝安每天边在山里采药，边吟诵《雷公炮制药性赋》：诸药赋性，此类最寒。犀角解乎心热，羚羊清乎肺肝。泽泻利水通淋而补阴不足；海藻散瘿破气而治疝何难……这吟诵使他感到快乐，在韵律的起伏中，他的脑海里尽是草药的样貌，一株接着一株，径直向他奔涌而来。他在想象里的收获，与现实的情形当然相去甚远，但他的意识里，始终不觉得空洞，因为他闻到了草药的气息，并实实在在地把它们当中的某一株采在手上。有时，他心中的渴望和现实的结果完全一致，种种神奇的相遇，简直如梦如幻，兴奋到他周身的每一根神经。当他的脑海里出现红玛瑙似的珠子时，叫作接骨木的草药便即刻出现了；当他想着白屈菜的形态，它顶着的两朵黄花就开在他的眼前；当他想着那一串雪白的风铃，铃兰就摇曳在他的身边；当他想到萝藦的白絮，眼看它的种子就同那白絮随风飘落下来：想着一串串蓝色的花冠、带着暗红斑点的花瓣、扫帚状的枝条和铺散着的分枝，黄芩、射干、地肤、地丁草便跃入他的视线。当然，他也会嗅到曼陀罗释放的难闻的气味。他忽然觉得，自己像是草的同类，否则不会与它们脉脉相通。

任宝安无数次在梦中，满怀对草的敬畏，迈着轻轻的脚步，在山间静静地低回。那些草的表现极为异常，它们在风中向他呼喊，向他雀跃，向他扑来。而白天采药时的草，一如梦境，每一天下来，他都会装满袋子，袋子里真的就有他梦中的草。他一次又一次地印证了与草的缘分，并为这种印证看到自己的愿望，正在变为触手可及的现实。

起初，其实后来也是一样，他一直都说不清，那些草为什么喜欢和他相见，究竟是他对它们的钟情，还是它们对他的寻找？村子里后来也有采药的人，但他们每天的收获寥寥无几，看着任宝安每天背着满满的袋子下山，心里感到纳闷。有人问他："你采的药为什么总是比我们多？""无缘不相逢。"他始终认为是缘分所致。

采药中的披荆斩棘，任宝安早已习以为常，甚至是富有诗意的劳作。在往返的路上，他常常吟诵那首自作诗《采药感怀》：……藤葛为绳攀峭壁，云涛作路跃峰峦。丛林密处寻仙草，壑谷潭中逮药蟾……但爬行在草间的长蛇，还是让他感到后背发凉，阵阵惊恐。山里的蛇多，在草间时隐时现。他发现，越是有名贵药材的地方，越是有毒蛇出没。似乎它们身边的草药，恰恰可以消除它们咬人释放的毒液，所以蛇的行为不是对草的捍卫，而是对人的攻击之后，让人无计可施。任宝安不停地吆喝，不停地用木棍敲打草木，在与蛇的周旋中，他采到许多专治蛇毒的草药。

晚秋的一天，山里阴风乍起，任宝安转身要下山，突然看见一头大灰狼，正站在他的眼前。狼眼放射出的光，带着凶残的杀气，死死地逼视着他。任宝安环顾四周，只有肃立的草木，连一只鸟的影子也没有。他不敢在狼的面前溜走，这样会使狼以为他胆怯，而招致背腹受敌，于是，他手里握紧备用的扎枪头，久久地与狼对视。人与狼的厮杀就要开始，乌鸦的哀鸣顿时在空中旋荡。不知过了多久，那狼缓缓离开，最后溜进树丛里。

多少年过后，几次在梦中，任宝安拖着沉重的双腿，怔怔地看着一株株草，草也痴痴地望着他，但他已经没有力气把它们收进囊中，彼此就那么凝望着，直到一场大雪把他和草全部

掩埋。

他意识到自己老了，也预感到那些草的命运，可能会永远陷入寂冷与悲凉。但他不忍因年迈而舍弃与草的情分。无法计数，他用它们解除了多少人的病患。他对那些草充满感激，渐渐地，他能为医巫闾山众多的草，背诵出属于各自的药性歌谣。他要让那些草继续在自己的生命里生长，每年照常开花结果，照常为人所用。于是，他想象着自己有一块园地，把草从山里请过来，一同长在园子里。这样，他就可以不去山上，就能看见它们，整日与它们对话。

而山里的每一株草都是野性的，它们喜爱穿透林间的阳光，习惯于酷暑和严寒的搓揉，即便是遭遇风雨，也情愿被吹打得痛快。它们效力于人却不肯被人所驯服。也许是任宝安在山里山外四百多次的往返，让那些草懂得他的心思，所以，当他采用各种栽培技术，使一百多种草药在他家的园子里落户时，依然如它们生长在山里一样的蓬勃。他在园子里行走，仿佛在山里穿行，俯下身去的一刻，草药的花正向他绽放。

任宝安把这些草药经过采收、加工、储藏，全部放在家中，等着病患的乡亲登门。后来，《中华人民共和国医师法》的颁布，使他因错过了中医执业医师资格考试感到十分无奈。尽管他熟读中医药学多部著作，深谙中医辨证论治的技巧，且对草药的药性与用途明了于心，但他无法跨越那个法律的门槛，只能在喃喃自语中，踟蹰在自己的百草园里，看着那些草药花开花落……

一堵土墙的豁口

　　那堵土墙是哪年堆起来的，不需要问姥爷，一定是有了前后两家之后，才有这堵墙。墙出现豁口，而且又不是人为扒出的，豁口的两侧也已残破，足以说明土墙有久远的年份。

　　土墙夯起的位置，是两家的上一辈，经过几轮谈判、最后各自做出妥协确定的。土墙夯起来的一刻，便划定了两家的空间归属，使得过去模糊不清的边界寸土不差，充满了和平主义的味道。当然，土墙的作用也不仅是划清界限，它更有遮挡的功能。南院的茅房在西北角，有了这堵墙，在茅房里蹲下、起身、系裤带，后面的人家看不到。

　　姥爷说，土墙是前院建房时就地取土的产物，所以墙的所有权属于前院。墙属于谁，墙的豁口便由谁来补，这个道理不言自明。但前院的人认为，土墙还在，界限便在，始终对这处豁口视而不见。其实，豁口补与不补，看上去没有多大的意义。土墙的北面,是姥爷家的半亩园田,从南面的豁口进到园田,便无路可走。除非是冬季,南北院串门可以从豁口出入,而事实上,南北两家往来甚少,土墙的豁口构不成相处的便利。

我记得南院的男主人秃头,根据他在兄弟中的排行,再加上他秃头,绰号叫"二秃子"。一个秋天的深夜,他蹑手蹑脚地跨过土墙的豁口,溜进姥爷家的园子里。玉米已经成熟,正等待收割。他把玉米棒掰下来时,随即发出咔的响声。响声把姥爷从睡梦中惊醒,马上意识到有人偷玉米。他推开房门,抄起一把镰刀,向园子里地跑去。那人从土墙的豁口嗖地越进南院,就在这一刹那,月光照在他的秃头上,银白的光亮一闪而逝。姥爷立刻判断出偷玉米的贼是谁。

见贼喊捉贼,是人的自然反应,一来是用喊声给贼以震慑,二来是让他人闻声而动,帮助捉贼。姥爷却把就要出口的喊声,生生地咽了回去,如咽下一块不大不小的石头。

他在心里骂二秃子不是东西,但他不能喊出声来,因为他对二秃子心中有愧。

发生在上一年冬天里的事,我记得清楚。那天早晨,我还在梦里,突然听到鸡的惊叫,而后是鸡一阵扑通的声音。我趴窗向外望时,二秃子和媳妇从土墙那边急匆匆赶来,气喘吁吁地问姥姥,他家的鸡在哪儿?姥姥说没看见。二秃子和媳妇进到屋子里四处查看,没有找到他家的鸡。那媳妇怒气冲冲,说刚才明明看见鸡从豁口那跑过来,怎么一眨眼工夫就没啦?又问,那鸡往死叫到底是咋回事?姥姥很坚定地说,不知道。媳妇的目光又在院子里扫视了几遍,也没看到她家的鸡,便拽着二秃子的衣襟,一步一回头地走了。显然,她对姥姥的回答和搜查的结果感到不满。

当两人的身影从土墙的豁口消失,外祖母解开宽大的棉袍,把塞在棉裤里的鸡取出来。那是一只老母鸡,被砍断的脖子还在滴血。原来,杀鸡的地点是在西屋,西屋的窗户全部是纸糊的,屋子里十分昏暗,很难看到杀鸡时墙角处留下的一摊血迹。

患胸膜炎未愈的姥爷,和姥姥吵了一个早晨。姥姥反反复复地说,她自己也没想到,为了给姥爷滋补身子,竟然干出这种事来。鸡炖好后,姥爷一口不吃,姥姥见此情景,只是偷着

155

抹泪,更不沾那鸡汤的边儿。两人打破僵局的唯一选择,是共同让我大饱口福。我一个懵懂少年,哪管那么多,打了几个饱嗝之后,才觉得自己的行为有失体统。

姥姥出门去喂自家的几只鸡,口里念叨,你们要是长大了,也不会让人家的鸡当替死鬼!

天一亮,姥爷和姥姥开始查看到底丢了多少玉米,查看后发现少了六穗。二秃子家有四个孩子,看来他是按照家庭人数偷的玉米。六穗玉米能抵顶一只老母鸡吗?对比之后,还是觉得亏欠了二秃子。姥爷不喊捉贼是对的。如果喊捉贼,或贼被捉到,两人的心里都不是滋味。

姥爷在土墙的豁口处,放上院子里枣树的干枝。干枝带刺,刺很锋利,几枝干枝摽在一起,便形成阻挡的力量。人被挡住,鸡被挡住,猫和狗也不敢触碰,只有风可以照常来往。麻雀有时落在上面,一会儿头朝南,一会儿头朝北,喳喳地叫个不停。两个院子的主人从不理会它们,知道它们的言论是为了两头买好。

风还是觉得没有枣树枝的豁口更顺畅,于是在某一天,几股风纠集在一起,形成旋转之势,顷刻间便把那干枝掀到了村外,使土墙的豁口恢复原有的形态。

姥爷亲眼看见这场旋风,从村东的田野里现出身来,渐渐蓄足力量,径直奔向土墙,待完成这场突袭之后,便立刻消失了。这让姥爷感到一头雾水。他突然意识到这里藏着一种天意,以为是老天不让他把干枝放在那里,即便那个豁口非要堵上不可，也不该使用带刺的东西。这无异于是对前邻的挑衅，或是无声的野蛮的警戒。姥爷站在院子里，怔怔地看着那堵土墙，半晌不说话。后来，土墙的豁口再没有遮挡，

有些话是需要咽到肚子里的，把话咽下去，就惹不起是非。村子里始终没有人议论，姥姥偷杀二秃子家的鸡，也没人说二秃子偷姥姥家的玉米。这与村子里张姓和孙姓两家不同。两家东西为邻，也有一堵土墙，土墙很矮，上面竖起用秫秸编就的围栏。孙家的狗将围栏撕破，跳进张家的院子，对几只鹅进行追咬，把刚刚结果的西红柿秧几乎全部捣毁。张家的骂声停歇不久，自家的猪拱出圈门，先跃上圈墙，然后拱翻土墙上的围栏，纵身跳进孙家的院子，不仅饱吃一顿大白菜，还在剩下的菜地上打了几个滚。孙家怒火攻心，对张家一连大骂三天，全村老少没人不知道。

姥姥和二秃子两家人都在为对方保守秘密，像什么事也没发生过，但相互间的交往却像一潭死水，没有一丝的涟漪。姥姥的心里一直对南院感到愧疚。愧疚是难愈的伤口，犹如一股受阻的洪水，既不能奔涌出去，也不能安稳下来。它把刺耳的声音、扭曲的图像和难闻的气味浓缩一起，在愧疚者的心血里浸泡着、翻腾着，使之终身坐卧不宁。所以，愧疚也是良心之树结下的果实，良心不灭，果子就有。姥姥后悔不该杀人家那只鸡，后悔之前不该把养大的两只母鸡拿到集市上卖了。看到自家的鸡养大后，她希望有一只能穿过土墙的豁口，跑到二秃子家，被他家给杀了炖肉熬汤。鸡跑不远，知道家在哪，尽管

两家的鸡,每天在豁口窜来窜去,但一到傍晚,都会各回各的家。

几年过后,日子好起来。二秃子却病得不轻,日渐消瘦,去城里几家医院都没治愈,只好回家等死。姥爷知道村里人去看他,便想买罐头过去看望。姥姥执意要杀一只鸡,也是老母鸡,说把鸡炖好后直接送过去。姥姥端着汤盆,踏着厚厚的积雪走近土墙,却又迟疑地停下脚步。她还是迈不过那道豁口的坎儿,只是连声喊着二秃子媳妇的名字。

我后来发现,生活中的所谓僵局,不过是水上结出的一层薄薄的冰体,但僵局的双方误以为那层冰体之下根本不是水,而是厚厚的冰体,甚至视它坚不可摧。其实,只要伸出一根手指,轻轻地触碰一下,冰体便会立刻还原于水的温柔。

姥姥先动了这根指头。

姥爷转眼到了六十六岁生日。这是生命的重要节点。二秃子的病奇迹般地好起来。正月初六那天,家人正要为姥爷过寿,二秃子肩扛一个口袋,带着媳妇从土墙的豁口过来。他对姥爷说,这是二十斤大米,算是过寿的礼物。四个老人就那么站着,谁也不说话。

良久,姥姥和二秃子媳妇突然抱头大哭。两个老男人默默对视,眼里有泪光闪动,却一言不发。

锔匠之死

锔匠是一首诗,自由体的,只有几行——

碎裂的声音
招来手上的戏法
苦难的褶皱
在脸部舒展一个瞬间

锔匠死了
他把白天和黑夜锔在一起,
不用一枚锔钉
折叠之后盖在身上
变成一件黑白分明的寿衣

李锢匠活到九十二岁,死在正月十六,带走了最后一丝年味。

村子里的另一个锢匠与他的年龄相仿,却比他早死二十多年。

我不记得早死的锢匠,死在哪一个季节里,应该不在夏天,听说停尸五天入土的,夏天便难以做到。我也不知道他确切的姓名,村里人都叫他周锢匠。这样称呼他,不雅也不俗,但在村里论辈分,我叫他周舅,背地里当然随了村里人的叫法。之所以在锢匠前说出姓氏,是要区别于刚刚死去的李姓锢匠。

一个村子里有两个锢匠并不多见。瓦匠、木匠、石匠哪个村里都有几个,锢匠也许几个村有一个。其原因怕是锢匠只获蝇头小利,且又讲究精细功夫,所以没人愿意入这行当。

周锢匠的死讯传来,第一个闯入我脑海的是一只碗。碗是蓝边的二碗,摆放在外祖母家西屋的香案上,里面盛着几种谷物。谷物掩埋在香灰里,上香时插入其中,燃尽的香变成香灰,在碗里越积越厚。那天,我按外祖母吩咐去仙台敬香,不料在转身的一刻,香碗落到了地上,屋里香灰四处弥漫。

这只碗的破碎令外祖母心情不悦,她说那是她母亲留下的,只给保家仙烧香用。她把碗的残片一一拾起,便匆匆走出院子,去找周锢匠。周锢匠是个小个子,白脸,头发稀少,不爱说话。我以为,即便他是锢匠,面对那么多碎片,怕也束手无策,碗也不会复归完整。他接过那只碗的碎片,什么话也没说。没过几天，我在香案上看到与那只碗相同的碗，只是碗的外表被锔上密密的铁钉，碗里正燃着一炷香火。那碗便是周锔匠锔好的，外祖母付给他三毛钱，相当于两个二碗的价钱。

两个锔匠一个师傅，师傅是李锔匠的叔叔，是周锔匠的舅舅。他们最初学这门手艺，本不是为了生计，是觉得碎裂的东西，锔好后能继续使用，可为父母节省一份开销。两人在未成年时就有着细密的心思，正是锔匠该有的品质。当师傅离开人世，他们才知道，锔匠对于贫苦的农家来说，是多么不可或缺。几乎是在同一个时间，他们各自背起工具箱，做起了锔匠的生意。

村子里有一条河，由西向东流。李锔匠住河南，周锔匠住河北。他们最初或在河南或在河北相遇，微笑着打一声招呼。之后，他们互不作声。他们是冤家，在贫困的指缝间的资源里默默形成对峙。最终他们自己和解，以河为界，双方可以各自延展到无限的区域。李锔匠向南，周锔匠向北，他们经常离开本村，吃住在外，有时一连多日不归。也许是出于一种暗中的较劲，较劲手艺，较劲凭这手艺获取的收入，所以他们才会远走他乡。

走到任何一个村庄的路口，他们都会各自吟唱——"锔锅锔碗锔大缸，锔个小盆不漏汤！"几乎道出了能修复的所有器皿。于是，他们分别被人请进家中。

锔匠是破镜重圆的手艺，是与完好如初、花好月圆、妙手回春这些词汇连在一起的。请他们来干活用的是请不是叫，一个请字道出人们对这门手艺的尊重，请他们进家，也算是请进一个美好的希望或念想。

李锔匠被请进一个大户人家。主人让他看一口彩釉雕花的鱼缸，鱼缸上有一道清晰的裂纹，说这是清代中期的老物件，需要把裂纹锔好。李锔匠做锔活以来，从未经手过古董一类的东西，于是心生忐忑，金刚钻刚一转动起来，便偏向一边，正巧碰掉一处雕花。主人抢过金刚钻，砸向李锔匠的脸。事情往往会是这样，对你希望越大，若有纰漏，失望也就越大。主人恼羞成怒，给李锔匠的额头上留下一道伤疤。这也提醒李锔匠，吃锔活这碗饭并不容易。他一气之下发誓再不干这行当。

在那个年月，有很长时间，周锔匠不再出门做锔活。饥饿使人无心关注一个器皿的命运，它们无论破碎还是完整，都丝毫不关乎人的饥饱和生命的存亡。这样想来，锔匠仿佛行走在苦难的体面之上，当苦难一旦要吞噬生命，人的尊严包括曾经被人使用的一切，都将化作泡影，锔匠的生计便也不复存在。

周锔匠死的时候，灵堂里为他烧纸用的泥盆，还留有他给上面的两道裂纹锔上去的铁钉。下葬那天，两个儿子把他做锔活用过的工具，全部做了殉葬品，如发誓一般绝不子承父业。

李锔匠哭着为他送葬。

贫苦的日子不能没有锔匠，每户的锅缸盘碗之类，一旦出现裂痕或是被不慎打碎，自然要找锔匠修复。李锔匠只好重操旧业。

李锔匠几乎给全村所有的人家都做过锔活，但似乎就在一夜之间，那些锔过的物件都无影无踪了。

我不知道李锔匠给外祖母家锔过什么，但有几只带有豁口的大碗和瓷碟，都有锔过的印记。不知道它们的身世，被人使用多少年，才会变成那副模样。记得外祖母过世之后，外祖父特意把那些锔过的器皿，连同一些废弃的物件收拾到一起，放在碗柜的下方。是要保存下来留个念想，还是待到哪一天扔掉，母亲不知道外祖父确切的心思。在外祖父离世不久，母亲把那些物件全部当作报废品，统统倒进了垃圾堆。

眼下，觥筹交错之际，远去的锔匠不再被人提起，因为打碎的瓷器，转眼便会代之以新的。人世间，往往有些不该遗忘的人和事被人遗忘，不是你没有亲身经历，而是经历了却被另一种经历所刷新。苦难中生成的这份手艺，毕竟归于苦难，而苦难既然过去，人的记忆便也容易淡忘，少有人把其中的某一件锔过的器皿留存下来，以此作为对岁月的纪念，或对岁月里的人的怀想。

李锔匠的灵桌前，烧纸焚香用的器皿中没有被锔过的东西，他用过的锔活工具也早没了踪影。

从历史的长河中走来，又从历史的长河中消失，何止是锔匠呢！

记录一个女人

咖啡厅里的灯光,显然与李维艳讲述的情形不相称。她的故事带有血腥的气味,我的心为之战栗许久。但她表情平静,似乎那段往事只是一阵寒风,尖啸过后,医巫闾山的草就绿了。

的确是在寒风里,古街上稀疏的鞭炮声,开始为一个新春

传递将临的讯息。一名手持菜刀的青年男子，叫喊着追赶另一名男青年。就在菜刀要劈落到那人头上的瞬间，她飞身而起，高举右手欲将菜刀夺下。那把菜刀真是过于锋利，锋利得断去她的手腕，竟然不挂一丝筋肉。她的右臂永远少了一只手。

平日里，两个青年都是她眼里的好人，本来过从甚密，不知何故反目为仇。持刀人站在法庭上，她为他向法官求情："不能让他坐牢，我不让他赔偿，对方没伤着就好！"持刀人泪流满面。

她相貌端庄，目光炯然，看上去年近花甲，实际年龄六十七岁。她讲述的是四十二年前发生的事情。那时，她的儿子三岁，女儿刚满周岁。

其实，一个人往往不是预先受到某种言说的导引而去选择行为。没人告诉她，面对这样的情形如何挺身而出，而是人性中的善良，驱使她必须阻止邪恶。如果悔恨，她应该悔恨善良，是善良使她不顾生死安危，让她完全忘却厄运之后会遭遇什么。

她的视线扫视一下头上的灯光，然后有意伸出无手的右臂。她也许认为制作的假手太假，不属于她身体的部分，所以就那么裸露着断去手腕的骨骼。

"看，都过去了！"她微笑着说。

"后悔过吗？"我问。

"掉我一只手，保住一个人的脑袋，值！"她没有为那次的勇敢感到懊悔，但她愤怒于一些人对她的行为表现出的麻木与漠视。事后她究竟遭遇了什么，她不肯说明白，只是说心痛比断腕之痛更持久。

"受到保护的人，对你可有酬谢？"

"没有。那年月，家里都穷。"

她的善良没有得到应有的回报，至于是否获得过与她的行为相对应的某种称号，她脑子里也没有记忆，只是恍惚记得获过几百元的奖励。

她曾为接腕失败撕心裂肺，想要从医院的楼上跳下一死了之。春节到来，古城大雪纷飞，夜里趁丈夫睡熟，她独自走出家门，想要永远离开这个世界。但厚厚的积雪使她无路可走，孩子的哭声突然传来，让她不得不停下脚步。

也就是从这一刻起，身为母亲的她，才真正感知到母性本能的意识里，并没有自己可逃避的空间，子女早就占据这个空间的全部，自己唯一不可回绝的，便是对他们一种无私的养育。

她不知道尼采是谁，更不知道他说过"知道为什么而活的人，便能生存"这句话。如果知道，她一定会以为是在说她自己。

但是，她在和以往一样，拍着孩子入睡的瞬间，泪水禁不住会扑簌簌地流下来。"慈母的胳膊是由爱构成的，孩子睡在里面怎能不香甜？"她的胳膊少了一只手，虽然慈母的爱并不缺失，但她拍着枕在肘弯里的孩子入睡时，手的节拍有些错乱，甚至让她感到一阵惶恐。孩子睁大眼睛看她，她转过头去,用泪眼茫然地看着窗外。

命运对弱者的欺凌与捉弄,往往不一而足,所以苦难并不均沾于每个人,而在弱者身上叠加的苦难,人们却常常以为是一种巧合。

两个孩子年龄幼小,丈夫又突然因病离去,雪上加霜的日子使她晕眩不已。犹如负重攀登于冰山之上,她需要重新积蓄能量,以抵御又一场生活的寒流。当对接踵而至的灾难无法解释,她便相信命运。既然命里有之,便不可怨天尤人了。

她相信宿命而又对宿命来个彻底否定。

依凭母性的本能,她擦去眼泪,把儿女紧紧搂抱在怀中,暗暗发誓,再苦再难也要把孩子养育成人。她没有什么奢求,在生活的目标里,只是想让自己的孩子过上普通人的生活。

古城老街的一个十字路口,多了一个卖雪糕的女人。事先,她用左手扶把,练骑自行车,练好后好去雪糕厂取雪糕卖。对她来说,骑自行车并非轻而易举,练车时天地在摇晃,人车几次跌倒,甚至跌进水沟,但她咬紧牙关,不再有一滴泪水。这让我想到奥地利心理学家弗兰克尔《活出生命的意义》一书序言中的话:"人们面对伤害、苦难与失去,第一阶段必然震惊、失望,而接着会自己营造出一个冷漠的保护壳,用来抵抗世界和自己。"经历恐惧和绝望之后,她已经挣脱保护壳的孤寂,进而由抵抗自己和外面的世界,转为强烈的自尊和对子女深沉的爱,以及对朦胧不清的一种美好的渴求。任何在生活中抗争的人,如果没有如她一般最后的超越,怕是还会困于命运的魔掌。

夏日的古城,游人熙攘。陆续有人在她的身边停下来,买上一两根雪糕欣然离去。在这一买一卖之间,品尝食品口味与品尝生活滋味交织在一起,使人与人的状态表现出对立的默契。但她以为,自己与那些兴高采烈的游客,除一种微不足道的买卖关系,也许永远格格不入。有时觉得那个群体离她很遥远,以致虚幻得让她无法触摸。这是一种明确的暗示,激发她的内心一直怀有向往,为了孩子,也为自己,而她所能做的一切,只有赚钱养家。当一对夫妇牵着孩子的手,买走雪糕后转身离开,她心中最柔软的部分还是被刺痛了一下,随即刻意地抬高一阵叫卖声,以把复杂的思绪全部淹没在心底。

后来,她又为五花八门的生计不辞辛劳。她不愿称她为女强人,我也觉得这种说法过于含混。她只是不甘于命运的摆布,在生活的路上顽强地行走。直到今天,她还在与宿命抗争,依然过着再普通不过的生活。她和儿子一家三口住在七十平方米的房子里,儿子儿媳和女儿都在县城打工。为了子女和孙辈,在无数个白天和夜晚,她以一只手同时代替另一只手,或刺绣工艺品,或帮助操持家务。就这样,她的生活紧紧咬合着岁月的齿轮,周而复始地旋转。

把灯光调亮,看清笔下这个女人。灯光照在她夹杂着白发的头上,给她的头发镀上一层暖色调,白发也不那么扎眼。这种暖色调笼罩着她,她安静地坐着,手起手落,一针一针地刺绣,没让人觉得她是缺了一只手的。她有一双明亮的眸子,目

169

光若虚若实。

　　生命本身似乎没有意义，而她赋予生命的意义在于——精神，作为一种力量，可以背负起沉重的苦难，并为他人留下一束光影。

　　谈话结束，在咖啡厅门口与她道别。她的身影渐行渐远，如溢出的墨汁般溶解在夜色里。古城一片寂静。

月光下的说客

说客刚出生时，额头上布满黑色的胎记，像扣上一个头箍。父亲认为他是黑鬼附体，偷着用棉被把他包裹起来，丢在后山的土地庙前。他在冬天的月光下哭得尖厉。狼没过来吃他。

母亲找到他时，他的哭声停止。一条长长的青蛇盘在棉被上，蛇头高高扬起，蛇眼的光束如探照灯般雪亮，向四周不停地转动。蛇倏地没了踪影，母亲抱起他往家走，他又有了哭声。

很少有人知道这件事，是说客自己说的，但村里有几个老人，证明了这件事的真实。小时候，同伴叫他"老黑"，没过几年，他额头的胎记开始变淡，竟与黝黑的脸色浑然一体了。

村前的山是医巫闾山向东伸开的一只手臂，在肘弯的位置，有一座很小的寺庙，里面有一胖一瘦两个和尚。那年，说

客还没娶媳妇，整天在山上打猎。那只野鸡一躲闪，火枪射出的枪砂，却击中了红色的庙门。胖和尚抓住他，他竟然说要当和尚，给庙里的和尚挑水做饭。

说客真的做了和尚，剃度却没有受戒。他记性极好。没过半月，能与和尚一起早晚诵经，四五种经文字字无误。无论是他做什么，庙门总是被一根拐杖敲得砰砰作响。快回家！娶媳妇！生儿！他不开门，母亲就在外面对他喊叫。后来山下有人传讯，说他母亲大病不起，他才不得不下山。几个亲属在他母亲的指挥下，把他捆绑起来，关进闲置的老屋。他是家里的独苗，父亲过世早，母亲背负着让他传宗接代的祈望。最终，他还是服软了。在他四十岁那年，妻子患病死去，却没为他留下一儿半女。

"说客",是村里人这样叫他的,说客自己只知道,谁与谁发生纠纷,有人找他出面调停。他说话管用,大概是由于他出生时的故事,再加上他在村里辈分高,好多年长于他的人,管他叫爷。此外还有一段当和尚的经历。

任何一个村庄,都少不了说客,因为户与户、人与人之间,少不了摩擦碰撞。有些积怨会越积越深,没有说客化解矛盾,也许一辈子疙瘩都无法解开,有的甚至还出了人命官司,所以,就自然产生了说客。说客属于第三方,处在中间位置,既与矛盾的双方相联系,又独立于双方之外,如一根扁担挑着两头的重量。

说客的作用在于评理,在善与恶、是与非、恩与仇之间找到准确的切口,然后通过伶牙俐齿,辨析利弊,好言规劝,使当事双方不计前嫌,和睦如初。他当说客,却与那些说客不同。他讲究时间,无论谁找,白天不去,没有月光的晚上不去。更讲究仪式感,没有过多的劝慰,当然也不打不骂。说事的地点一般是固定的,就在后山的土地庙前。这也许是他襁褓中就确定好的"道场"。

月亮升起来,他把双方招呼到村头的上山路口。没人敢不出来,没人敢不和他走。他低垂着头,把当事人领到后山,就在父亲遗弃他的地方,他重复一遍当年那条蛇的样子。人们知道他的属性便是蛇,又有被蛇看护的经历,自然对他敬畏有加。面对土地庙,他闭上眼睛,开始诵一阵当和尚时诵的经文。他以为土地庙就是一座庙,一座等同于寺庙的庙,里面供

173

奉的土地神可以为他助力，能把人间的恶人汇报给上天。嘤嘤的诵经声，淹没在虫鸣声里。双方只知道他在念经，又像是说咒语，至于"咒"谁，都以为是"咒"自己，却又不知"咒"中何意，便只好呆呆地看着他。这时的月光，骤然变得冰冷，漫过旁观者的全身，使其觉得这是一个魔圈，有可怕的灾难马上降临。事毕，说客让双方给土地神叩三个响头，之后，他又低垂着脑袋，领那两个人下山去了。

说客肯定是对他们说了什么，要不怎么能叫说客呢！他说的话一定是奏效的，否则这对冤家，不会在第二天赶着同一驾马车去逛县城。从县城刚回来，他们就领着各自的媳妇，提着买回的酒和点心，微笑着登门谢他。他不笑，似乎从来没笑过。收下礼，一脸庄严，从仙台下取出两张蛇仙图分与他们，并说要贴到空屋子的西墙上，图下置一供桌，隔几日要见香火，如再因为种地抢水冒傻气，由蛇仙收拾他们。来者齐声说不敢不敢。

被他领到土地庙前的人，有男有女，有老有少。不敬公婆、妯娌互怼、夫妻反目、不尽孝道、邻里结仇……当事人都要听他讲那条蛇，听他念经，听他吩咐。月光下，没有人不感到惊恐，甚至没有人不想逃跑，但双脚都在战栗，无法挪动半步。惊恐让他们听之任之，然后让他们痛心疾首。事后，这些人聚在一起聊天，说夏天的月光为什么冰冷无比，有人纠正说，只有后山土地庙前的月光才会那样。

冬天来了，说客不穿棉衣，在月光下每走一段路，回头便要看一眼,像是担心被他领去后山的人趁机溜走。实际上,说客的精神很正常,连续几年承包十几亩水面的鱼塘,收益也可观。有人看见他,不敢上前,次日问他,夜里为啥出来走?他回答说,没那回事。

说客在后山没有被冻死,萨满解释说,他生来带着一团火,是火人之身。也是,他家的铺盖没有一件是棉的,即使数九隆冬,他也不穿棉鞋、棉衣,更不戴棉帽。这一团火,让说客不言自威。不养娘的两个儿子,跟在他身后去后山。他没讲蛇,也没诵经,只要求他俩和自己一样,把棉衣脱下,只穿单衣站着。两个儿子想跑,他说蛇会把你们的腿咬断。此时,风声呜呜响起,他说,山里的蛇都出洞了。两人冻得蜷缩成团,连连说回去好好待娘。

那年夏天,庄稼旱得枯黄。河下游的村庄,呼啦啦过来一群人,手持镐把锹把,说河水都被上游截走了,非要和本村的村民讨个说法。有人急忙找说客。说客知道讲蛇和念经,根本吓不住来者,况且又是大白天,更不宜做调和之事。村民们挤满了说客的屋子,说人家不会去后山的土地庙,更等不到月亮出来。说客没说过两大帮人的事,他深知自己在外村人面前没了爷的辈分,说话必定轻如鸿毛。

河是滋润两岸土地的河,拦截河水等于卡住人家的喉咙,快把河坝打开。他说着说着,小跑似的来到鱼塘。鱼塘刚投放一大批鱼苗。他打开闸门,让鱼塘的水顺着河道向下游流去。村里人心疼说客,外村人看到这一幕哑口无言,两村的人互相招手，各自离开。

　　没有月光的晚上，说客不说事，也不出门。谁知道他在屋子里想什么，反正他不再想找媳妇。其实，他想的还是说客要想的事：那些人一到土地庙前，看他如法式一般的情形，怎么就会俯首帖耳，而且完全按照他的意识，变得老老实实啦？他对自己提出的问题，暗自给出了具有逻辑学和心理学意味的答案：蛇吓人，蛇眼两道比月亮还亮的光更吓人，人被吓到了便现惊慌，惊慌便是畏惧，畏惧便会言听计从。还有，当和尚似乎懂得来世，话里有玄机，人们在迷茫之中，便会听之任之。咒语或诵经的玄机，也会使人迷蒙，迷蒙则最易听信。所以，畏惧和迷蒙，是说客砧板上的鱼肉，任他随意去切割。好在说客的用意是教人向善，如果愚昧被人宰割，愚昧就会变成邪恶。

　　说客，不是地道的说客。但村民认为他懂法术，有善心，不听他的话迟早会遭报应。村里的一个青年，媳妇被他打跑了，躲进娘家不归。青年的父亲找到说客，让他劝劝儿子，快把媳妇接回来。青年怕他施法术，说啥不肯上后山去。第二天，青年自己赶车，从车上掉下来，车轱辘竟然压断他一条腿。

　　村民也怕家里家外出现纠葛，怕说客把自己带到后山去，抛进冰冷的月光里，便尽力安分守己，积善积德，因之很少有人遭到说客的一番折腾。

　　说客过了古稀之年，记不得有多少人被他领到后山，大概记得过去每年都有。后来，说客也觉得这样做有悖常理，但不见有人求他说事，心里却感到孤独，无论有没有月光，常出去串门。见说客来了，家家笑脸相迎，并说家里和美得很！

说客第一次把说事的客体和自己合二为一，是因为他的侄子。侄子看中村主任的女儿，对方长相姣好，却嫌他被铡草机绞去三个手指，且又家境不佳，硬是不肯嫁他。说客几次到村主任家，说侄子是天生的富贵命，少了指头少不了财，结婚后便会苦尽甘来。与村主任女儿结婚刚满一个月，侄子便去城里打工，没几天，却被拆迁时掉落的红砖砸中头部，当场咽气了。

从此，说客家的大门常年紧闭。

流泪的雪人

"无论如何,你都会挺身而出,去拯救那些求救的人。而在这时,任何高墙都会在你面前荡然无存。"当家家户户忙着采摘葡萄的时候,因为收到一条信息,他便撇下妻子,一如欧尔麦特的神勇,飞快地从葡萄园里跑出来,驾着自家破旧的小面包车,向医巫闾山方向疾驰。

医巫闾山脚下的人知道,每年山里山外都会发生大悲大喜,而发生在这里的悲剧从来没有铺垫。其中,厌世、绝望、精神失常和失恋的痛楚,似乎都需要大山或森林作出见证。突如其来的死亡、失踪,就上演在悬崖之上和幽谷之间。所有的喜极而泣,或是悲恸欲绝,都让胡振宇的表情始终保持凝重。他每年经历十几起救援事件,似乎看透世间的炎凉,所以他在一阵拼力过后,悄悄返回村庄,像是什么也没有发生。

有时,救援是对寻找死亡的另一种说法,因为要救的人可能已经死去，只是没有见到死者的模样，或是不知道死亡的确切位置。胡振宇在接到讯息的一刻，总是觉得人还活着，不是在山里行走，就是在水中游动。而失踪的人，在他看来，根本没有失踪，正在山中的某棵松树下张望，要不就坐在某个峭壁下喘息。他似乎能听到一些陌生人的叫喊，以及扎人心肺的号啕。这声音让他紧踩油门，到达救援现场之后，他以救援组长的身份，边指挥队友边身先士卒。

在那些个数不清的深夜和黎明，他看到了死亡各异的形态——扭曲的、残缺的、破碎的、腐臭的或是溢着鲜血的。而有的被解救的人，目光里却充满对他的不屑，甚至是一种仇视。有个年轻的姑娘，在悬崖边上被拉回之后，骂他多管闲

事,而后一直默不作声,对死亡依然满怀焦渴,挣脱着还要纵身一跃。雨夜里的老人在深山里踯躅,胡振宇在山里寻找一天一夜,当他牵着老人的手,找到老人的儿子,儿子却表情麻木,没有回应一个谢字……这些场景,在常人看来,简直不可思议,但他觉得这样的结局,都在他的意料之中,并没有什么值得大失所望。当他转身离去,便清醒地告诫自己,一场救援已经结束,没有必要回首张望。仿佛一场风雨过后,他从不揣度风雨的心思。

就这样,他又俯身于自家的葡萄园。他要生活,要靠栽种葡萄换来的钱养家糊口。村里生产葡萄已经很多年,几乎家家有葡萄树。许多个秋天,乡亲里都有卖葡萄获利十万、二十万元以上的暴发户,他们笑得合不拢嘴,走东家串西家,谈论关于葡萄的话题。他们习惯暗自通过一种对比,在别人的生活与自己家境的反差中获取幸福感。那些得到高额回报的葡萄园主,最喜欢到低收入的乡邻家里,夸夸其谈种植葡萄的技术,如何培土、施肥、防治病虫害以及打药的方法,若是谈及自家的葡萄究竟卖了多少钱,他们从来都是对确切的数字闪烁其词,而此时面部的表情,又会禁不住露出得意的神态。他们之所以这样,是拿捏一个合适的尺度,既能让对方知道不及自己,又不至于让对方心生嫉妒。喜欢炫耀与不想露富的双重心理,使农民的狡黠如一块水汽浓重的云朵,明明会雨落如注,却又偏偏含而不露。

胡振宇从不打听别人卖葡萄赚了多少钱,尽管自家拥有三十亩葡萄园，一万多株葡萄树，但他常年疏于管理，葡萄产量和质量，与好多户相比自愧不如，所以，每当来人谈起葡萄，他知道话里话外，对他具有嘲讽的意味，搭讪几句便不再作声。一些善于动脑筋的人，对胡振宇一年的收入加进新的猜测，那就是救援肯定得到不少钱，否则不会昼夜不分，说走就走。他们与胡振宇之间的对话大都这样开始和结束——

"今年葡萄卖多少钱？"

"没卖几个钱。"

"为啥？"

"病害严重。"

"为啥不打药？"

"赶上救援，没空儿！"

"救援得多少钱？"

"每年搭进去一万多。"

"那你图个啥？"

"不图啥！"

"那……"

胡振宇加入的是义务救援的团队，每次救援的确没有一分报酬，修车费、加油费包括购买救援装备的费用，都要自掏腰包，每年要花掉一大笔钱。人们明知胡振宇不会说谎，却又对他的回答心存疑惑。

对生活中的善举，人们正以复杂的多样性，在群体倡导与个体排斥中，在私欲与良知的相互杀戮之下，日益变得模糊不清。多少人开始堕落，多少善举已经被心灵的丑恶所扭曲，只是胡振宇不顾任何非议，持守一条绝不见善不为的底线。

最初，如何看待善举，胡振宇脑子里没有答案，或者说，没有一个可以让村里人心悦诚服的说法。他记忆最深的是，当年加入一个爱心团队，受到救济的一个小男孩儿，抱着他泪流满面。那天夜里，他几乎没合眼，第一次品尝到助人是何等的快乐。这就等于说，善举的答案就是快乐。但他陌生于形而上的空洞的描绘，说不出其中的缘由，只是觉得应该这样去做。

现实中，他似乎也是一个走失的路人，在生活的荒野上，看不到去往的方向。其实他的方向感很明确——自家的葡萄园和救援现场，只是两个目的地不是同一个方向，有时走着走着，他就从葡萄园里消失了。也许是在天亮之前，他回到村里，但他没有回家，径直向葡萄园走去，铲一阵葡萄架下的荒草。

他被一些人看作是生活中的走失者，但他从不理会别人投来的目光，却在痴痴地寻找另一个在大山深处走失的人。那天深夜，寒风卷着雪花漫天飞舞，他在山里一遍又一遍呼喊一个人的名字，而风把他的喊声淹没在幽谷里。太阳出来了，风也停歇，他终于看见他要寻找的那个人，但不幸的是，她已经死了。他感到徒劳的沮丧，瘫坐在雪地上，双手把积雪高高扬起，让雪不停地落在身上，最终把自己变为一个雪人。那雪人流泪了，一滴一滴地把雪融化。

葡萄园里葳蕤的蒿草，当然是人们议论胡振宇的理由。当他的一次次善举与他身后荒疏的葡萄园形成对照，有人暗地里却说他不务正业。在乡亲们的眼里，正业便是家业的代称。如同鸟儿筑巢，家业是农民一生乃至几辈人经营的巢穴。他今年已五十多岁，到底为这个巢穴增添了什么？他不是没有想过，可越想心情越难以平静。

在无数次与人对话之后，他自问自答：

"你听见啦？有人骂你。"

"啥也没听见。"

"救援哪年是个头？"

"救不动再说。"

"老实在家种地行不？"

"地要种，人也要救。"

"救出来的人死了，不是白费劲吗？"

"死要见尸，入土为安。"

"人家没一句感谢话，不觉得没劲？"

"积德，老天知道！"

"那就靠天养活你吧！"

"呸！"他狠狠地往地上吐了口唾沫。

看着患病的妻子，想起这些年家庭的境况，他的心还是被刺痛了。他忽然觉得自己像是胡家的过客，眼睁睁地看着乡亲们的葡萄卖出好价钱，大把的钞票揣进兜里，小轿车就停在他家门前的街道上，而时至今日，自家的日子却没有多大起色。多少个夜晚，他带着莫名的憧憬，在睡梦中看到另一番情形：

妻子的脑血栓病早已痊愈，步履敏捷，吐字清晰；儿子正在大学的校园里读书；年迈的母亲身体格外硬朗；房子不再是父亲简陋的遗产，而是一幢新建的高楼；葡萄架朽烂的木桩换成了齐刷刷的石柱……

看来，诚实的人在睡梦里也生不出妄想。他醒来用力摇摇头，知道这一切属于虚无，而不属于自己，于是他依旧在世俗的目光里，任凭人们对他的猜疑和议论。久而久之，种种误会与他对乡亲的不解，如两块坚硬的石头，相互碰撞而又相互排斥。

胡振宇最开心的时刻，是他找到活着的失踪者。他把消息告诉给队友，让他们来到家里，听他讲寻找的经过。然后，大家一起包饺子，喝一顿大酒，人人醉得像一摊烂泥。胡振宇好久滴酒不沾了，这源于一个嗜酒的队友，临终前对他的劝诫，

说喝大酒会短命的。他戒酒是为了对队友的怀念。但他这时也像个醉汉，兴奋得语无伦次。

胡振宇家的院子里，一株株被砍伐的葡萄树，散乱地堆积在院墙下。也许是它们跟随主人走到了生命的尽头，要么就是主人对它们的表现感到心灰意冷。胡振宇却说，侍弄葡萄树，几乎天天有活干，哪一项跟不上，秋天就给你脸色看。看来，他对葡萄树显得有些力不从心，不得不忍痛把它们统统化为一缕缕炊烟。以他的头脑，种植这些葡萄树并不至于半途而废，只是因为几次外出救援，对病虫害没有及时防治，让他觉得葡萄种植是一种累赘。当然，市场上过低的价格，也是他放弃葡萄生产的原因。他在原来葡萄园的地方栽种红薯，使他在田里劳作的时间显得绰绰有余。

停在院子里的面包车布满尘土，透过模糊的玻璃窗，可以看到里面救援的设备——水陆两用安全头盔、绳索、手电筒、棉被、迷彩服……

"等过两年手里有钱，换一辆新车开，免得救援时耽误时间。"胡振宇说着，目光投向医巫闾山。

"救援的东西倒是不缺，可春天到了，家里化肥还没买呢！"妻子显然有些心急。

"咱不是贷了五万元吗？"胡振宇心里还是有家业的，他跑到城里找队友帮忙，从银行里贷出钱来。

"那你不还债呀？"

"还两万，剩三万，种地足够！"

在异样的目光中
你是个聪明的傻子
没有悔恨和泪水
即使悲凉的无助
也不曾在脑海里泛起涟漪
你在你的心海上游泳
月亮和星光不为你亮起
善良不能唤醒人性
岸柳的枝条在春风里哭泣
你依然微笑着沉默
沉默在睡梦中传来救援的讯息
黎明却悄悄对你说
整整一个黑夜
你都奔跑在大山里

胡振宇醒了,乡亲们还在酣睡。

一棵树的信徒

在医巫闾山榆科大家族中，耸立在冯如新家门口的老榆树，便是唯一高寿的长者。没人能准确地说出它活了多少年，有人说它至少有五六百年的树龄，对应推算的朝代，这棵树明朝时就在这里扎下了根。

冯如新一口否认。

"那您说它有多少年？"

"一千多年了！"

"您怎么知道？"

"上面来的人说的。"但他说不清上面的人来自哪里，更不知道来的人是谁。无论如何，他把树龄按常人推算的时间，又前推了一倍，并没有确切的根据。我的判断是，他要坚持他的"千年之说"，把一棵树的树龄指向时光深处，无非是要证明它的玄秘。树玄秘了，他过去对它所有的行为，也许才会变得异

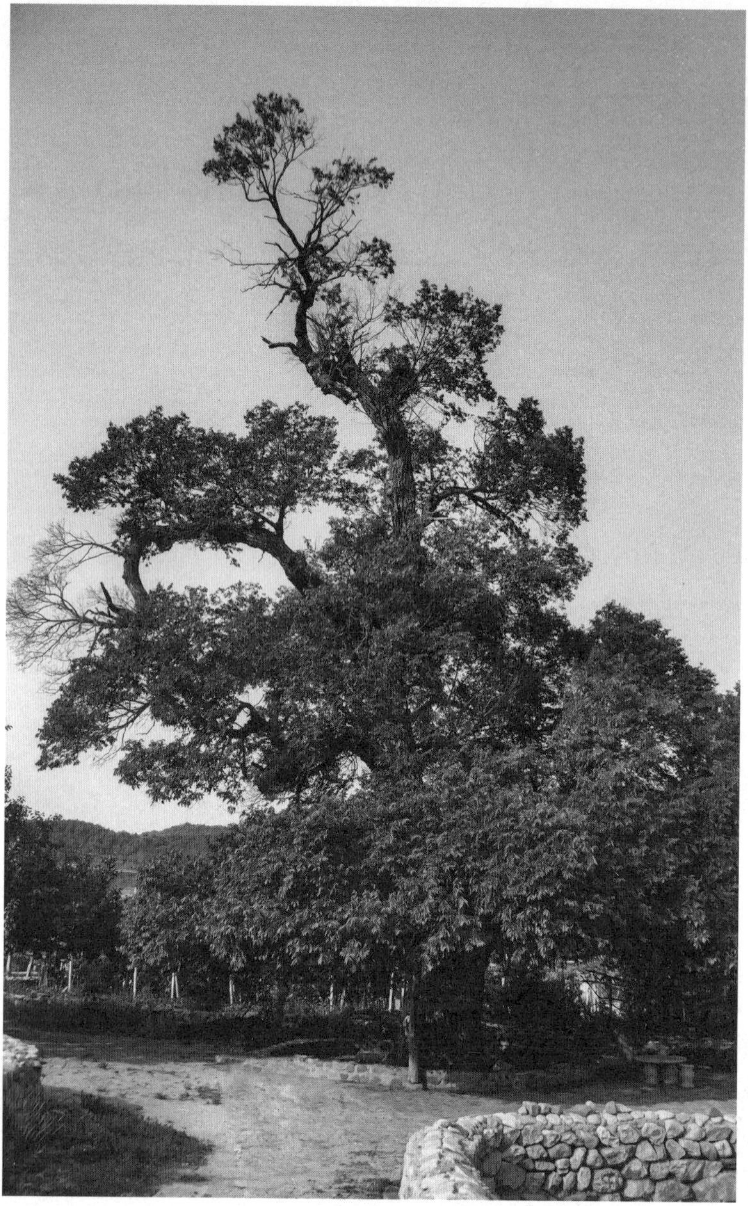

乎寻常。

无法考证这棵树栽自何年，我的想象是，一股来历不明的劲厉的山风，裹挟一粒榆树的种子，掠过几重峰峦之后，在这方土地上突然来一个急停。种子钻进泥土，之后成为一棵幼嫩的树苗，之后成为一棵树。庆幸的是，没有人与它相遇，免去了使它变成镐把、锹把或镰刀把一类的风险。等到这里有了人烟，它已经具有神性的征象，人们对它便怀有几分敬畏了。按照这样的逻辑推演，凡是具有神性的树，该是于无人的孤独之境修炼而成的，而树一旦沦为把子、杆子、杠子、棍子、板子以及烧火的样子，那一定是树遭逢了人的贪婪与凶残。

一双拐杖顶在他的腋窝之下，冯老汉的双目朝着老榆树忽睁忽闭，明暗之间似乎隔着久远的历史隧洞，让人觉得树的身世都隐匿于他的身上。其实，八十岁的他，真正知道的，只是爷爷的父亲留给爷爷的只言片语，大概的意思是：老榆树很久以前就长在这里，树有多高，根有多深，有了神性的树是不会死的，千万不要伤它……这些话传给他父亲，父亲又告诫给他。所以，他现在还是重复祖上那几句话，并和先辈一样，每天出门在树下走过，回家走过树下再进到院子里。

他不知道先辈端详这棵树时，树已经长多高多粗。现在他当然知道，需要四个成年人，手拉手能把树腰合围起来。树有多高他不清楚，只有一种描述：要从近处向上看，脖子能仰得酸痛。树没有明确的权属，不属于村里的哪一个人，当然也不属于冯如新。毫无疑问，树大到远近闻名，自然会属于国家。

人之于一棵树，尽管都是生命的存在，但人的哀戚在于，一棵树到垂暮之年，植树的人怕是化作了泥土，以至于有几代人，看着同一棵树相继而逝。人活不过植物，是上天注定的。也许因为人的生命的局限，一个家族的生命，往往会以某一棵树为始点，继而世代繁衍，所以后人们才对这棵树刻骨铭心，甚至把树看作是联通自己的血脉之源。明初，在山西洪洞的大槐树下，一千多个族姓的近百万人，先后从树下出发，迁徙异域他乡，结果大槐树便成了移民后裔心中永远的故乡。冯老汉竟然也知道那棵树，说那棵树和他家门前的老榆树都是神树。

树本身就是树，与人一样有生老病死。树在人的认知里，一旦超越树的植物属性，那一定是人对树赋予了某种寄托，使之酷似有了超乎自然的魔力。但赋予寄托的必要条件，是这棵树的姿态，超拔于同一族群的所有的树。老榆树超拔得令人惊心动魄，自然成为冯氏家族乃至所有乡邻心中的神祇。

每当细细打量老榆树，冯老汉的内心又十分酸楚。这棵树满身的骨头，被嶙峋的灰褐色的干皮紧紧地包裹着，如一层层泥土的叠加。它本该和人一样，皮与骨之间长着肉，肉里蓄满血。但它无肉无血，好在它到时能抽出芽来，浑身长满叶子，否则，它便是一具摩天的骷髅。

人在岁月里走着走着，就被岁月掩埋了；老榆树一动不动，岁月却照样掏干它的血肉。它没有死，说明它的一副骨头分外坚硬，从而支撑它躯体的全部，使它得以站立着呼吸，看人间百态。冯老汉能听得见老榆树发出的声响，但那声响却不是风声，不是落叶相互碰撞才有的轻音。声响来自骨头。毕竟那是古老的骨头，与其他同类的骨头截然不同，声响从骨头的缝隙里迸发出去，有时如强忍剧痛的呻吟，有时像放大的一声裂帛，有时仿佛是长长的重轻交替的叹息。冯老汉无论听到哪一种声音，都禁不住让他想起久病后死去的父亲，还有除父亲之外的离去的亲人。

树上和树下是老榆树清晰的分野。树上的所有都归属于老榆树，那是它的形态和容颜，眨动着无数只眼睛，神性在其中出没。树下是往事，是往事里不断变化的人和人群，被一个又一个年代收割得干干净净。分野的上下是实体与幻体的区分，但幻体的部分又是曾经的真相——饥饿的人群，在讨论乞讨的去处，孩子的哭叫声，让老榆树感到无奈，它一身的榆钱花，早已被人当作食物；几个青年人在树下一同发誓，宁死不去当壮丁，子弹在老榆树的梢头穿过，他们飞快地跑进山里；一个春天的清晨，村里的年轻人叶文祥，打起背包来到树下，叩了三个响头，然后转身而去，少年的冯如新目睹了他的身影。多年过后，村里人才知道，我军几次重大战役和剿匪行动，都有叶文祥参加，后来他当上了部队首长，转业后在一家国企担任领导职务。冯老汉看见他几次回村看望乡亲，看望他叩首离开的老榆树。叶文祥每次都绕树一周，默不作声，眼里含着泪水。冯老汉也陪他绕树一周，和他一样热泪不止。他的晚年在他自己题写的"榆荫阁"里度过，也在"榆荫阁"里安然离去。他有多深多重的乡愁呢！当年给老榆树叩头，也许就是他决意赴死，才会那样作别于故土吧！

冯老汉时常坐在树下，脑海里浮现出那些怪异的场景：铁锅、铁锹、铁锁、铁耙等所有铁的物件，堆积在树下，等着来车拉走，投进炼钢铁的土炉；全村人齐聚在树荫里高唱歌曲、挥舞拳头，几个人脖子上挂着写有大黑字的白色的牌子，在呐喊声中颤抖双腿，此时老榆树的一根粗大的干枝，突然砸落下来，所有人都旋即散去；男男女女手持锹镐，在树下倦怠地等着有人催促他们走向田野；家庭联产承包责任制的大会，就是在老榆树下召开的，冯如新在人群中使劲地拍巴掌……从那年以后，成婚的青年，开始对着老榆树行祭拜礼。

村里的一切喧嚣与疯狂、一切集体主义意识和个体自强的精神，包括承转的习俗、人性的丑陋，以及夹杂其中的声音和情状，都隐没在岁月的尘烟里，渐渐不再被人提起。人们喜欢谈论传说。传说玄妙而缥缈，如偌大的晶亮的气泡，只供人观赏，没有把柄可触摸，瞬间消失于空气。

关于一个石人的传说，最能引起人们的兴趣。当然还是很久很久以前，山里的一场暴雨过后，石人顺着湍急的流水而下，现身在老榆树的身边。那一刻，云层的缝隙射出的一缕阳光，像是被雨水洗濯过，照在石人的身上，白亮得耀眼。石人的前生本是个武官，被绑架到医巫闾山脚下的古墓群，在皇家的一处墓穴前做了护墓人，不久便被化为一尊石人。它在到来之前，梦见老榆树请它过来，要见它一面，并说只要见到老榆树，就能复活为活生生的人。石人见到了老榆树，老榆树告诉它，你可以回到南方老家，看望父母和妻儿，去收割家田里生长了几百年的稻子。说完之后，石人便现人身，跪地叩谢，然后向西南方向飞奔而去。

当下的人善编故事，为一棵树、一堵残墙、一座房子，抑或一块石头、一处水坑，也能把故事编得神乎其神。冯老汉言语不多，他说自己没见过石人，更说不清那传说是真是假。他看护老榆树，除了祖上的话，似乎没有太多的理由，如果有，也不过是残留在脑海里的一个又一个破碎的具象。

东北地区的泛神崇拜，在医巫闾山的山民中并不罕见，但冯老汉不知什么叫泛神，只是重复祖先的话，认为老榆树不会死，因为它是神。

实际上，他对待老榆树，完全采用了对待神的方式。他给老榆树焚香，双手合十，看着袅袅的香火，嘴里念叨着他想说的话。他有时放出狠话，说谁敢砍老榆树一根枝条，我马上把他"告官"。他说这话底气十足，确实是官方对他有过托付。他在背地里对人们讲述，说某人砍了老榆树的枝子，没过几天就大病不起，又说某个久病不愈的老汉，给老榆树连烧七天香，病就好了。村里关于吉凶的传言也离不开这棵树，不知从哪天起，老榆树的身上，凡是人能够得到的树干，都系满了鲜红的布条和绸带。

那些疏松的枝条，无法抗拒风的撕扯，最终离开母体，跌落在地上。冯老汉弯下身去，把干枝捡拾到一起，却不把它化为自家的一缕炊烟，而是静静地埋在老榆树的身下，随之也埋下心中的感伤，还有虔诚的种子。盛夏少雨，树叶打蔫，老榆树的根系，已经无力吮吸水分，或者它的根系延展的地方，根本就没有水，要么水被周边其他树抢去了。冯老汉把输水管从院子里拉到树下，电机声响起来，响上一两个小时，树就渐渐变得有了精神。他对树下铺装石板表示不满，认为这样做会阻碍雨水渗透，并说先把铺到自家院门前的石板拆除掉。榆树易生病虫害，他和老伴常常眼盯树枝，发现有虫害或病害出现，便用子女给他的赡养费，迅速买药给树喷洒。虫子赎罪一般，一个接着一个掉在地上，留下土地能听到的哀音。他感到兴奋，唯有树的高度让他感到很无奈。院子里的蔬菜有无病虫，并不受他的关注。

春天是冯老汉提心吊胆的季节。他梦见房前屋后的梨树、柳树、杨树、杏树、桃树都长出茂密的叶子，而老榆树却连一枚叶子也没有。它没有叶子，说明它在死之前，没有留下一句话。它应该把想说的话留下，因为只有它，才称得上是"饱经风雨"，才最有资格留下遗言。哪怕有几枚叶子也好，可供人们揣度它的心思，揣度它在说，依凭医巫闾山的水土，活了多少辈子的人加在一块才能活到的年龄，死也无憾了；或者揣度它对这方水土的人心存感激，死后会用它的魂灵，保佑山民平安康泰。可是，它没长出叶子来，怕是把所有的话都咽下去了。

天亮了，冯老汉急忙起身去看那棵树，树上真的没有叶子，好在所有的树也没有叶子，这证明它还和它们活在一起。

与往年一样，叶芽照常从看似枯干的枝条上冒出来，老榆树依旧浓荫蔽日，树下依旧坐着那些纳凉的人。榆钱花飘落厚厚的一地，但冯老汉并不喜欢，甚至有些许的哀伤。他说一看到榆钱花，就想起那个饥饿的年月，想到抛撒在坟茔上的纸钱。纸钱与老榆树，两者的联系有点可怕。细一想，老榆树总有一死，到了那一天，它抛落的怕是只有自己满身的风尘。

而当下，在冯老汉的记忆里，满是与老榆树有关的故事，在属于他的个人世界里，他的亲人、生命、牲畜、时间，无不被它所涵盖，天空、山峦和村庄永远是它的陪衬。

在老榆树下盘桓良久，举目向青荫之外望去，觉得树下的一处空间，已然隔离于尘世，至少在净土与红尘之间。在这一刻，老树是亮的，光线柔和，漫散着抚慰之光。

冯老汉始终挎着拐杖，躬身站立着，双眼还是忽睁忽闭，安静得如入禅定。

这空间应该属于宗教。他是一棵树的信徒。

护林故事

村子里当年看护山林的有三个人。早上,他们几乎同时出门,在三岔口处相互搭讪一声,便各自上山去了。全村八千亩林地,就靠这三个人看护。

对于山民来说,林木是神圣的,他们守着山,实际上守的就是林地。他们生活的所有来源,几乎都出自林地,出自那些松林、果树林、杂木林,还有林下的野草和菌类。所以,看护山林也是神圣的,人也是村里开大会选举出来的。选人的标准是年纪轻、跑得快、视力好,当然要奉公守法。赵德山、史宝祥、杨福胜被选为护林员那天晚上,三人聚在村头的鸭子河边,每人用酱缸里腌的咸黄瓜下酒,喝个仰面朝天,后半夜才各自被家人抬走。

护林员不和山民一起干活,只要在山里转悠,就是出工,秋后由大队统一计算报酬,报酬比壮劳力一年的收入还要略高

一些。在山民的眼里，护林员相当于生产队干部，谁见到他们便要主动打声招呼，以免日后进山打柴时给小鞋穿。护林员也拿自己当干部，腰板儿挺得溜直，哼一声算是回应了。

山民们哪家烧柴都得到山里去砍，本村的人可以砍一些灌木，如荆条、榛子条、一叶萩、蒿草和掉落的树叶、干枝都可当柴烧。但不允许外村人过来，外村人也不让他们过去。实际的情况是，外村人也常过来偷山，本村的人偷外村柴草的事，也时有发生。有的山民看着山林，就像鸡围着粮囤子，总是踅摸找到漏洞，然后乘机捞上一把。

山林的漏洞就是通往人家的毛毛路，哪有毛毛路，就会有人钻进去，转眼之间树枝就可能被折断，背回家去当柴烧。山里有两条路，是早年间大山东西两麓的人们踩出来的。看山的人知道，路上经常有人经过，谁割了山里的柴草，如果还敢走在这样的路上走，无异于自投罗网。外村人来砍柴、偷树，更是要走毛毛路，这一点，护林的人都心知肚明。所以，在这两条路上，没有护林员的身影。

村的山势由北向南，分南北中三段，每段都有几个地名。烟筒山、鸽子洞、北水沟、黄砬寺在山的北段，这地方像一个大口袋，也都有小路通到山里。杨福胜在北段看守，算是占据了一个好地形。无论从哪个地方进去或出来，都必须走到口袋嘴似的一条南北小路上。当年，这一带的土匪就躲在鸽子洞和黄砬寺里，遇到紧急情况，从山上跑下来，就可以顺着这条南北路逃走。

史玉祥看守的地方，属于山的中段，这里林地分布零散，其中鸽子窝、对砬子、胡敞沟、泉水沟四个地方，相互连接，到这里偷山不容易被发现，即使发现了，人可以随处躲藏。曾经有一个土匪头目，在鸽子窝里住过四五年，直到剿匪时才从这里离开。中段的山脚下，居住几十户人家，护林人要多长眼睛，时刻严防集体的树被人砍伐，封起来的山坡更不能有人进去偷柴。

南面的石锅岭、半拉门、七道弯和冷沟，是赵德山看护的地盘。他暗自庆幸给他分了好地段，这倒不是护林不费气力，而是因为他是个成熟的猎手，这一带离村子远，野兽多，尤其是狍子，最喜欢在这个地方出没。边护林，边打猎，赵德山满心欢喜。

杨福胜上了山，不用到那几条小路去巡视，就在这条南北路上来回走动。其实，当初选护理员就缺了胆子要大这个条件。杨福胜胆子小，自己连夜路都不敢走，在村里是出了名的。夜里虽然不护林，但白天山里有风，刮起来像是有一群人呜呜地哭，所以他怕刮风。没风他也害怕，山太静，鸟一叫，让他感到心惊肉跳。他手持一把镰刀，走着走着，总是禁不住喊一嗓子："偷山的，站住！——"他自己喊话之后，听岩壁上的一阵回响，觉得山里更加空荡，反倒生出几分惧怕。于是，他又不得不给自己壮胆，继续高喊："站住！给我站住！——"果真有人站住了，那是他的父亲，从北坡的伯伯家扛回一袋子玉米。父亲骂他，骂他没事一惊一乍，照这样下去，管不住偷山的，却要把自己吓个好歹不可。杨福胜耷拉着脑袋，觉得一个大老爷们儿，大白天吓唬自己，确实有点丢人。

丢人的事还是发生了。山西麓的人一般不到北段偷砍柴草，这天却过来两个妇女，偏偏偷砍了两捆松树枝，正巧被杨福胜撞见。两个妇女丢下树枝就跑，杨德胜自己却后退两步，然后才想起常喊的那句"偷山的，站住"。那两个人停下脚步，一动不动，等待喊话的人跟上来训斥。谁知杨福胜此时像个木头人，在原地怔怔地站着，直到那两人从树丛里消失，他才把她们丢下的树枝扛在肩上，匆匆下山。几个山民正在山下干农活，见护林的也砍树，便指责他监守自盗，说要到村上告他。杨福胜说了半天经过，那几个人还是反问他，那你为什么放了她们。他无言以对，坐在地上哇哇大哭一场。

事情还是传到了村里，杨福胜被罚十块钱，在北段继续护林。

史玉祥二十岁时，就满脸胡须，一副凶相。他胆子大，捉蛇一手掐一条，敢烧吃老鼠。鸽子窝比鸽子洞小，处在他护林的最高点。为了便于瞭望，他整天蹲在鸽子窝里。有人说他，要是不解放，他当土匪一定能当头子。有他在这里把守，本村人打柴没人敢进他的封山区。护林不到十天，他把一个外村偷柴草的人揪到村里，强迫人家从河套里捡石头，搬到村部堵倒塌的大墙。这一举动惹怒了那人所在村的村民，一下子从大山西麓过来十多个壮男，非要把史玉祥打成肉饼不可。乱子惊动了乡里，乡里派人过来调解，结果让外村人写出保证，今后绝不再来此打柴；让史玉祥承认错误，给外村人赔礼道歉，并将偷柴草人搬到村部的石头，再由史玉祥重新搬回到河套里。

一帮人看着史玉祥往河套里搬石头，谁也不敢笑，杨福胜站在一旁，更是不敢言语。史玉祥看到杨福胜也来看他的热闹，气得咬牙切齿："给我滚开！"杨福胜默不作声。

"你连偷山的老娘们儿都不敢碰，还来看我的热闹！"

杨福胜急了："你再胡说，我就告你蘑菇的事！"

史玉祥突然语塞。

护林的人看见最多的不是打柴的人，而是进山捡蘑菇的老老少少，当然，有的打柴人也顺便捡蘑菇。史玉祥在鸽子窝里居高临下。一天，看见有人从封山里背柴草出来，便跑出来将那人截住。他一看是外村的妇女，非要把她带到村部接受处罚。女人好说歹说，史玉祥就是不放她走。女人愣了一会儿，

突然朝着他解裤子："那好，你是要身子，还是要蘑菇？凭你选！""可别的，我要蘑菇！要蘑菇！"史玉祥一下子涨红脸，吓得浑身打战。女人将装满蘑菇的布兜往地上一扔，丢下柴草，转身钻进林子里。

这一幕被杨福胜看个究竟，他认为史玉祥虽然拿走了人家的蘑菇，但没做出那种事来，还算是个正派人。眼下，他觉得对方欺人太甚，他拿了人家的蘑菇，也是图小便宜，是假公济私，不揭发就出不来这口气。

史玉祥觉得自己的事丢人现眼，便急忙凑到杨福胜身边："兄弟，我说话，嘴太臭，大哥晚上请你喝瓶装酒，给你赔不是！"

"啥酒也不喝，非告你不可！"

"别别，拿的蘑菇我也没吃，我马上送到村上来！"史玉祥接着说，"听说你媳妇病了，这样吧，以后你出不了工，北段由我替你看着！"杨福胜终于不作声了。

史玉祥忙给杨福胜敬一支烟，并给点着火，拍了拍他的肩膀，又跑去队部搬石头。

赵德山背着火枪，对同伴发生的事装聋作哑，整天在山里跑。没人听说他抓了哪个偷山的，只知道他两三天就能打到猎物。平时他也不爱言语，见到谁点个头，大都不说话。见到外村偷山的人，他就手握火枪看着人家，一言不发。这让对方更加感到害怕，丢下柴草，撒腿就跑。赵德山微微一笑，朝天上放一枪，山林里嗡嗡作响。

冬天，南段山下的大冬瓜石上，时常会放着几只野兔子。那是赵德山的战利品。如果打到狍子，他就背回家去。打到野兔这些东西，他不拿回去吃，放到这里搞易货。三捆柴换一只野兔，但村民违规打来的柴，是不能交易的，要没收后送到村里。赵德山用猎物换来柴草，自己扛到山下怕犯嫌疑，便让人留下字据，写清楚用几捆柴换了野兔。他扛柴下山，一见到村里人便停下来，让人看那字据。他赶着骡车去集市，用一捆柴换一斤高粱。他的账算得很清楚：一斤高粱三毛钱，三捆柴换一只野兔，一只野兔是九毛钱，能买三斤高粱。山里缺粮吃，看山既挣工分又能打猎，打猎还能换粮食，赵德山心里美滋滋的。

好景不长。史玉祥整天蹲在鸽子窝里，连眼睛都不敢眨，恐怕谁乱砍盗伐。当想到赵德山的所作所为，觉得自己不比他多挣一个工分，却又不会打猎，心里一阵委屈。一气之下，他找到杨福胜，让杨和他联手告赵德山不好好护林，整天打猎。杨福胜开始不同意，但一想自己的媳妇骂他窝囊废，小舅子中了他的枪子，连个屁也不敢放，竟然也情绪激动，就把打猎打伤了人，列为赵德山的罪状之一。

这一状告得事出有因。腊月的一天，杨德胜的小舅子去山那边串亲，正由山下往上走，突然一声枪响，两枚枪砂透过棉裤，飞进臀部。他看四周没有人出来，急着找姐夫说明情况。杨福胜找到赵德山，赵德山开始不承认是自己放的枪，但他手里拎的兔子还滴着血，便也无话可说。他又取来一只兔子，把两只兔子都给了伤者，并赶着他的骡子车，拉着伤者去乡医院处理伤口。

赵德山被解除了护林员职务，他看护的南段都划给史玉祥，史玉祥原有的一半，划给杨福胜，等于两个人看护全村的山。赵德山知道是他俩告的状，却也如哑巴吃黄连。每天，他看着他俩继续上山护林，心里闷闷不乐，整天端着火枪，从南到北地寻找猎物。他明知有些地方没有猎物可打，也要在那里放一阵空枪。他要用枪吓唬他们，让他们也想想枪砂打进屁股里的滋味。就这样，他从山头到山下，从南段到北段，每天放枪几十次，一个猎物没打到，却把那两个护林的吓得东藏西躲，唯恐中了他的枪。

又是一个晚秋，在分红的现场，杨福胜和史玉祥各自拿走一百八十块钱。赵德山因旷工太多，手攥三十几块钱，气得紧咬牙根。他见不得到他俩再有这样的好日子，心里琢磨着，坚决不能让他俩干护林的美差。

搜集不到看山人的罪状，成了赵德山的一块心病。他把听到的一些风言风语，全都变成了告状的内容。他说杨福胜从来不抓偷山的妇女，妇女砍了刚长出的油松苗子，他也当没看见；见到蛮横的男人偷山，根本不敢上前阻拦，放走了一拨又一拨，这等于年年白拿村上的报酬。上告信里列举史玉祥的罪状，可不是一条两条，比如遇到偷山的妇女，就拉到鸽子窝里，不发生关系不放人；见到谁采到山货，就归为己有，不给就大打出手；自己经常割成树的树枝当柴烧；多次与外村人勾结，砍伐大树卖……

他把上告信一直寄到市里，县里乡里的领导每人都有。不知是上告信起的作用，还是护林的人已经到了不适合护林的年龄，杨福胜和史玉祥双双卸任。

一片山林演绎的恩恩怨怨，如一段流水，流下去便悄然无声了。护林的老一辈，如今化作了坟茔，被山看护着。过去的一切都已随风而逝，他们的后人不记得发生在他们身上的故事。如今的山里似乎只有风声、鸟鸣和林涛的回响，任何过往里的牵绊，像是从来就没有发生过。

村里村外已经使用液化气和电磁炉，没有哪家靠柴草烧饭，所以新一代护林员的目光关注的不再是偷山的人，而是如何预防发生山火。自从那年一个上坟烧纸的人，几张纸险些毁了一片林，村里的护林员一下子增加到六名，而且都是响当当

的年轻人。山林里的每一座坟茔，都可能为山林引进火种，护林员戴着红袖标，把守在通往坟茔的路口，遇有带火柴、打火机上坟的，一律拒之山下，对其实行处罚。

　　杨福胜的孙子杨勇，是护林员队伍中的一员。他和祖父的性格相反，胆大，倔强，见了谁违反山规都敢说个不字。有一次镇长带着一群人上山，站在一片树林前指指点点，说这要是果树多好，能有更大的经济效益。躲在林子里的杨勇听后，径直闯到镇长跟前，说这都是十几年的树木，长成林子不容易，哪能砍了换果树！镇长的手下人瞪起眼睛训斥他，说他对镇长无礼。杨勇说不管是谁，谁破坏林子也不行。反倒是镇长大度，示意手下人闭嘴，笑呵呵地夸杨勇是个护林员的样子，并鼓励他说，谁破坏林子你都要制止。镇长解释道，刚才说果树能增加经济效益，可不是要砍这些树。杨勇听明白镇长的意思，满意地走开了。

这个镇长就是当年的看山人之一史玉祥的儿子，几年前史玉祥病故，埋在山上的坟地里。去年清明前，镇长的儿子史伟上了山，代表家里人给故去的爷爷烧纸。他刚走到上山的路口，就被杨勇截住了。杨勇让他把黄纸、打火机留下，否则不能上山。史伟说他是镇长的儿子。杨勇说我不管你是谁的儿子，你就是县长的儿子也不行，说罢就过来拉扯史伟，要扭送他见官，搞得他狼狈而逃。杨勇不罢休，一个电话打到镇里，对史伟进行举报。镇长是个公道人，严肃批评了儿子，并要求他向杨勇赔礼道歉

从山的北坡下来是一片杂草丛生的平地，背对着山还有一条小河，从初春开始河水便会汩汩向前，长流如绳。绿山绿地绿水，这块地成了这座山风景最好的地方，常有城里来的车开到这儿，车门一打开，呼啦啦拥出一群红男绿女，长枪短炮地拍照，然后到河边驻足，或坐或立或躺或趴，在草地上摆出各种姿势，扰乱了山里的宁静。不过他们待的时间都不长，拍照完又呼啦啦做鸟兽散了。有一天，来了一伙年轻人，有男有女，下车，搬下烤炉，生火，开始烧烤。烟气裹带着孜然的味道袅袅升起，飘向山坡。杨勇嗅着味道赶来，大吼一声，叫他们赶紧灭火。他们不动窝儿，都面带嘲笑地看杨勇。

杨勇大声喊："山林重地，禁止烟火，为了几口吃的闹起山火来，你们都得坐牢！"

"这地上只有草，离树林还远呢！"有个小伙子说。

杨勇说:"草着火了,一溜烟就能烧到山上去。"

"是吗?我倒要看看怎么能一溜烟烧到山上去。"小伙子怒气冲冲。

杨勇急眼了:"你们不灭火我可要强行灭火了。"

一伙人嘻嘻哈哈地闹,都以为他是吓唬他们,就继续大烟大火地烧烤。杨勇冲过去想下脚踢翻烤炉,伸出脚又收回来,想了想,弯腰抓起他们放在草地上的水壶,朝着烤炉就倒下去,一股热气迅速升腾,呛得那些人都跳将起来。几个小伙子冲过来围住他要动拳脚,这时不远处有人高喊一声:"都别动,我报警了,派出所的警察马上就到!"这一喊把几个小伙子都镇住了。

喊话的是个村姑,和杨勇一个村住,是当年护理员赵德山的孙女赵小兰。小兰是十里八村有名的俊妞,跟这群人中的女孩子比,衣着打扮显得土了些,脸蛋和身材却不输她们。杨勇望见小兰心里热乎乎的,没她救驾,动起手来自己肯定吃亏。那伙人悻悻地收拾东西,开车狼狈而走。

村里人都知道小兰和杨勇要好,二人一起长大,被人们认作天生的一对。二人也有分歧,小兰想和杨勇一起去城里打工,偏偏杨勇护林护上了瘾,不愿出去。小兰说那我一个人进城打工去,杨勇说你一个女孩子进城人生地不熟的,我不放心。小兰说我去找我同学小艾。杨勇说那我更不放心了,听说小艾在城里给人家捏脚,不是好营生。小兰说你不放心就陪我去。杨勇说我去了谁护林?小兰说你去了自会有人补你的缺儿。杨勇不吭声了，护林的劲儿没动摇。

杨勇接着巡山，小兰踩着杂草回村。杨勇爬坡往山上走，山道窄，两边的林子茂盛，有时他得侧过身子，躲开横生的树枝走。近年山林肥壮，不单是树木长得好，野物也多起来，走不一会儿，就能看见长得花花绿绿的野鸡掠过头顶飞过去，再走一会儿，或许就能看见野兔、山猫、狐狸之类的野兽，睁着一双亮眼鬼魅地看你。跺一跺脚，便会倏忽逃开，只剩下满眼的绿色。有这种景象一是国家环保的政策好，二也得归功护林员看护得好。六个小伙子来回在山里转悠，任谁进山也得多份忌惮。

小兰回村的步子走得相当缓慢，她还在纠结进城打工的事。去的话，当然有杨勇陪伴最好，可无论她怎么说，杨勇都像他看护的这座山，安静、从容、柔和、坚定，不为外界的干扰所动。走上通往村子那条唯一的柏油路时，有一辆汽车从身后擦身而过，开到她前边大约五十米的地方停住了。她犹豫一下，继续朝前走。走到汽车附近时，驾驶室的车门开了，钻出一个小伙子。

小伙子挡住她的去路："你是赵小兰吧？"

小兰疑惑地点点头，问对方是谁。

"我叫史伟，我爷爷就是这个村的，他和你爷爷一样，都当过护林员。"

"嗯。我知道。你想干啥？"

"我知道你是村花，岂止是村花，都知道十里八村你最好看,窝村里糟践了,你应该进城才对。"

"我的事不用你管。"

"跟你交个朋友吧?"

"没门儿!"

史伟没过多纠缠,车开走了。小兰站在路上,看远去的汽车渐渐消失在路的尽头,又抬头看山,空中有些许的雾气,山峦在薄雾的笼罩下显得真切而又朦胧。

土地的逆子

他们不知道也不相信张爱玲在《中国人的宗教》里所说的"下一辈子境况与遭际全要看上一世的操行如何"的妄论。他们相信命运的改变，于是放弃与泥土纠缠，奔走于洒落着文化光影的生计之路。乡邻们对其行为并不明确地肯定或否定，毫不影响他们对初始方向怀有的渴求。

对峙的世界

石字口山寨的开口向南，靠北就是医巫闾山的峰丛。太阳照在被一场雨水浸润过的树叶草叶和庄稼的叶子上，山谷里蒸发着清爽的雾气。溪流顺着山势逶迤而下，流至卢韵家的房东则缓缓向南，而后汇入一条无波无浪的河水。偶尔有布谷鸟的叫声传来，随即在岩壁上留下低微的余音。

卢韵家的房子夹杂于那些青堂瓦舍之间，与这片幽静灵秀

的山水相比，还是显得突兀。房子已是风烛残年，墙体泥巴早已剥落，裸露着从河床里才能见到的石头。秸秆捆扎的屋檐，灰暗而廋疏，探出头来的橡木如残剩的几根枯骨，好在半个窗口高的玻璃窗还算明亮。

　　人之于房子，总要提前衰老。卢韵是这座房子的第五位主人，之前的房主怕是不止一人化作了泥土。房子是卢韵七年前购买的。对于他来说，有了这座房子，等于完成了一次从农村到县城，最后再到农村的折返跑，而折返的终极意义，不过是他晚年的又一种生活方式。他倒是没有避世者的纯粹。也许他呱呱坠地时的老屋，类似于这座房子，住在这里可以找回生命的起点；要么，就是曾经画出的房子与其幸运地邂逅，使他看到了艺术与生活重合后释放的美妙，所以必须以这样的房子，作为精神的栖居之所。我的揣测也许过于文学。

现年六十三岁的他，留一头长发，光着上身，大笑着迎接他的书画挚友齐洪明先生带来的陌生人。

我以为，探察一个人的精神世界，无须通过他拣选式的表白获取认知，其日常生活所设置和烘衬的一切，都会把人的内心告诉你一清二楚。环顾卢韵的院落和房舍内外，我发现他的主观意识与客观存在，形成一种对峙状态。两只破旧的竹篮，与一幅鲜红底色的书法作品并排悬挂。另一幅印象派色彩十足的油画，旁边是早年间东北民俗性极强的玻璃画，画面布满了俗艳的牡丹。一对晚清年间的雕刻木椅上方，也是他画的欧式风十足的油画。他看似以矛盾的处理方式，把某些客观的个体与个体之间，有意识地造成莫名的抗衡。浓郁的西洋气息与中国的乡土味道相互裹挟，如一瓶洋酒与一瓶地产老白干捆绑在一起。柴门西侧，有一座小小的简约建筑，里面是他的画室，从院子的整体看去，这个颇具现代感的小房子，如衣衫褴褛的乞丐，头戴一顶奇异的帽子。院中徒长的一片荒草，是他刻意

保留的绿地，而栽培有致的各种时蔬，正在鄙睨身边肆意的潦倒。

对峙是另一种平衡。卢韵喜欢生活在这样的场景之中。在他的眼里，所有这些都相互统一，自我意识与它们之间完全一体。置身于此，他似乎能听到古老与现代、民俗与时尚、西方与本土的对话。我倒觉得它们彼此无语，只在对峙中各为自己的存在持守空间。

卢韵与我们交谈，无意间站在了房前的几株玉米前，身后颓圮的黄土墙体，衬映着他略显嶙峋的胸骨。这情形像是提醒我：他是个农民。

他当然承认自己是农民。虽然在青年时代，他就喜欢但丁、米开朗琪罗、凡·高，喜欢读司汤达、雨果、托尔斯泰，并借着《复活》中聂赫留朵夫凝视的那盏油灯的光亮，看到了大山以外的世界，继而将农民的纯正丢得一干二净。但那些外来文化，只是使他的精神在曾经的昏死中得以复活，而农民里的画家或画家里的农民，却是他一直走不出去的怪圈。

他庆幸来自身为农民的逼迫而产生的失望、冲动和抗争。源于生命的本能，他很早就做了一只蜘蛛，为自己的心灵编织一张无形的防护网，以防饥饿和苦难，抵御生活里的风雨。这个网被他编织得愈来愈大，以致大到使他痴狂，让他放浪形骸。

十五岁那年，他开始品尝到生活的确切滋味。在临近春节的寒风里，他跑去很远的集市，去卖自己夏天采摘的几斤蘑菇。还没来得及发出一声叫卖，那枚随身带来的秤砣，竟然被一位市场管理员死死地攥在手中，然后那人便转身而去。人生的第一次商业行为，在屈辱的泪水中戛然而止。初中毕业后，当他走进山野的一刻，忽然觉得，自己和庄稼、野草都属于土地，同被变化多端的风雨所操控，最终要寂灭和坐化于泥土。自己与土地的关系，被他以一种比喻发现之后，以为未来的命运便取决于土地。于是，他的思维瞬间延展。亘古以来的土地，被掠抢、耕翻、榨取，命运最为悲催，悲催得永远重复生死而又永不得生。这偏狭的思考使他感到恐惧。由于认知的改变，儿时每天亲近的大山，开始变得凶横，漫山的林木也灰暗下来。一种与命运博弈的心理，让他想做一只飞鸟，却又茫然不知飞往何方。

压力奇妙的作用，是让一个人必须站着。各种残次的瓷碟瓷碗、五花八门的塑料制品，还有出自他手的装饰画，都成了他摆摊叫卖的货物。他喜欢画画,在乡里小有名气。让他感到最快活的一笔生意,是他画的一幅小小的山水画,被一位长者买走。山水画里的水,是家乡的一条河。他之所以画它,是五岁时不慎坠入其中,在浪波里翻滚挣扎之际,被突如其来的另一股浪掀到了岸上,这条河便在他的心中充满神秘感。尽管这笔收入难以启齿,但他获得一个判断:绘画可以谋生。一次,省城的油画家到他的村子里采风,他看到一位画家刚刚绘制好的油画作品,喜欢得要出五百元买走。这在当年算是不惜重金的念头刚一出现,随即又在他的脑子里转换为一个逻辑——既然想出高价买画家的油画,那么,如果能画出与画家水平相当的油画,也一定会有人出高价购买。他以这个逻辑为原点,毅然走上绘画之路,开始了艰辛的油画创作。

当同伴们牵着迟慢的老牛,在山野里吃力地向前挪动粗粝的犁铧,他已经跑到县城的新华书店买书,买素描和与油画有关的书籍。几个深夜,在不能称之为画案的木桌前,他画一阵便走出门外。山村的夜空,布满眨眼的星星,像是有种玄秘的暗示,从高远的时空悄然而来。他向星空仰望,阒静之中,能听到自己心跳的声音。一种憧憬生出的激动,使他的血液奔涌周身。他不需要任何暗示,因为他的心思很明了,知道绘画能赚钱,那钱远远超乎土地之上。为此,他索性找到乡里的一位领导,以交不起土地承包费为由,要求退还承包权,而得到的答复是:你是农民,农民必须种地!他的承包田最终还是长满蒿草。

他从不隐讳，创作的原动力是为了烟火气里的生活而并非艺术。为了生活搞绘画，带着毫不掩饰的目的性，其初衷显然有悖于那些献身于艺术的令人感佩的表白，听起来也不悦耳。他感念于医巫闾山，认为没有这座山，脑子里就没有画，但他画家山的画并不多。他曾对画中的医巫闾山自言自语："我为什么不再画你，因为我要赚钱。"赚钱娶妻生子、赡养父母，赚钱买车、买楼房，过城里人的日子……他赚到钱了。在远离家山之外的地方，纪念馆和全景画馆里的油画绘制工程，让他在画家队伍里一展身手，并在明暗虚实、色彩多变的立体空间，获得了物质上的满足和精神上的欢愉，其结果完全合乎他当年编织的逻辑。无论如何，他是医巫闾山的山民，他对后来的一张女人裸体画自言自语："我为什么画你，因为家山属于母性。"

他不忌讳说他是农民，当然认可说他是画家，但"农民画家"是他摘不掉的紧箍儿，所以十分厌恶对他如此称谓。参加省城的一次画展，他的画与非"农民画家"的作品展在一起，自己并不觉得有何逊色。在场的一位画展组织者，对参观者指着他的画，口口声声说这幅画出自"农民画家"之手，而对其他作品，并不指出作者的身份。参加座谈会的人员名单，在职务一栏，对他也有清晰的标注：农民画家。他心里清楚，那些人所说的"农民画家"，完全脱离了以农村生活作为艺术创造题材的本来含义，与罗曼·罗兰对米勒评价的角度恰恰相反，也与后人对塞冈提尼的赞美毫不相干，其中充满了低级的世俗、歧视和贬损。这使他一度陷入苦恼和孤愤，而山民骨子里就有的倔强，与坚固的传统和冷酷的现实，形成了强硬的对峙。

对峙中的卢韵感到疲惫，他要为自己补充能量，强筋健骨，于是渐渐少了僵持。他默默地研读美术史，揣摩大师们的绘画特质，并去清华美院进修，求教于画坛高手，还考取了成人教育本科文凭，接连在省市美展上获奖。这时，他应该把头高高昂起，对轻贱自己的人，还以高傲的眼神，以泄淤积心头的愤懑。但是，他的性情经历了忧伤和绝望的淘洗，看到身份与身份之间，依然隔着千山万水，内心反倒归于平静。

理性和感性的两面告诉我，他是名副其实的画家。

正午时分，炊烟升起来了，泥石混杂的烟筒缝隙，浸出淡灰色的丝丝烟雾。卢韵择洗自家的蔬菜，要亲手为我们做一顿美餐。此时，一缕阳光越过敞开的房门，直射到他躬身的多半个脊背。铁锅里白色的蒸汽，袅袅上浮，漫溻到门楣的一角。

是油画里的生活，还是生活里的油画？

十二平室

"十二平室"有斗室之喻，张宝君将它作为斋号，亲笔书写，装裱后悬挂在画案上方。画室的真实面积，确是整十二平方米。自远方回来，他委身于这个画室，如在跋涉的途中，入住一座驿站。他习惯地揩拭一下上唇的一抹胡须，点燃一支烟，深吸一口，收拢了散落在外的思绪，烟雾吐出的一刻，疲

惫也消失殆尽。

他在这里，等待下一个画壁画消息的来临，也随时恭候有人把他画的国画买走，所以"十二平室"并不属于纯粹的象征主义。

他展开画纸，拿起笔画他的国画。恍惚间，画纸连同狭小的案桌，竟然在他的眼里竖立起来，之后放大为一个洁白的墙体，头戴宝冠、顶结高髻和袂带飘飘的众多人物，忽地在墙体上现身。他苦笑一下，知道瞬间的幻觉，来自多少个日夜的壁画绘制。现在，他被挤压在国画与壁画之间，大脑嗡嗡作响，手中的画笔，像是滞留在远方不可冒犯的图像之中。

每次回来，钻进"十二平室"画国画，画朱耷意趣的作品，他都感到手笔僵硬，好长时间才能找到如初的感觉。他有时恨自己，为了壁画荒芜了喜欢的艺术。转念一想，人生过了花甲，如果没有壁画绘制，自家的生活也许是另一种境况。

有朋友推门而入："这趟赚啦？""呦，喝茶！"他为朋友倒茶、递烟，笑而不答画壁画收入的事。每次遇到这类的探问，他都会以热情的相迎，把对方的注意力引向虚无。他的内心对每一次外出的结果感到满足，但他不愿把具体的数字告诉他人。钱这东西一向具有隐秘性，越是隐秘越受揣度，而他早就看到了发生在村子里的一种不幸：有钱的人被没钱的人所嫉妒，没钱的人被有钱的人所轻贱。所以，他闭口不谈画壁画的酬劳自有他的道理。

实际上，他的主要收入来自绘制壁画。

他是农民。在农民眼里，他是土地基因发生突变的农民，而突变源于一种精神的诞生。

一位城里来的知青，当了他的初中美术老师，他的绘画天分渐渐显露出来。但没有哪个同学以为，他的这点特长将来要高人一等。黑夜里，他偷着打开手电筒，光柱喷射到自己画的图画上，然后得意地进入梦乡。他梦见画中的马车，载着刚刚收割的庄稼，后面是两道古怪的车辙。那赶车人是他自己，不论手中的鞭子如何摇晃，拉车的马儿只是向天奔跃，车上的庄稼倾泻下来，把他完全掩埋，直至掩埋到泥土之下。一场梦，漂亮地结束了牲畜、庄稼与土地的一次合作。惊醒之后，他急促地喘息，他想报复那匹马，甚至干脆把它杀死。

没过几天，那匹马在河边出现了，还有和它相同的几匹马，都在河边饮水。坐在草地上的画家，不停地移动手中的画笔，把它们留在了纸上。他从来没有见过新立村出现如此怪异的男人们，他们或长发飘飘、满面髯毛，或光头锃亮、胡须半缕，连衣着的色彩也显纷杂。他们散落在树下、沟谷、田头，像是天外的来客。在一个画家身边，张宝君学着他的样子，勾勒出一张素描，马还是其中的某一匹马。但他马上意识到，那幅素描远够不上作品，于是又画出梦中的马车和车上装载的庄稼，赶车人当然不再是他自己。他之所以在画家面前这样做，是想把一个梦变成一幅画。谁知道，这张小小的画却如夜里划着的一根火柴，虽为自己照出微如萤火的光亮，但身边的画家断定，这光亮完全可以借助一束柴薪燃烧起来。画家对他说，你将来一定能当画家，牲畜、土地、庄稼只是你绘画的元素。他相信噩梦的反面是他的真实命运，并为不会因它们的合谋而陷入灾难感到异常兴奋。一个人的想法和想象，如果催生为现实，一定有机遇的一只手，有意无意地拉住了他的手。画家住在他的家里，开始教他学习绘画，之后的日子，他幸运地得到更多人的艺术指点。

"是为谋生学绘画，还是喜欢绘画？"我问。

他说："喜欢绘画，为谋生。"

他离开村庄时，山坡上挥舞锹镐的乡亲，停下对土地的整饬，向着背叛土地的人投去鄙视的目光。世代在土地上劳作的人，对土地无疑是亲近的，在他们的眼里，任何偏离和超越土地的生活方式，似乎都带有原罪的意味。后来，他们看到了土地与生活，并不完全对等，于是对离开土地的人，看法也不尽相同。当有人抽身于他们的群体，而又不能明确未来命运，继续厮守土地的人，则往往在一阵疑惑过后，以善意的猜测或恶性的怀疑，构成他们认知叛逆者的双重心理。张宝君执拗得头也不回，干脆让自己的背影，充当了他背叛土地的替身。

他去县美术社学徒，到外县陶瓷厂画手绘，渐渐有收入揣进囊中。后来，他偶然发现，画壁画有大钱可赚。赚大钱的欲望催逼他跑去大连、沈阳，最后在沈阳故宫参与壁画的修复，算是真正为自己获得了画匠的身份。

"无恙间峰三百寺"。凡有庙观，墙壁上少不了绘画。"你为哪些个庙观画过壁画？""记不住。有新画的，也有修复的。"与他在"十二平室"里对话，逼仄的空间让他把话必须说得简练，需要详尽的部分，他站起身移至窗前，朝医巫间山的方向挥动一下手臂，表达了一个近于统揽的意思。那意思可以看出，他在这方水土之上，已是壁画里的教主。他说自己只是时常出现教主式的幻觉，或者怀有某种宗教的情绪，相信自己画出的壁画，会闪现奇妙的神灵，并深信这门可追溯到岩画的古老艺术，一定给他的生活带来福佑。

有些夜晚，栖居在他心里，永远不会被黎明拉开夜幕。星光和灯光同照在寺院的墙壁上，他必须在最短的时间内，把佛祖的讲经图画完。这是住持对他提出的要求，因为马上要有一位高僧，从五台山附近的寺庙来此弘法，而高僧弘法要背靠着这幅壁画。他对住持的意愿不做任何反驳。几年前，他临完北镇庙正殿的明代官吏图，两次专程去山西的华严寺，在那里潜心面壁，临习《西方净土经变图》。他对这幅壁画的构图、色彩包括人物的表情再熟悉不过。

壁上是一个个凝固的时代，每一尊佛或每一个人物都有超越世俗的更广大的永恒的生命。他们像进入了一个个仪式，在铅华洗尽的时间面前，穿越灰尘的遮蔽，在变化不定的光线里，寻求唤醒。那一定是灵魂的唤醒，而灵魂一旦被唤醒，便有了类似永恒的精神气韵。

寺庙在距北镇县城不远的山顶，城里的街灯依然通亮，城北轮廓模糊的山下是他的家乡。家乡的深夜没有灯光，灯光与黑暗两个地方，居住着两个阶层的人。他知道，待这幅壁画绘制完毕，完全可以在街灯闪耀的地方买一处不大不小的楼房。课诵后的僧人心净如洗，寮房里响起均匀的鼾声。昨夜也是这样，四个僧人的鼾声都是一致的节奏，一致得像是佛祖在指挥他们的睡眠。这感觉好极了，正合了他作画起伏勾线的韵律。他觉得，自己似乎也得了禅心。

午夜之后，他在寮房的隔壁和衣躺下身来时，担心打乱僧人打鼾的节奏，刻意地随着那节奏渐渐入睡了。但没过多久，他就从那个节奏里滑落出去，独自刮起一阵暴烈的山风。刚刚画出的几朵祥云，在他的头上升腾，然后飘落到他家的老屋之上，倏忽间祥云散去了，老屋变成了一座金色的小楼，金色正

是佛面的金色。他怕别人说他白日做梦，一直把这美梦藏在心里。

那天，日出东方，天地的帷幕被拽向两边，阳光汹涌地漫过来，漫过岩壁上的松枝，淌了满庭。壁画按期绘制妥当。张宝君请住持过来点评。与其说是展示画技，倒不如说要一个获取报酬的理由。住持面色凝重地出门，还没等走近那座色彩鲜丽的墙壁，便嘴角上翘，随即双手合十，口念咒语。赶来的其他僧人，也学着住持的样子，顿时，整个院落荡起一片梵音。张宝君站在他们的身后，知道那壁画现出了佛国气象，而这气象完全出在他的笔下，让他噙不住眼里的泪花。忽然，有人轻轻地拍了拍他的肩，递给他一个棱角分明的金黄色的小包裹。他把它放进装有画笔和颜料的布兜里，朝那壁画鞠了一躬，转身下山去了。

他为画壁画换来的收入感到满意，终于购买了街灯旁的楼房，楼房就在"十二平室"的楼上。他还是感到有些窒息，窒息却来自逼仄的空间之外。

他酷爱国画的传统水墨，挥笔可随心所欲，尽展情性，而宗教性的壁画似乎几千年面貌如初，大都以固有的题材和造型，让他在规矩之中亦步亦趋。就这样，在具象与抽象、实体与虚体之间，在手工工艺与纯粹艺术以及虚幻与现实之间，他纠结了二十多年。其间，在壁画绘制中无数次怦然心动的时刻，他按照自己内心的艺术感觉，让画笔毅然跳出固有的线条，也就在这个可能被说成是离经叛道的瞬间，他想到了将要遭到的斥责，想到斥责之后可怕的后果，于是，他又不得不窘迫地摇了摇头，迅速返回到那个牢不可破的形态之中。

他无法洒脱，最终没有一丝的任性，当然也没有某种冒犯，所以，壁画绘就之日，便是取得报酬之时。壁画的线描却使他手臂僵硬，他渴望画纸上的疏密浓淡、粗细刚柔。他不忍心终身限于壁画，尽管他知道唐朝的吴道子长于壁画，但那毕竟是鲜有的画圣，自然不会有人称他为画匠的。在民间，对画壁画和彩绘一类的人，统称为画匠，画匠与木匠、铁匠、石匠等手艺人相提并论，显然与画家远隔一汪艺术之海，这让张宝君感到些许的屈辱。好在熟悉他的人，还是叫他画家，因为他的国画作品早就获过大奖。只有生活还在提醒他，不可从壁画中逃离。

"十二平室"又挂上了那把铜锁。据说，他去了遥远的南方。

先生的心思

他的心思很直白，如一株禾苗想要成为结出粮食的庄稼。一般说来，禾苗必定会结出粮食，但李国梁是要把自己变成金黄灿灿、籽粒饱满的庄稼，在众多的庄稼里出类拔萃。他实现了这个愿望，尽管他的身份和庄稼的身份，都同属于土地。

医巫闾山一带的红白喜事，正堂中少不了一位先生，端坐在桌前，手执一管毛笔，把前来"随份子"的人的姓名，连同随出的份额，工工整整地写在或红或白的纸上。这场景很有仪式感，总会引来一些人围观。在这个场景中，先生角色的意义，是在称之为"先生"的背后，受到的高于常人的尊崇和厚待。

先生不只是会记账，卖房、租地、承包、分家，大都要请先生写文书。集体劳动每月公布工分，由先生写好贴到墙上。"棺椁头"上"驾鹤西游"之类的挽词，必出自先生之手。春节临近，先生要为乡亲写楹联，或是写吉祥的词语，写好后要得到一份酬谢，或钱或物。在红白喜事上，先生和司仪，是同时现身的两个主角，待席间的乡亲八人围坐、杯盘狼藉过后，先生和司仪会被请到主人房间，由主人陪同就餐，端上来的饭菜一定好于那些普通人。那些人大都喝散白酒，而他们喝的是瓶装酒。瓶装之于散装，高一个等级。无论普通人席上能吃到几块肉，他们却是不限量的。其实，不仅在吃，在泥腿子众多的场合，叫他一声先生，那感觉自然美不可言。

村里戴着老花镜的先生，已到风烛残年。当时，李国梁已初中毕业，记账虽然不在话下，但只能眼看着先生，在桌前挥毫记账，之后被主人请入上宾席。他转身咽下满满的口水，狡黠给他的心理暗示，是非当这样的先生不可。关于对一种口福的追求，应当被理想所揶揄，但在那个年代，温饱既成渴望，口福便是极度的奢侈。所以，与那些终日劳作有时却朝不保夕的乡亲相比，他的目标也算是在"远大"之内。

每天，他照常跟随父亲学木匠手艺。村里几乎每一户人家，都有他父亲做的桌子、凳子、柜子，好多家的房梁和柱子，是父亲劈砍出来的。至于做过多少个棺椁，他不记得，后来只记得，每一个棺椁的六块厚木，至少有三到四块是他严格按尺度要求刨好的，但父亲还是要重刨一遍。到了盖棺的一刻，他躲在一边，看着父亲钉那几个楔头。这天，对他来说，有点不可思议，一位厮守土地一辈子的老人，在一片哀号中入殓，他的父亲让他一个人为死者钉棺，意在锻炼他的这门技能。这是他第一次钉棺，一锤下去格外精心，之后手便有些颤抖。他忽然觉得，躺在棺椁里的人向他咬牙切齿，圆睁怒目，甚至听到里面正喘着粗气。他感到头晕目眩，棺椁开始摇晃，随即他在棺椁前晕倒，衣襟浸上一层棺椁未干的漆水。他醒来后，向村民讲述这次经历，让人听得毛骨悚然。他知道这是由于恐惧生出的幻觉，后来，他之所以不再讲这个事，是觉得这事即便是真的，也在情理之中。死去的老人耕耘土地一辈子，土地给了他什么？除了不多的粮食，就是日渐衰老的躯体，最后被泥土掩埋，也算是土地送他的一份厚礼。所以老人感到委屈，认为还没活到七十岁，不该就上了西天。可村里的老人，哪一位不是耕于土而埋于土，人人都知道的道理，有什么好讲的呢！

他不再跟随父亲做木匠活，倒不是因为受了那次惊吓，而是他把父亲和那位先生，放在一起做了一次认真的对比。父亲的劳动强度远远大于先生，干起活来汗流浃背，而先生写字时气定神闲，看似不费吹灰之力；父亲要肩背由十几种工具组成的工具箱，打一套家具也并非一天两天，而先生只带一管毛笔和一个墨水瓶，写字不过转瞬之间。父亲在哪家干活会虽然有饭吃，但因主人要付工钱（工钱也不全部归己，要拿出一部分上交生产队），饭菜很少有荤腥，更没人陪餐。队里开会父亲坐后排，先生和队干部坐前排。他终于比较出来了：父亲虽有手艺，也是体力劳动者，先生尽管也下地干活，但日常不流汗就能获取酬劳的事也不少见，至少是半脑力劳动者。种地的人和父亲有差别，父亲和先生也有差别。

李国梁十分清楚，如果和乡亲们常年忙碌在田野里，那么，自己和他们就没有差别，包括农具、肤色、衣着和劳作方式，都是从祖先那里复制过来的。如果自己成为一名木匠，与先生相比，差距还是显而易见。如何真的当上称职的先生，种田人和木匠都与自己有了差别。阶层就是差别，同是一个农民阶层，农民和农民之所以不一样，还是因为有了差别。他要获得这个差别，让村里的人与自己相比赶不上自己。他知道，这需要功夫和本事，于是他按照自己的审美，开始埋头练习写毛笔字。

他心地善良，当然不会为了当先生而咒那位先生早点一命呜呼，也不会盼他一病不起。事情也巧，就在邻里的一位青年即将举办婚礼的时候，那位先生却患上了脑中风，写礼单自然非李国梁莫属。那天，他喝上了瓶装酒，吃到了满满的一碗肉。也就是从那天起，似是而非地涂改了他的农民脸谱。后来，这张脸谱取代了那位先生的位置，他成了村里的又一位先生。

人们最初叫他"先生"，他面红耳赤，后来他感到理所应当。我怎么不是先生呢！村里凡是由原来的先生书写的事项，现在都由自己书写了，就连哪家箱座上的梅兰竹菊，也是自己画的，这不是先生是什么呢？他确信自己是先生的时候，刚刚三十出头，也确信从这个年龄开始，那些依然侍弄庄稼的人，与他的差距已是不争的事实。

没过多久，他对先生，也就是对自己，有了另一种认知。这种认知是用生活的尺子量出来的。他觉得，做本村的"先生"并没有什么了不起，除了受到一份尊重，获得几顿口福，收入并没有增加多少。作为一双儿女的父亲，他开始感到生活的重负如一块石头，死死地压在他的心上，于是他想在更大的地方当先生。当然，他想的地方不只是有着空洞的尊重，而是向他微笑又能把钱送到他手里的地方。

腊月里的一场雪，寒冷中带来一丝新春的气息。他的眼前浮现出贴楹联迎新春的情形，索性在北镇古城的李成梁石坊下，设一张桌子，当场写楹联，当场出售。他没有胆怯，管他城里人说什么，想挣钱就别太顾忌。长发和秃头都与先生的征象有关，他早就为自己留了一头长发，加上身穿一件棉袍，看上去颇有仙风道骨。也许是大众的审美，使他写出的字吸引了行人的目光，于是纷纷围拢过来，竟然争先恐后："先生，我买一副！""给我写一副，先生！"看来他是读了一些书，撰写楹联不是完全的抄写，有时根据每个人的愿望，或者跟对方聊上几句之后，就能编出一副联来。这本事有点让人刮目相看，觉得他是个了不起的人，有人花钱把楹联买走，回去又广而告之，来买他字的人让他出乎意料。他和妻子没有带装钱的兜子，当时最大面值不过十元的人民币，在他设摊卖字的第一天，塞满了两人的衣兜。

生活的拐点无论向好向坏，都会让人刻骨铭心。那天晚上，他第一次享受数钱的快感，那是一笔属于他自己的钱，与在生产队一天十个工分兑换一元钱相比，七百八十元无疑是令人神魂颠倒的数字。他说自己彻夜未眠，把这个人生最大一笔钱的数字，牢牢地刻在了心里。他反复对自己说，不当先生怎么会赚来这么多的钱呢！回过头来，他觉得本村的人，并没有看清他作为先生的分量，当然也没有看清他的毛笔字应有的价值。

命运从来不会直线行走。就在他三十五岁那年，与他同龄的妻子突然病故。为妻子书写的挽联，成了他在村子里留下的最后的墨迹。其实，他对本村的山水和土地上的人没有任何敌意，即使是对每一株蒿草，也没有一丝厌恶的意思。他回忆起自己的过往，那些个日子便会像水一样涌来，风一样散去。

一个清明，他在妻子的墓前默然，不全是悲伤，也不都是怀念，忽明忽暗的宁静，可能叫不上幸福，只是不再有饥饿和寒冷的纠缠，以及因困苦而焦灼的情绪。此时，他在心里生出又一个欲望，这欲望如一匹从头到尾没有杂色的白马，强硬地拖着他的身体，越过冰消雪融的河流，一路向北。路边生长着两行老柳树，阳光把蓬勃的枝条铺在路上。他清楚身下是假设的荆棘，一如明暗相间的水墨画。他在画面上驰奔，快速跑向高楼耸立的方向。

十八年前，北镇古城的老街，挂出一块牌匾——"吟风草堂"。今晚，里面亮着灯光，主人还是李国梁。

最后的面茶

从刚刚剪去长辫子的男人们,身着长袍短褂,品咂一位年轻人递过去的第一碗面茶时算起,时光的脚步已在北镇古城踏过百年时光。

其间的某个清晨,赵春富的父亲完全复制了祖父的身影,而喝面茶的人,从衣兜里摸出的钱币,早已取代了小小的铜板。

与祖父卖面茶不同的是,父亲推上了辊轳缠着胶皮带的手推车,这比祖父挑着担子要省力得多。尽管春秋代序,卖面茶的地方却四季不变,就在城中的鼓楼之下,或在老爷庙的门前,从未离开过这条老街。

赵春富也不例外,就在祖父和父亲吃喝过的空间,重复做着前辈的生意,每天早晨学着父亲的叫卖声:"面茶喽——"

简易活动房变成不再移动的店铺,挂上一块"赵家面茶"

的牌子，他再不向路人亮那嗓子。房子是租用的，特意在店内为路姓的一家黏食摊辟个角落，这样既可方便顾客，也可让对方出一部分租金。

看惯名人传记的人，是看其如何呼风唤雨，生命怎样起伏跌宕，所以会看得热血奔涌，感佩连连。赵家三代人都是平头百姓，做的是一个不起眼的小生意，与名人不着边际，记述他们的今生前世，不过是百姓生活的一鳞半爪。

平常生活里的生动，往往会让你怦然心动，你会从中看到在生命延续的长夜，有闪烁不息的点点灯火。人看似有三六九等、高低贵贱，而我从不觉得，他们之间哪类归于颂赞，哪类该当贬损。高大与渺小之于身份，没有因果。所以，这样一想，那面茶舀到碗里蒸腾的一股香甜的热气，便有了言说不尽的意义。

为寻找这个意义，我冒着冬末的寒凉，一大早就坐在"赵家面茶"的一把椅子上。店铺不过二十平方米，三张小条桌，每桌可挤坐四人。火炉占去一个方桌的位置。老赵说，冬天一过，火炉便撤掉，再放置一张桌子。入口处有一个装面茶的铁桶，桶下的煤气灶，燃着微火，为的是保持面茶的温度。由于空间逼仄，喝面茶的人不能座位均沾，有的只能在一旁站立，甚至手捧着碗站在门外。他们并不觉得，坐着和站着喝面茶有何区别，脸庞都被袅袅的热气笼罩着，各自都会喝出想要的味道。

世间有些看似庸常的事物，并不被人真的熟知。比如"肉夹馍"，有人说早年间肉贵重，所以肉放在了馍前来说，也有人对"夹"的含义解释得五花八门。反正吃过了，也不必费工夫探究。没料到，这面茶也不是谁都叫得清楚。我原以为，面茶的叫法，离不开以状命名。面类的东西被沏成茶饮，谓之

"面茶"未尝不可。喝茶可说饮茶，面茶却浓稠，不能说饮，只能说喝。仅凭于此，对面茶说出的还欠周全。原来，面茶里撒上一层果豆（用大黄米炸出的粒状）才叫"面茶"，不放果豆则叫"白茶"。"白茶"的叫法，老人们熟悉，后来喝面茶撒果豆的人多了，也就忽略了"白茶"的最初定义。

盛面茶的碗，比俗称的二碗小，比小碗大，端起来自如。至于面茶的喝法，各有各的习惯，或用汤匙舀，把汤匙放进碗里，上下搅动一两次，免得烫了嘴；或用口吮，吮两口便轻轻摇摇头，随即顺着碗的内径边缘，长长地吹上一口气，接着再吮。到了最后，会嘴巴紧贴碗口，让碗左右转动，顷刻间碗便见了底。无论哪种喝法，都会发出簌簌的声响。

我所留意的当然不是喝面茶的场面，尽管这场面鼓荡着浓重的烟火气，并也使我沉浸其中。我的味觉促使我，想知道一种美味生成的要领。对于老赵来说，这似乎并无要领可言，只要挑选上好的小米和大黄米，剩下的只有辛苦。他三十岁从父亲手上接过这门生意，屈指一数，吃了四十三年的辛苦，个中滋味，都在他微笑的叙述之中。听他的讲述后，让我感悟良多，虽是庶民的养家之道，却也并非人人能仿效为之。

做这等生意，其一，懒人不能做。早上三点起床，生火烧水，按心里谙熟的水面比例，细心烹制。其二，好高骛远者不能做。终日周旋于灶台和店铺之间，那是百姓行走的路线，放眼远方的人，哪瞧得起这个。其三，图利的不能做。卖面茶属蝇头小利，一碗一碗地卖，卖多少年也不会盆满钵满。其四，性情急躁的不能做。煮面茶的整个过程,都需耐着性子,把火候调得大小适中,果豆的形状和大小必须均匀有致。炸果豆需要三到四人合作,从揉面、擀面、切面到入锅油炸,都不可操之过急。

老赵每天都是古城里起得最早的人,在风霜雨雪里也从未停下脚步,依然把店门向顾客打开,始终微笑着待客,对一天或多或少的收入同样微笑着面对。可见,一个人如果缺少了健全的人格,那是做不了面茶的。

我在热气缭绕之中,突然发现这生意中另一种意义的存在,发现所有的伟岸、崇高、显贵与弱小、低微和平凡,竟然都以挺拔的生命枝叶,共生于社会价值的广袤森林。它们彼此眼望而又相互欣赏。我以平凡去欣赏平凡,再没有平淡无奇的索然无味,而是感到有一束温暖的强光,把我心灵的角落照亮。这感觉使我不安,也使一个人格的话题,许久浮现在我的脑海里。

老爷庙一带原有七家面茶店铺,到后来剩下仅此一家,难以说清这是面茶的悲哀,还是赵家的幸事。如果由于一种微不足道的生意的缺失,那远够不上可悲的结局;如果单凭赵家面茶于老城里有了独树一帜的气象,那么他也不值得为此有任何的窃喜,因为每天多卖几碗的钱数,不足以使他的生活变得多么丰裕。所以,我抛弃了对食物本身的思索,而最终沉入到关于普通人品格的探究。

老赵的外甥女是他唯一的雇工,收款卖面茶都由她一人负责。老赵只迎客，偶尔也和熟人攀谈几句。因搭讪进出的客人，他回答我的提问时断时续。我把他的话归结起来，发现这店铺里也断断续续地荡起历史的回声。

赵家面茶的对面，是当年的老爷庙，曾供一尊关公塑像，喝面茶的老人们，坐到一起闲谈，偶尔会谈论老爷庙的过往。关公手握的青龙偃月刀，到底是横握还是竖握，老人会各持一说，该趁热喝的面茶都散尽了热气。老城里究竟有多少胡同，有时较真得面红耳赤。

在赵家面茶店里，昨天讲过的故事，不定谁起了个头，便会有人再讲一遍，似乎旁人都未曾听闻。也许是正史上的东西缺少了灵动，老人们对城里的野史一直津津乐道。明朝辽东总兵李成梁，正史记载他死后葬于京城附近，却有众多的人，偏偏说他死后，在北镇城东西南北和东南小门，同时来个"五门出殡"，以让人找不到他的尸首埋在何方。这故事在我幼年时，听外祖父不知讲过多少遍。现在有人还在这家面茶店里，把这故事讲得如亲眼所见。最有情节的当然是努尔哈赤托梦之事，说他对北镇城明军久攻不下，梦中有胡三太爷指点迷津，醒后按其所言一炮获胜。其实，这里的人对此传说，几乎无人不知，但在喝面茶的当口，说起来似乎更有兴致。城里哪个道长、哪位住持、哪位名人之后境况如何，哪里动迁又挖出多少个金元宝、几坛子大洋，都是他们议论的话题。所以面茶店和茶馆一样，都有谈天说地的功用。

时值早八点，屋子里便不显拥塞。老人愿意选择这个时间

登门，聊天、唠家常不受打扰。那天早晨，我无疑成了这里的"钉子户"，坐下来喝完面茶便不再起身。当然，老人们不一定天天必讲老城故事，互相打个招呼，便要各自喝面茶了。即使他们什么也不说，在我看来，也不是一场虚无。只看他们喝面茶的神态，也很是耐人思量。喝面茶也等于吃饭，在一旁瞪着眼睛看人家吃饭，本不是件雅事。他们却不觉得有何窘迫，喝自己的面茶便是。我忽然觉得，有些简单的东西变得复杂，普通的现象变得独特，贫乏的色调变得丰富，完全是观察者超越外在形态，通过揣摩、想象和反复玩味之后的结果。所以，我习惯以这样的方式看待一切，仿佛喝面茶的老人，是以喝面茶的方式，为自己回放那些往事旧梦。看来舌尖上的记忆，一定连着大脑的每一根神经，当年舌尖上有什么，脑子里就有什么。试想，从那个岁月里过来的人，当年在老爷庙的街口，喝上米香四溢的面茶，人与物便会随之装入心底。当下，看那老者的面容，确是带有几分年代感的，暗涩中透着清朗，碗口一贴到唇边，往事便会浮涌上心头。于是，一座古城的味道，即刻随着香气的升腾，在嗅觉与视觉的交汇点荡漾开来。

坐在我右侧的老者很健谈，他说两天不进来喝碗面茶，便觉得嘴里没有滋味。我想，他说的滋味，也许不限于面茶本身。

"我爷爷喝过赵家面茶，我第一次喝面茶，还是父亲拉着我的手来的，那时我才七八岁。到现在，喝赵家面茶，我差不多喝了七十年。从二分钱一碗，喝到一碗三块钱。"他露出的门牙显然是镶上去的。

老赵不可能说清楚，有多少人喝过他家的面茶，从齐整的牙齿喝到只剩下几颗牙了，当然也说不清曾经来过的人，有多少人还在这个世上。

我问老赵，来这里喝面茶的人，最大年龄多少岁？他说有百岁老人，九十几岁的不少于十位。前几年，他们中有的人一周能来一次，后来就变成一个多月来一次，后来就是一年里能来一次，再后来不见人来了。一想，这面茶喝着喝着，有的人就去了另一个世界，这结局不免有些悲凉。细一想，他们无声无息地离古城而去，脑子里那么多零零散散的故事，也随他们而去了。他们应该把故事留下才是，留给古城里的后人，让后人去拼接和品味，要么多年以后，谁还能讲出古城的昨天呢！不管怎样，他们还是缺少永别于古城的理由。

老赵做这生意虽不能大富大贵，但生活也算安稳。他习惯过这样的日子：早起，做面茶，把面茶运到店里，然后迎客，听老城故事，过午回家。于是，他心静如水，打个瞌睡就能入睡。看他此刻的心情如何，要看一张照片。那张照片挂在城中的鼓楼里，与古城里的老照片一起，常年展示给游人。照片上的老赵，脸部被厚厚的棉帽包裹，一辆手推车停放在身前，面茶桶在车的前端，洗碗桶的下面生着火，有几个要喝面茶的人，围在他的身边。艰苦中的韧性最能放射人性的光芒，如果他面对某个酷暑或寒冬畏惧退缩，在疲惫中对微薄的收入心生抱怨，对没有任何技艺而投机暴富的人仰慕不已，对出人头地、锦衣玉食心向往之，那么，他就不会在这样的小生意中沉湎至今。看来，人没有奢望，才能以其纯粹保有人心的明澈。

正起身与老赵告辞，一位身材瘦高的老者推门而入，踉跄移动脚步，走过来正坐在我的对面。他有点气喘吁吁，从怀中摸出两个套着塑料膜的包子。门外有多家摊点和店铺，有很多种类的早点，常有人带上包子油条一类的东西，走进店里就着面茶吃。

"您多大年纪？"

"一把镰刀加搅渔捞子。"他的眼神有点怪异。

我一时不知其所以。老赵解释说，镰刀代表"7"，搅渔捞子是打鱼的工具，在木把的一端，网兜系结在铁圈上，木把与铁圈像是"9"的形状。七十九岁老者的表达很是幽默。

"来碗白茶！"他是今天早晨第一个要喝白茶的人。

"我是低保户！"他向我说明理由。

"我请您喝面茶好吗？"

"呦！却之不恭！却之不恭！"

看他的衣着虽显陈旧，却还洁净，没留胡须，也没留长指甲，更没人哄笑他，所以鲁迅笔下那位穷酸破落的文人，在我眼前晃动一下便没了踪影。

老者的目光里充满感动。也许是怕我对他轻贱，他说自己收集歇后语，还编写一本书。古城里有学识的老者多，写书不是老人的新鲜事。他让我看一摞彩色的印刷品，上面印有他写的人生格言，大都是修身励志的内容，说是花钱印的，并要分送他人。他说自己隔三五天来面茶店里，只喝白茶，然后便去逛附近一家书店。喝完面茶，他把两个包子又揣进怀里，说了一句"后会有期"，便缓缓出门了。我想再见到他，依旧送他两碗面茶喝。在第二年的夏天，我再去赵家面茶时，听说他好久没来了。

赵家面茶店里照样人进人出。老赵当然知道，自己终究有做不了面茶的那一天，最后也让别人看着自己，在这座城里永远消失。但他的一张始终微笑的脸告诉我，他现在还没生出那份忧心。

赵家面茶似乎走到了尽头。老赵的一双儿女各有不错的岗位，对面茶生意不屑一顾。子承父业，已受到纷繁多元的文化形态和价值取向的猛烈袭扰，再也不是一定不易的传统模式。人的生生死死与事物的此消彼长，其中自有它的因果定律，而远离其中的一切愿望和设想，都将化为无奈的一声长叹。

如果最后的面茶，能留下古城永久的味道，那也算是一桩幸事。

云里生意

冬日的阳光柔弱而清冷，尽管覆满了峰顶，但在她们的脚下，依然留有杂驳的积雪。她们的双手全都褪在袖子里，边不停地跺着脚，边呼出白色的气息，目光空洞地向西南或正北的方向遥望。

公路为两个县域划出的分界线，只能依顺了医巫闾山固有的山势，在穿越山顶的地方，两侧并不完全对峙的峭壁，拥夹着比较宽敞的路面，南北两端各有一块紧挨悬崖的空场，分属于两个县管辖。

她们却没有分界。来自大山东西两麓的妇女，可以混杂一起，最终还是十几个、二十几个人，分成人数并不对等的两拨，拉开二三十几米的距离，把各自兜售的货物，笔直地摆在空场临路的一侧。

从山下望去，这里的山顶上总有云雾缭绕。三十年前，我第一次来到这里，是好奇它有一个荒凉的名字。这名字喘着粗气，带着马蹄踩踏碎石的声响。

我曾为传说寻找马迹。这行为很可笑。需要史实而没有史实，就会有人编造故事。一个人说的故事，会被第二个人说出来，之后便能"三生万物"，把那一个个故事打磨得光滑无比。

第一个讲故事的人说：唐朝女子洪月娥挂帅出征，到此讨伐贼寇，听闻采蘑菇老者劝言，登岭须牵马而上，于是依言行之，结果剿贼大捷。这故事变为传说，口味显得清淡，没有男人的血性和义气，于是，便有了李世民作为讨伐大元帅与先锋官薛仁贵一道，在医巫闾山平叛北番的一幕。薛仁贵为救李世民一命身负重伤，李世民便把薛仁贵扶上自己的宝马，并为其步行牵马越过山顶，返回京城。两个传说都与牵马有关，又都与这道险绝的山岭联系在一起，这道岭被称为"牵马岭"，便有了看似充足的缘由。

传说是虚幻的历史，是一件云织的花衣，一旦包裹了某个人或某件事，至少让人半信半疑，甚至那些故事里的情形，也会一直在眼前晃动。

她们站在岭上，却道不出这道岭的由来。要么不愿重复祖辈们都讲过的东西，要么以为那些或真或假的说法，反正与她们卖货的事没有关系。她们的父母，当然包括她们当中年纪大的人，早年间有的是牵着驮货的驴，从大山两侧爬上来的，与马也不着边际。当下，她们只关注过往的车辆。几乎没人步行

从这里走过，呼啸驶过的摩托车大都来自山下不远的地方，不会有人停下来买东西。只有山下传来汽车的轰鸣声，才会让她们的眼睛倏地一亮。无论从西南还是从正北驶来的车辆，都会因山路的崎岖，由下盘旋而上，在她们的视线里时隐时现。那仔猪般大小移动的影子让她们感到兴奋。她们心里清楚，这是一座屏障唯一的路径，所有过往车辆都将别无选择地经过自己的身前。羊肠小道早就变成了柏油路，所以仔猪变成大象，并不需要多长时间。

汽车停在山顶，掀起一阵喧嚣。叫卖是吸引的手段，那声音便是磁体，声大声小决定磁体的能量。买货的人则成了大小相等的铁器，谁的叫卖声高，且又距离近，买主自然就会被吸附过去。当然也有人只顾看风景，磁体与他们毫不相干。

"榛子啊！仁儿大皮薄啊！"她的牙齿如大山的豁口，满面沟壑纵横。

"新炒的花生,香着呢!"声音从包裹严实的紫色围巾里发出来,可以判断她至少人到中年。

"花盖梨酸甜儿,十块钱三斤!"姑娘跷脚喊。

三个人同时拎起塑料口袋,向我展示她们的货物。每个人都表情诚恳,目光里充满期待。

十几年前冬天的一个午后,也是今天的寒冷,只是山上没有积雪,我和几个朋友路过这里,一起下车看看热闹,根本没有买东西的欲望。但她们的叫卖声那么亲切,让我不得不买点水果带回去。

她们的叫卖声一如既往。其实,买不买东西,选择权完全在自己,即使买,也没有思考的必要,付人家钱就是。面对眼前的场面,一个平常不过的事情,却使我顿生纠结,以至于搔首望天,不知所措。

最后,我感激于我的悲悯,给三人付的钱大约数额相等。

这是友善的制高点。又一群游客下车,她们开始叫卖。我发现,她们彼此对叫卖声没有反感。谁的东西碰上了买主,那是人家的事,自己的东西一两没少,还可以等下一拨买主到来。

人去山静,卖出货和没有卖出货的人,依旧继续交谈。我突然改变了对竞争的认知。我原以为,竞争里蕴藏人性之恶,是为了利益的一场拼杀,那气氛必有一种阴郁。即便是获利不多的生意,即便够不上你死我活,毕竟会落得个你哭我笑。我的想法如果说出来,她们会耻笑我对她们的心情一无所知。

其实,这里没有丰富的食品可供挑选,只有一些山货,看不到市场的气象。没有车来,便没有人头攒动。穿着臃肿的女人们,个个显得土气十足,她们的装束只为自己抵御风寒。她们之间,似乎没有比较。人与人比,能比出得意,也能比出沮丧,而她们都是身世相近的人。货与货比,没有比的必要,同样的山峦和同样的土地,同一品种的货物都是相同的长相。即便是她们的院落,房子的新旧也差不多,院墙石头的形状,都是同一座山上泻下的流水冲刷出的模样。所以,她们的眼神里没有妒忌,既不妒忌大把花钱的买主,也不妒忌身边的人赚的钱比自己多。当然,她们会夸自己的东西好,但对身边人的货物不做评价,更不贬损。她们习惯于自己比自己,比今天和昨天,哪天卖的货多;比今年和去年,收入是高是低。一切贪欲、自卑和反悔,都在周而复始的平淡中见不到踪影。这里没有头目,也没人打小报告。没有明争,更无暗斗。她们只管卖自己的货,一遍遍喊着身下货品的名字——杏仁儿、干枣儿、蘑菇、干豆角、葫芦条、冻秋梨、花盖梨……冬季要卖的东西都在这里。春夏,也有冬天没有卖完的货物,当然少不了一些干果,蜂蜜是这个季节的主要商品,只有秋天卖的果实会更加丰富而新鲜。

东西卖得少,就怪自己的叫卖声不高,怪说话拿捏不好分寸,怪来怪去,还是怪运气不佳。不过这没有关系,下辆车下来的人,也许会把自己的东西连筐和袋子一起拎走,一天的货也许眨眼的工夫就会卖完。

在这里，无论哪个季节，买卖之间都不许讨价还价，卖方说多少钱一斤，好些天都不变。城里人在市场上砍价砍惯了，没想到这里价格一出口，硬如山上的石头，根本砍不动。最后买主还是欣然接受。秤好分量之后，卖主总会往秤盘里再添加一些，让那秤杆撅得直立起来，以此证明砍价没有意义。

也许是天冷或是时间偏晚，下午三点左右，路南卖货的只有六七个人，路北仅剩两人，身材一高一矮。人少好拉家常。我买一人的杏仁儿，朋友买另一人的冻梨，各有买主，两人都高兴。

"男人们为啥不来卖货？"

"在外打工，挣钱远比在这里卖货多。"

"哪里产的果子？"

"自家山里有啥，就到山上卖啥。"

都是矮个子女人回答。她手指山下说，那个有红点的地方就是我家，偏房顶盖是彩钢板的。没修山路时，她说自己背着货爬到山顶，差不多一个小时。现在上山下山骑电动车，快着呢！

她们两人都有抱怨，抱怨自己的孩子竟然不吃自家的水果。这现象倒是令人不解。这里的水果，诸如秋子梨、花盖梨等，都是好吃的东西。上冻时，用秫秸把梨围在一个墙角，然后洒上水，使梨结一层冰。吃完年夜饭，把冻好的梨，用水缓透，吮吸梨的汁液，有说不出的美味。

"我女儿十岁，就嫌弃自家的水果肉质粗糙，没有南方的水果吃起来又细又甜，所以只能用卖自家水果的钱，去城里给孩子买香蕉、橘子、杧果、火龙果。车厘子价格高，舍不得给她买。"高个子的女人话音刚落，矮个子的女人说，她家的小儿子也是如此。

医巫闾山盛产果品，多达一百多种。无论是酸是甜，果质是粗是细，当年没听谁说家乡的水果有何不好，现在，除了古时给皇帝进贡的鸭梨和新培育的京白梨，怎么就没好果子啦？孩子们对上几代人口味的背叛，对自家田园不屑一顾以及充满抱怨的神态，让她们大惑不解。我觉得，她们应该有种预感，那就是自己的后代会远走高飞，再不像她们一样过活。

有些事情不可思议。她们和祖辈的目光，一直关注的是田野和山林，因为那里有生命的给养，而对生命的形态，比如对

249

自己身材的胖瘦高矮，面容的粗糙细嫩，忽略得可以不打量一眼，全都随了自然的生成造化。但现在，她们对流淌自己血脉的生命体，却关注得远远胜过关注自己。矮个子的女人要为待嫁的女儿买护肤品。高个子的女人正为在省城打工的儿子感到焦虑，她要让儿子早点成婚，几次毫不吝啬地为儿子购买减肥药，但并没有使儿子的过度肥胖减去多少。

闲谈中，她们并不以为山里有什么不好。山里空气新鲜，有好多果树，有熟悉的花草，有各种鸟的叫声。专业人士做过普查，医巫闾山鸟类有二百七十种之多。山里人知道鸟多，却分不出哪种鸟属于哪一级的保护，当然也不知道这里的金雕、黑鹳、大鸨、白头鹤和丹顶鹤，属于国家一级保护鸟类。她们只是懂得，所有的鸟都该受到保护，再不能像从前那样打鸟捕鸟。

不知道从何时起，鸟对梨不再啄食，要么是鸟的口味也和孩子们一样变了，要么梨压根就不是鸟喜欢的食物。鸟只喜欢山里的苹果，至于是哪种鸟喜欢，她们只说是喜鹊和山雀。喜鹊有几种，山雀和山雀也不同，不管怎样它们都喜欢苹果，尽管苹果放到山顶便可以换钱，但每家在摘苹果时，总要在每株苹果树上，留下几枚以供鸟享用。喜鹊是啄食苹果的高手，能把苹果啄成一个里外薄厚均匀的空心灯笼。

对她们来说，只有山顶才是换钱的妙处。她们的住处离县城还远，自家的特产再多，在大山深处也悄无声息，没人费力钻进山里购买东西。她们守着山，守着自家的土地，再不是为了原始的存活。她们要的是真正的生活，让自己彻底摆脱前辈的愚俗。所以，她们不惜流淌汗水，把大山和土地上给予的恩惠，托举到貌似市场的山顶，一如在深水中把溺水的自己托举到岸上。货物到达山顶，等于摆进了宽大的展厅，于是有人发现特殊的美味，开始主动向她们掏出钞票。

这样的场景，却让我的心绪久久难平。

来自一位远房亲戚并不完整的转述，让我相信这个故事一定真实不虚：大山东麓的一个中年男人，把自家的梨子切成片片，晾晒成梨干，连同不多的红干椒，分别装进两个袋子，用绳子捆起来背在身后。他要徒步上山，就到现在山顶的位置，把这点东西卖了，换回钱好给病中的母亲买药。那时的山路狭窄，布

满大小石头，即便如此，大山东西两麓的人，免不了经过这里走亲访友。路人到了山顶，都会歇息下来，但他们不会看到有人在这里卖东西。中年男子知道，离开集体开这样的小差，是很危险的行动。为了给母亲治病，他没有犹豫，而最后的结果，是他被三个民兵从山上拖下来，袋子里的梨干和红干椒，散落在悬崖边上。

他也许是第一个到山顶卖货的人，还没等站稳脚跟，就在初冬的早晨从山顶上消失了。

时光的脚步走着走着，山顶上有了人，有了三五成群的人，有了南北两群人理直气壮的叫卖声。如果从山顶的峭壁里能回放出那个悲催的画面，你会觉得眼前的声声叫卖，便是无比自由的放歌。

还是早晨，她们从尚未散尽的炊烟里露出身影。雾霭有时与炊烟相连，山路消隐得没有踪迹，她们的身影消隐在雾中。路在她们的心里，闭上眼睛可以迈过沟坎，躲过脚下的石头。山顶应该是风撒野的地方，先把云雾撕得丝丝缕缕，之后猛地赶出很远。风不在，山顶便是云雾的家，云雾飘到山顶迟迟不走，太阳赶它离开也不那么容易。她们在云雾里说话，说昨天卖了多少货，赚了多少钱，说大客车载着老年旅行团过来，大妈围着果筐尝桃子，一连尝三个，却一个也不买，说桃子不甜也不软。

先尝后买是规矩，尝后不买理所当然，尝个没完没了也见怪不怪。趁机把向日葵籽抓上几把，揣进衣兜，若无其事地躲进人群,这让她们看得清楚,却也装作若无其事。

"不小心洒落在路上的,比那人衣兜里的多着呢,我不在乎!总会有人花钱买货,卖个大份还是赚了。"她笑,高个子的女人也笑。

小买卖也有惊心动魄的时候。山上网络信号有时不好,她们不愿买主使用手机付款,愿意收现钞。现钞才是真钱,赚多少是多少,回家一张一张数,数到二百元、三百元,脸上就泛起笑容。而手机里看钱,看到的数字,不是钱的样子,况且有时数着数着就丢了。明明看着人家扫码付款,待人走后,手机里就是没有那笔钱。她心里一阵慌乱,急得要哭。那可是整整一百元啊,五斤炒熟的大榛子的钱,可以给孩子买几次南方的水果。没过多久,手机响了,一看钱数一分不少,她心里踏实了。但她还是以为手机付款不把握,还是收现钞好。矮个子的女人还说,没人用假钞骗过她,用假钞买山货,骗子不值费那脑筋。

把期望给予另一个等待,等待之于她们,已成为固有的生活方式。喧嚣过后,山顶的空气骤然凝固。她们复归安静,等山下仔猪般的影子再次出现,等轰鸣声在眼前戛然而止,更多的人把她们围拢过来,俯下身去看她们的货品;等来年秋天,多储藏一些玫瑰香、白鸡心、晚红,这几种葡萄,买主喜欢得有时不问价钱;等再卖上几年,就能赚到儿子上大学的学费;等儿子有儿子,等老了不到山上来,让儿子把自己接到城里住……她们和身后的峭壁一起,等着岁月的消磨。但峭壁不老,早年间来这里卖货的人,有的已不在人世了。

太阳离落下还远,东西两麓的色彩渐渐出现泾渭的明暗。来自东麓的人陆续下山。西麓的山体和原野依然明亮。她们还站在山顶遥望,等下一辆车驶来。

站在田埂的边缘

王宏二十七岁开始养花。

他不是正儿八经的农民。农民要种地,种出高粱、玉米、谷子、大豆,种出红薯、马铃薯,或者种出豆角、黄瓜、茄子、西红柿等蔬菜以及各种水果。他只养花,到现在养花近三十年。

北镇城南有个农贸市场,王宏初中毕业后,就在这个市场上转悠,倒卖山上山下几乎所有的农副产品。农忙时,他和父辈一样,在田里播种、浇水、除草、收割,汗水流淌在土地上。劳动是体面的,或者说,用汗水换饭吃是一种平常的生活方式,而倒卖流汗人生产的产品,以此通过差价获得利润,便成为生意。靠生意赚钱,满足穿衣吃饭,似乎比直接出大力流大汗的人高出一个级别。

王宏看田里长势很好的庄稼,心情并不舒畅。此前,他在市场上发现一盆花,那盆花确切地说是橡皮树,是从遥远的南京运过来的，一株卖了八十块钱。他马上在心里算了一笔账：一盆橡皮树的价钱，等于二百斤玉米。二百斤玉米，大约是四百株玉米的产量。城里人微笑着给对方付了钱，待转过身来，不经意看了他一眼。这一眼顿时让他的脸发烫，觉得对他有嘲讽的意味。但他从心底羡慕卖橡皮树的人。

从那天起，他认为倒卖农副产品远不如卖花，便索性停止了农贸市场上的生意。不久，收割完的玉米田里，有了一座花棚，花棚占据了一亩多地。郁金香、香水百合、常春藤、晚香玉，它们在花棚里生长得很是滋润。按照内心的想象，他在农贸市场里应该有个卖花的摊位，每天都有人过来，把他的花买走几盆。接二连三登门的人，改写了他的想法，要求王宏把花批发给他们，由他们到市场上去卖。一下子成为批发商的感觉使王宏兴奋不已，而回想起当年的角色，自己却有淡淡的心酸。记不得有多少次，由于批发来的蔬菜价格高，一时卖不出去，结果却赔了钱。现在他要批发花卉，想起以往的时光，对于前来的花商禁不住生出恻隐之心，决意不搞高价批发，非让人家赚到钱不可。

花儿开在花棚里，也开在他的心上，他用卖花赚来的钱，接连建起几个花棚。

王宏十二岁开始习武。花棚外、河道边、树林里，都是他习武的地方。城里有位间山武当三丰自然派武术高人，看王宏一招一式是个苗子，便专门给他在辽阳介绍一位师傅。他常在梦里重复那个情形。

师傅问:"习武做甚?懂吗?"

"不懂。徒弟听着。"

师傅又问:"武学有规矩,懂吗?"

"不懂,徒弟听着。"

师傅还问:"习武讲武德,懂吗?"

"不懂,徒弟听着。"

他恭恭敬敬站在师傅面前,似乎没有记住一句师傅说的话,只是牢牢记住师傅的一双眼睛——目光如炬,死死地盯着他。这双眼睛让他感到惊惧。在超乎严厉的无声的鞭策下,他的武艺大增。

一个曙光初照的清晨,他走进一片茂密的松林里。山路的上端,有一处叫三清观的地方。据说,那是武当派祖师张三丰当年开创武当三丰自然派之所。他点燃三炷香,跪在祖师的塑像前,双唇紧闭,暗暗发誓,要做一个不愧对祖师的习武之人。山风吹来,霞光四射,他顿觉一身清爽。

那时,他还没有花棚,从山上下来,便扛起锄头,奔向田野,铲除庄稼下面的杂草。纯正的庄稼人耻笑他。农民的本性就是种地,种地和武术没有关系,庄稼不相信拳脚,而喜欢肥、水和阳光。他当然知道庄稼喜欢什么,正因为如此,他种出来的高粱和玉米,长势才非同一般。但他心里始终装着武当的拳法。女儿八九岁时,他教她习武,没有为他找个传人的意思,就是喜欢教她。女儿上了初中,习武从不间断,她出拳利落,如刮起一阵风。王宏看着满心欢喜。

王宏喜欢书法。从哪年开始喜欢,他记不清了,说很早就愿意看碑帖,觉得那字点画峻利,大气雄浑。他想让那些个字,从自己的笔下流淌出来,安安稳稳地落在纸上。他习惯向人请教,但不像学拳法那样拜了师。他以为最好的老师是碑帖,于是他临习《龙门二十品》,尤爱《始平公造像记》。我看他的字发力沉稳,颇有几分神韵,已见碑帖气象。但为了生计,他不得不蹲在花棚里,看花的长势,调整光照和水分。冬天里,大约有一个多月的时间,他可以闲下来,泼墨挥毫,或临习法帖,或直接书写作品。他觉得,拳法和书法有相通之处,那就是都讲求韵律,都有抑扬顿挫。所以,有时写着写着,他就把笔放下,在屋子里比画一阵拳脚,然后再接着写。

窗外飘着雪花,又是一个新春就要来临。和往年一样,他开始为乡亲们写春联。也许是哪一拳哪一脚的伸屈,正应了书写的转合,他写起字来的节奏,也就带有几分拳法的意味。

王宏喜欢写古体诗。刚读初中时,他就能背诵多首唐诗宋词,为后来的诗词创作打下了基础。在外出跑买卖时,他在词中写道:"本是广宁无虑客,浮生浪迹江天。""久日乡思还梦里,梅儿卉子堪怜。""家山遮盼眼,客水寄归安。"以抒发自己孤寂的心情和淡淡的乡愁。

看到菊花盛开,一首《烛影摇红》跃然纸上:"门掩晨庭,乱烟叠锦棱吐。篱边双秀日精来,帘卷余芳数。九九徒争艳艳,奈何堪、英疏夜雨。暮秋光景,岁岁年年,家家户户。日炙天高,影斜叶落婆娑树。清风云聚亦云疏,尝似龙和虎。来伴黄扉寿客,问今年、先生不负。老来生意,是是非非,都归尘土。"

那年大雪,花棚被积雪覆盖,他用吹雪机清雪,填《卜算子》一首:"风动雪烟迷,石走沙尘避,嘶吼轰鸣若等闲,省却农劳事……"写完每首词,他都将其变成纯正的碑体书法作品。北镇有个海棠诗社,他是诗社的一员,偶有诗词作品在诗社的刊物上发表。

王宏身着一身迷彩服,整天出入花棚内外,身上沾满泥土。泥土似乎与雅趣格格不入。泥土被汗水浸泡,汗水是咸涩的,泥土的味道与汗水无异。如此推导下去，就等于说，泥土没有高雅的颗粒，雅趣不属于农民。其实，这是一种出自高傲的贬损，对农民、对土地的不尊。听说一伙全是农民的老同学聚会，赶着驴车马车去往城里一家歌厅，在那里同唱卡拉OK。乍一听觉得别扭，细一想，他们在向城市化的生活追赶，完全在情理之中。

泥土是圣洁的，它目睹千万年风霜雪雨，熏也熏出了学识和风度，当然能出雅趣。千百种植物出自它，庄稼果蔬出自它，精美的陶瓷出自它……王宏的身上沾挂着它，正是雅趣出于自然。

王宏站在田埂的边缘，但他还是个农民，一个养花的农民，比照菜农和果农的叫法，他便是"花农"。他真的离不开养花，他要用花卉赚来的钱养家。他离不开习武、书法、填词，那是他内心的另一个世界，没有这个世界，他觉得所有的花会瞬间枯萎。

鸡东子小传

他叫陈忠东,叫他"鸡东子",是因为他比叫"东子"的人出现得晚。这样叫才能把两个朋友区别开来。"东子"之前加个鸡字,而不加牛、羊、猪之类的字样,那是他多年养鸡得来的名号。

在一声声叹息之间,偶尔夹杂瞬间的笑声,而后又继续他的讲述。

"今年多大年纪?"

"五十七。"

"后悔吗?"

鸡东子点了两下头,又急忙摇了两下头。肯定后的立即否定,还是否定了我的疑问。

他的讲述过程没有思索,完全是农民坐在田埂上的叙事方式。

短命的葡萄树

三十多年前的一个春天,把一万多株葡萄苗栽种在六十多亩土地上,重新住进父亲留下的老屋,在外漂泊的感觉才算烟消云散了。他暗暗发誓,以后就扎根在烧锅村,老老实实守着葡萄园,和新婚的妻子过好日子。

当年,在一群泥孩子里,数他身上的泥土最多。在村前的河套里光着屁股洗澡、摸鱼,在村后的树林子里打鸟,晚上打着手电筒,在屋檐下端麻雀的老巢,有时还爬上尼姑庵的墙头,往院子里投掷土坷垃,这些都少不了他的身影。他不去想那些本来就秘而不宣的往事,只是纠结前几年的闯荡,没有实现他最初的愿望。

上溯几代,他家都是种地的农民。他没念完中学,又不想和土地打交道,早早就想离开家乡,过城里一家远房亲戚的日子。家距北镇县城不到二十公里,他坐马车去逛县城,看见古城老街一家饭店敞开的玻璃窗后,两位厨师正在炒菜。随着铁勺与炒锅与有节奏的撞击声,油香不停地飘移出来,这让他感到厨师是个不错的职业。凭着这门手艺,可以在城里安身立命。他死磨硬泡,进了这家饭店,先给厨师打下手,后来偶尔也有掌勺的机会。没过一年,他考取了三级厨师证。"五一"期间,医巫闾山游人如织,他在景区外的梨树园里,架起一个塑料棚当作餐厅,自己上灶给游人做菜。三天不到,三千多元钞票喜滋滋收入囊中。游人走了,他心里开始感到空落。他在古城里来回游走，终于兑下一家饭馆，起名"东东饭店"，成了真正的经营者。那年，他十九岁。

不时有年轻夫妇说说笑笑，到餐馆里就餐。他渐渐发现一个道理：农村人手里没钱，休想娶上漂亮媳妇，在城里买楼纯属做梦。他要靠厨艺赚钱，一直赚到能娶媳妇、能买楼。数着面额零散的钞票和硬币，他又觉得自己可怜。除去房租费、水电费，那笔钱需要赚到多少年呢。

一个闭店后的夜晚，想着这天没有一个顾客登门，唯一进来的人却是一个乞丐，他便把菜刀狠狠地砍在砧板上。每天刀用过了，他都会这样做，但这次砍下去，不是刀的顶端，而是刀刃的全部，且用了足够的气力，险些使那个砧板一分为二。他知道，从明天起，那把菜刀再无用场。

透过窗外的雪花，他看见对面餐馆的门前，褪色的高高的幌子在风中摆动，像是做出一种无声的召唤，餐馆里有不少人在推杯换盏。那是一家老字号，在老字号面前，他忽然觉得自己是大象身下的一只老鼠。

他因看清自己而看到了绝望，并以绝望作为一个新的起点。在谈论下一个起点时，他露出诡异的笑。他是一个投机分子。一段从乡村到县城的公路上，突然多了一辆小客车，那是他钻了运输管理不严的空子，开始私自载客，以为这生意来钱既多又快。意料之中的结局，是在某一天，他的小客车被拦截在公路之外。出人意料的是，他竟然毫无沮丧，随后把小客车换成一台推土机。为承包荒山荒地的农户推土开荒，没有人上来阻拦，任凭机械不分昼夜地轰鸣。

他的腰包鼓了起来。此前，他最不喜欢在村里串门，即使是亲戚家，也不愿过去说会儿话。这与自卑没有关系，他就是不想让人觉得他和农民没有区别。有了钱以后，他买了一身新衣服，经常微笑着出现在张家李家。他不抽烟，手里却拿一盒"红塔山"送人抽。听到别人对他腰包的夸奖，他会马上转移话题，而当没人再提起钱的事，他一定会说运输载客、说推土机，最终把对方引到与钱有关的话题上。人们再次关注钱，自然又夸他不一般。这样反复一两次，他开心了，在心里笑，表情却装作若无其事。

他知道自己褪去农民的土气并不彻底，于是返回城里，终于在一家酒店，寻找到一个小经理的职位。他第一次穿上西服，对着大堂里一面高大的镜子看自己，看着看着，他对镜子里的人感到陌生，却又相信那就是他想要的模样——洋气，有派头。他想，如果再回到村里，村民会把他紧紧围住。每天，他都会照照镜子，似乎怕自己的模样哪一天丢失。

就在他充满想象之际，儿时光屁股一起摸鱼的发小，托着包扎后的一只手臂找上门来，说自己进城摆摊，被相邻的商贩打断了胳膊。他毫不迟疑，飞跑过去，掀翻了那个商贩的摊床，并将商贩打倒在地，一顿拳脚相加。见商贩不省人事，他意识到闯了大祸，便逃离到很远的地方。后来发小告诉他，商贩平安无事，他才想着回去。那家酒店把他拒之门外，他最后的选择是返回家乡。这倒是应了一位作家的话：离开就是一种归来。

对一个落魄潦倒的人给予一份怜悯，那是人性里的一束光，即使这束光显得幽微，也会为一个迷蒙的心灵照亮方向。他却没有看到这束光的出现，一张张冷冰冰的脸无情地告诉他：你和田野里的人没有区别。他像是一位还俗的和尚，静静地面对葡萄园，口里默念着只有他才懂的咒语。

他在为命运祈祷。医巫闾山一带的农民，靠种植葡萄发了家，现在该轮到自己了。葡萄苗长成了葡萄树，葡萄树结下了籽粒饱满的葡萄，村里开始有人到园子里参观。他背着手抬头看天，微笑着且又抿着嘴，一句话也不说。采摘下来的葡萄，被他全部运到自建的储藏窖里，等冬天来临卖个好价钱。他整整发了三年的葡萄财。

人们开始学他栽种葡萄苗，而他的葡萄园却接连遭受霜霉病和白腐病双重打击，加之连降雨水，秋天里的葡萄园一片焦枯。他这才意识到，葡萄树守不住，自己没有侍弄它们的本事。平均寿命六十年的葡萄树只活了五年，仅在两天之内就被他和雇用的帮手连根刨掉了。

第二年，在那片曾是葡萄园的土地上，玉米开始茁壮生长。

鸭子头上的雷声

按照天性质朴的人的想象，他离不开生活的原点，并且应该永远和庄稼捆绑在一起，搞点养殖业也算是不错的选择。但他对粮食的种植，完全是无奈之举。在耕耘土地时，他一刻也没停止想要离开土地。

田野上吹来的风，剥蚀着他心造的幻象。他一直以为那并不是遥不可及的设定，比如进城置业、赚钱、买楼，过城里人的生活。看到田里的作物获得了好收成，他却紧锁眉头，因为在他的幻象里，根本就没有玉米，甚至没有任何一株庄稼。他知道，在有限的耕地上，即使这样的丰收到了极点，也不过是天公作美和成本提升带来的一份增量。虽然在世代农民的眼里，丰收是从春天播下种子的一刻起就生成的祈盼，但在他看来，只是饱了肚子之后，衣兜里会多出几个零用钱。他不甘于再现父辈在田地里的影子，心想与其这样，还不如早早把命运交付给泥土。

每天晚上，村子里家家户户的灯光，在同一个时间熄灭，之后，人们开始做同样的梦，比如高粱、玉米、花生、大豆，比如房子、农用车、媳妇。他和他们梦不到一块，几个夜里起

身出门，在星光下遥望城里的灯火。也许是一阵冷风把他吹醒，他忽然想起，几天前有人说过，养肉食鸭的一个农户，两年就赚了十几万元，便要前去看个究竟。考察的结果使他脑洞大开，他骑上自行车要奔回家里，可就在刚出那家养殖场的大门时，自行车被一块并不大的石头硌翻，人和车都甩进水沟里。他从水沟里爬出来，自行车座不翼而飞了。

点燃三炷香，插在香案上的香炉里，然后面对保家仙，叨咕几句吉祥话，是他学了当年母亲的做法。出门在外，他也时常到附近的庙里烧香祈祷，尽管祈祷之后并没有给他带来什么。这天，他感到晦气，待到这套程序结束，他的心也没平稳下来。

本村一个会算命的盲人，听完他参观养鸭场的讲述后，仰首虚无地望着棚顶，不停翻动着白色的眼珠，却又一言不发。大约过了好长时间，盲人突然用拐棍朝地上狠狠敲击几下，满脸诚恳地说，那好端端的车座没了，就说明你坐不稳那门生意，万万使不得。实际上，他并没有找盲人占卜的想法，是盲人上门借钱。他说自己没有钱，顺便把要建养鸭场的事说了出来。许多人就是这样，往往走到抉择的十字路口，因为突来的莫名其妙的感觉而表现出对方向的犹疑。顿时，他的眼前一片昏暗，既恨盲人多嘴，又觉得其中也许真的暗合天机。但他毕竟是有胆量的人，十岁时独自到外村看电影，夜里回来要路过一片坟茔地，一点也不害怕。现在他觉得也是在走夜路，可走了一段路，就无路可走了。他最终辨认出路的方向，却是算命先生否定的那条路。按照盲人的推论，他应该彻底断了养鸭的念头。最后的结果，他还是选择养鸭。也许是为了避讳那次自行车事故，他养的不是肉食鸭，而是康贝尔蛋鸭。鸭子的祖籍在英国，是闻名世界的蛋鸭品种。决心已定，绝不反悔，他雇了几个泥瓦匠，没用几天就建好了鸭舍，又雇了两人帮工，一下子购进五千只康贝尔鸭雏。

祈盼出现之后，忧虑也会随之而来，祈盼越是热切，越是令人不得安宁，唯恐祈盼的结局变成一场噩梦。他家的香案上，每天都燃着香火，而保家仙始终冷漠的表情，告诉他的却是一个未知的结果。他知道，焚香祷告完全是自我安慰，鸭子不会因此而早产蛋。他外出学习养鸭经验，每天黎明即起，拌料、喂食、打扫鸭舍，一干就是一整天。鸭雏在他祈盼的目光里长大，几乎在同一天给他产蛋。蛋是淡青的颜色，像散落的无数块温润的玉石。拿到第一笔鸭蛋款后，他给那个算命先生送去十个鸭蛋。

转眼十个月过去，他发现几乎一半以上的鸭子，开始消极怠工，光吃不产蛋。不下蛋的鸭子叫"鸭壳子"，他把它们当作肉食鸭，以每只仅十元的价格全部卖掉。第二年，他照样购进鸭雏，期待它们有更好的表现。他怕鸭子表现不好，给鸭子喂好吃的，但鸭子最怕什么，只有鸭子自己知道。那年的雨季有些特别，往年下雨响几个雷声，雨不久就会停下，如遇连雨天，也不过两三天，有时天上根本不打雷。这年雨季一到，先是雷声大作，当一个巨大的雷声响过之后，村头的一株老槐树顷刻间断了头，而后连续五六天，雷声还是时断时续。击中老槐树的那一声雷，也炸响在鸭子的头上，它们惊恐万状，随即一起扇动翅膀，拼命狂跳不止。在接下来的每一个雷声里，它们都会随着雷声的强弱，变换着"炸窝"的尺度。雷声一时停下，鸭群发出的大喊大叫，彻底淹没了雨声。雷和雨走远了，鸭子开始喘息，几天以后，地上的鸭蛋变得稀疏可数。

他卖掉了最后一批鸭壳子。

猪瘟前后

他没有料到这个结局，不再想那些可怜的鸭子成了哪些人的囊中之物。

鸭舍空空荡荡，窗户上的塑料布被风撕扯得凌乱不堪，发出阵阵呜咽的声响。几只野猫蹲在鸭舍的窗沿上，头朝太阳眯着眼睛。一条养了七八年的老狗，蹲在猫的身前，与猫一样的神态，它们像是共同为主人思考一个现实的问题。

他不觉得眼前的景象有何悲凉。在养鸭的后期，他就想要养猪。医巫闾山的山里山外，尤其是平原一带，众多的养猪大户赚得盆满钵满，好多户还把猪销售到省城，成为猪肉市场上的品牌。他羡慕，恨不得把鸭子都变成猪，鸭子的数量就是猪的数量。听说有个乡召开养猪经验交流会，他匆匆跑去，混进会场里听会，散会后跟着一位在台上介绍养猪经验的人，来到一家养猪场。猪场一年几十万的收入，像一块巨大的磁石，牢牢地吸引了他。他惊奇地看到了猪场的规模,并记住了养猪人的话:不多养赚不到钱!

自行车再没有碰到石头,飞快地奔跑在乡路上,但他心里却压着一块石头,一时无法挪开,觉得身体并不轻快。已经欠下亲戚十几万债务,如果搞养猪,不仅旧债还不上,还要借一笔新债。

他这样思考的时候,已经成为半个理想主义者。既然是半个,就等于他的脑洞,一半被理想打通,而另一半被现实堵塞。他走路也是半个理想主义,一边盯着脚下,或看地上摇曳的草木;一边仰望天空,看游动的白云,看白云从城里的方向飘来,或向城里的上空飘去。

他思考的最终结果还是借债,只是由个人借债转向信用社贷款。按当年的市场价格,每头猪毛斤六元,如果养四百头,出栏平均卖两千元一头,除去成本每头猪纯收入五百元,可净赚二十万元。那天夜里,他的脑袋在枕头上滚来滚去,最后算完了这笔账。他把这笔账反复讲给妻子听。几声狗吠传来,像是它与他思考的结果欣然邂逅了。

仔猪住进改造后的鸭舍里。半年多过去,他计划中的那些猪,还有卖出那些猪的收入,完全真实不虚。从不登门的几个村民来到他家,笑嘻嘻地问他卖猪赚了多少钱。他满脸赔笑,只说没有赔上,然后再不作声。因为他们都不是债主,他要把债务还清,还要继续养猪,钱不能被别人借走。如果不是把卖葡萄的钱借出去,不至于给儿子在省城治病一时凑不足钱,不至于后来借钱去买鸭雏。待到那几个人走远,他又后悔自己对乡亲无情。

时来运转,连续三年养猪盈利,尽管后两年的收入有所下滑,但毕竟还有盈余。充盈饱满的心力,要么来自对一种欲望的满足,要么来自新的欲望的生成。没有万念俱灰的手舞足蹈,也没有毫无期待的勇往直前。养猪的收入让他感到得意,他想再养几年,再吃几年苦,这样就可以在村里出人头地,以后就可以去城里生活。

也许是兴致所至,他又承包了乡里一座荒弃多年的水塘。水塘就在猪舍附近,他希望出现猪肥鱼跃的场景。他用冲刷猪舍的水,肥了清澈见底的鱼塘。待投放的鱼苗刚刚长大,城里人纷纷赶来钓鱼,每人交三十元可钓一天。有时他也坐在塘边,和城里人一起钓鱼。他知道鱼塘不会有太多的收入,可经常看到有城里人过来,听他们讲城里那些事,心里总是觉得高兴。

一天,他听钓鱼的人说,猪口蹄疫起来了,对这个消息,他不忍心确定它的真实,内心却又有隐隐的惊悚。那消息像是停不下来的风,径直向他吹来。眼下,正处在猪要出栏的节骨眼。他索性赶到曾经去过的那家养猪场,要打听个究竟。白石灰铺出的一条白线,横在离猪场很远的河边,一群穿白大褂戴口罩的人,站立在大卡车上,汽车在他身边呼啸着向猪场驶去。他证实了那个消息,急忙回村找来懂防疫的土专家,给自家的猪场进行了一次大面积消杀。猪场外立起一块木牌,上面用大红字写着"严禁入内"。

自家的猪确实没有染上瘟病,他为防守成功感到庆幸。

一夜之间,猪瘟给人带来的恐慌,使人对猪忽然产生畏惧,见到猪唯恐避之不及,甚至以为猪会要了人的命。卖猪肉的摊床冷冷清清,猪肉上分明印有"检疫合格"的蓝色字样,但买猪肉的只有几个不信邪的勇敢者。他看到这一切,预感到猪舍里的那些猪,怕是辜负了丰硕的肉身。那几个收猪人却如期而至,他们像是事先有了约定,把每斤毛猪的价格活生生砍

掉一半。

他认为收猪人是乘人之危，可他有什么办法呢，卖不出去的猪，每天又不能饿着，饲料多少钱？人工成本多少钱？多熬一个月，一共多少钱？如果疫情不结束，这些猪卖给谁？思来想去，他自认倒霉。朝着他们离去的背影，把一口吐沫狠狠地吐在地上。

秋日里，猪舍复原了鸭舍空荡的情形，流浪猫不见了，那条苟延残喘的老狗，还静静地蹲伏在那里，为主人的下一个行动瞑目思考。

"曲项向天歌"的灾难

都管那个小眼睛、瘦高个子的人叫神父，不知道是真是假，更不知道神父来自哪座教堂。尽管看不出神父的衣着举止有何特别之处，但他对朋友给介绍过来的这位陌生人，还是心存几分敬畏。神父说，你去海边的一个村庄养鹅吧，能赚到好多钱。神父又说，我给你介绍一个朋友，你去当帮手，到时给你分红。按照神父说的话，他找到了那个养鹅的人。养鹅的人却没开始养鹅，正等着神父把联系的种鹅运过来。就在那天晚上，神父死了，说是心肌梗死。神父还很讲信誉，早把朋友买鹅的款，全部付给了卖鹅的商贩，第二天七千多只种鹅顺利运出。

他和技术员到一个杳无人烟的地方，去迎接这批鹅的到来。鹅叫朗德鹅，来自法国，是制作鹅肝的主要品种。又是一批"洋货"!他想起饲养的康贝尔鸭,心里有些不悦。"洋货"需要隔离,必须在这个无人之地接受防疫观察。长夜寂然无声,鹅在临时搭就的棚子里睡着了,他却难以入睡,想着这帮家伙,何时产蛋,何时把蛋孵出小朗德,何时卖它们的鹅肝、鹅肉、鹅毛,分红能得多少钱?

朗德鹅终于入住临近河边的养鹅场。他思考的事情,除了分红,都变成了现实。一只鹅的鹅肝、肉、毛分解开来,能卖到四百多元。他第一次看到,鹅肝能长到一公斤以上,更没想到,这满是油腻的东西,竟然摆上北京、上海、广州等高档酒店的餐桌,成为人们喜欢吃的一道美味。

他倒是觉得鹅可怜。养鹅的人为了获取更重的鹅肝,硬是把鹅的嘴掰开,把专用填饲器的管子插入鹅的食管深处,强行输进饲料。鹅叫不出声来,眼里的泪水布满血丝。有时给料过多,有的鹅当场毙命。这让他体味到赚钱人的一份凶狠。

分红的日期快要到了,拿到这笔钱之后,他就送到媳妇手上,说明他在外没有白付辛劳。他想这件事时,天空还是蓝的,枯干的河床裸露着比鹅蛋大得多的卵石。当晚,当地下起了几十年不遇的暴雨,咆哮的河水冲垮了高高的堤坝。次日,雨还在下,养鹅场的棚舍全部淹没在水中,所有的鹅在雨中的水面上游动,每一只都在"曲项向天歌"。但它们不是骆宾王诗里的鹅,也不是"红掌拨清波"的悠然自得的神态,而是在悲鸣中做着无力的挣扎。其实,鹅是不能养在河边的,场主以为那只是环保的要求,没有想到可能遭遇的水害。连续多天无法蒸发的潮湿，使鹅迅速染病，许多鹅的双掌支撑不了自己的身体，摇晃几下再也不能起来。待到鹅刚刚好起来，禽流感也来了，没等蛋孵化，鹅又开始发病。场主对此一筹莫展。

鹅不能养了，分红也和鹅一样泡汤了。神父的朋友成了他的朋友，既然是朋友，就不能让他白干三年，便给了他一百五十只种貂作为补偿。他早就听说，邻村的养貂户赚了二百多万，如果把貂养好，那当然是不错的生意。无论如何，他没有空手而归，这对家人和村里的人也算有个交代。

一团致富之火，被一阵阵不测的风吹得忽明忽暗。他始终相信，它不会就那么无情地熄灭，只要有一丝微弱的光亮，也可以重新燃起熊熊的火焰。所以，他没有在叹息中一蹶不振。当种貂进了他新建的貂场，按组搭配在笼子里，村民们先后赶来，围观从没见过的稀罕动物。都知道貂皮是贵重的东西，当年村里一个大户人家，主人冬天出门，帽子和大衣都是貂皮制作的，很是招人羡慕，貂皮早就成了人们眼中只有富人才有的奢侈品。围观的人开始议论，这些貂能下多少崽，多少崽长大后能卖多少张皮，多少张皮能卖多少钱。他心里的账比村民清楚得多，只是不想把一个虚拟的结果张扬出去。

他手里攥着一本别人用过的《养貂手册》，每天在貂笼子前走来走去。在焦急的等待中，貂产崽了。他想象它很快长出毛皮，剥下的毛皮就变成钞票。但喂貂的雇工慌张地告诉他，貂崽被母貂吃了，吃的时候还有咬碎骨头的声音。手册上并没有母貂食仔的警示。这让他大吃一惊。虎毒还不食子呢，貂难道不如虎？貂的心真的狠于虎心，没过几天，一些产崽的母貂，纷纷吃了自己的骨肉，等于吃了一把又一把的钞票。他和喂貂人以为是貂过于饥饿，开始给貂改善伙食。鱼虾掺拌玉米面，再加上一些调料，终于使貂体态丰满。没有人提醒他，貂吃胖了，怀孕也会胎死腹中。

貂皮的市场价格突然暴跌，而貂场里的貂不是数量少，就是皮毛质量差，加上没有掌握住养貂技术，不到一年半，养貂走到绝路。远处的养貂户趁机跑来，廉价买走了貂场所有的貂。他没有伤心，心想那些貂是人家送的，就算是玩了一把。买貂人走后，他一头倒在屋子里，呼呼睡大觉。

无形之手

鸡场失火那年，是他搞养鸡的第三年。鸡舍简陋，冬天靠生火炉取暖。炉火的烟筒烤着了棚顶，正赶上那天风大，火势忽地起来，瞬间四个鸡舍陷入火海。风突然掉转方向，另外两个鸡舍幸免于难。焦煳的气味漫过雪后的田野，弥漫到整个村庄。村民们赶来的时候，两万多只鸡被烧得像一块块乌黑的焦炭。

选择养鸡，他不认为是过错，毕竟赚了两年的钱。这年他刚好五十岁。五十知天命，他觉得对自己而言，天命就是让他养鸡，而不是种葡萄，不是养鸭、养猪、养鹅、养貂。养鸡赚了钱是天意，鸡舍和那些鸡毁于大火，也是天意，剩下的一万多只鸡，是天意不让它们死。他这么一想，没有掉一滴眼泪，

更没有捶胸顿足、呼天抢地。

他站在鸡舍前的雪地里,怔怔地看着眼前的一切。乡亲们围着他,似乎面对一个丧家,七言八语地劝个不停。他也觉得自己真的像是丧家,那些人也像是前来哭丧的队伍,只是没有眼泪,听不到哭声和鼓乐声。在一片嘈杂中,他快步走上废墟的高处,朝着人群大喊:"大家回去吧!来年你们再来看,看我建一个什么样的养鸡场!"他声嘶力竭,以发泄的口气向众人发誓。

那些曾经带毛的"焦炭",被装上满满一卡车,卖给了一个加工饲料的厂家,获得一万元。他觉得人家做事讲究,请厂方人喝酒,一顿饭花去一千八百多元。如果那些鸡不被烧死,再过二十天,就能卖个好价钱。他不去想这些,只想那土鸡舍不是真正的养鸡场。

不到一年，自有资金加银行贷款，一个现代化养鸡场建成了。鸡舍面积一万多平方米，养鸡十五万只，喂料、给水、通风、调温、除粪全部自动化。他感谢那场大火，把他彻底烧醒。作为一家肉鸡屠宰厂的下游，每隔几十天，他都要把成鸡送到那里，由厂家当场验质、检斤、付款。十年光景，周而复始，他成了养鸡的行家里手。

他没事不再去谁家串门，因为村里没人不知道，他已经是养鸡大户，已经是个地地道道的有钱人。有钱人没有必要显示有钱，在他人面前，显示有钱的往往是没钱或钱少，而又怕人家笑话的人。他还是没忘当初的夙愿，过城里人的日子。于是，他在县城买了一户楼房，接着又买了更大的一户楼房，把家全都搬到城里。后来买了一台越野车，再后来又买了一台奥迪轿车。鸡场是他遥控的基地，有专人负责，他不经常到现场去。

作为刚刚抖落一身泥土的农民，尽管他积蓄了足够的生活底气，并且与城里人一起洗浴、下饭店，一起喝茶、谈天说地，但他一想到有些乡亲，想到他们曾经鄙视他的目光，想到背地里讥讽他的话，心里也不是滋味。对那些人还以鄙视和讥讽，那是对等的报复。没有具体的人和事，非要让他使用那样的目光和语言。他是城里人了，已经有了不计前嫌的胸怀。他也看清了人性的弱点，常常是轻蔑你的穷困，而对你的富足却又暗暗妒忌。面对穷和富的两极，人心难以用友善与平和达到安稳状态。

也不是一时冲动，非要来一次种植业和养殖业之外的突破，还是他了解到有一种肥料，是以稻壳粉为燃料，烘干鸡粪加工出来的颗粒肥，便要借养鸡的优势，建一座颗粒肥加工厂。工厂建得很漂亮，车间的房脊是天蓝色的彩钢板。开工那天上午，村里不少人涌来，看看颗粒肥和农家肥、化肥究竟有什么不同。当人们的赞扬声还没停歇，由于稻壳粉涨价，造成生产成本陡增，加工厂的烟筒便不再冒烟了。

有一段时间没回村了，谣传说他的养鸡场和加工厂赔了个大窟窿，没脸回来见江东父老。他是个要脸面的人，听不得那些闲言碎语，于是把奥迪轿子擦得铮亮，开回村里转悠好一阵子。一种虚荣时常让他按捺不住炫耀。他开车去养鸡场，本不该在村子里绕来绕去，没有猫狗和牲畜拦路，也不必把笛声按响一遍又一遍。他的车开得很慢，遇见路边有人，立即摇下车窗，主动和人家打招呼。车已走远，他看见倒车镜里的人，还在向他招手，心里感到舒服极了。他告诉人们，他马上要去泰国旅游。

旅游是真的。从泰国回来后，他又带着朋友到大江南北，痛痛快快逛了一遭。他之所以这么痛快，是在不久前，他卖了一批鸡，赚了一笔大钱。就在卖完这批鸡的第二天，活鸡每斤价格跌了一块钱，以卖鸡的数量计算，相差九十万元。他为此感到庆幸不已，说这个过山车坐得好过瘾。价格的起起落落，让他每天都在坐过山车，这感觉使他心跳加快，大脑眩晕，也使他享受刺激，精神亢奋。早晨起来，第一件事是看当日畜禽行情，那里汇集了他想知道的全部信息，市场的波浪跌宕其中。他的情绪随之起伏,兴奋与低沉相互叠加。赚了,赔了,赔了又赚了,他开始习惯过这种心惊肉跳的日子。

黑夜有梦,白日也有梦,梦见鸡雏价格下跌,饲料便宜很多,而活鸡的价格暴涨,梦见鸡瘟永不发生。他活在梦里,有时梦里的情形,却属痴心妄想,当然也会梦想成真。噩梦,偶尔也在梦中出现。一天夜里,他梦见一场大雨引发的洪水,像淹没了当年的鹅舍一样,吞噬了他的养鸡场,所有的鸡也像当年的鹅一样浮在水上,但它们没有叫声,全部被水淹死。他喊叫着跳下床,打开窗户,雪花正在月光中飞舞。

有人说,噩梦和现实是相反的,按照这种解析,鸡场永远安然无恙。而他现实中遭遇的噩梦,诸如鸡瘟、价格暴跌,却无法回到噩梦的反面。

一个新建的牛舍,坐落在老屋的前面,砖混结构,通风透光,设施半自动化。舍外专门修出一片空场,供牛出来晒太阳或休闲散步。

看到市场上牛肉价格居高不下,他才决定养牛,鸡照养不误。他至少要养一百头母牛,靠卖牛犊赚钱。牛舍两个月建好,牛的饲料已提前进场。他以为跑在了时间的前面,但时间的脚步却把他远远甩在后面。

当筹备好购牛款,就要进牛的时候,牛肉价格跌下来了。他没想到市场这张脸,变得比孩童的脸还要快。此时,他把自己作为主角的生活连续剧,重新在脑子里回放一遍,忽然发现有一只看不见的手,整天在捉弄着他。那只手有时温柔地牵着他，走在一条平坦笔直的路上，天空无风也无雨，只有温煦的阳光，他感到惬意、畅快。他对那只手无限感激，认为它充满神力而又不乏慈爱。往往是在他最为得意的时候，那只手或迅速地把他甩开，使他两眼茫然、不知所措，或在不经意间，狠狠地把他推进深深的泥潭，让他久久不能自拔。那是一只魔鬼的手，他对它厌恶至极，甚至恨之入骨。不知哪一天，那只手又像当初一样温柔；也不知哪一天，它依旧变得冷漠无情。但他离不开它，情愿充当这只手的木偶。

他彻底冷静下来，决定先当个观察家。一个冷静下来的人，一如停靠在港湾的船只，虽然浑身布满涛浪拍击的伤痕，却没有疼痛和呻吟，而是闭上眼睛去眺望未知的世界。此时，他不再把冒险视为一种胆量，不想做妄为之徒。

山坡上的草绿了，牛羊在埋头吃草，偶尔传来它们错乱的和声。牛舍里静悄悄，没有一头牛。他在观察中等待，如端坐在医巫闾山上的一尊石像。

植物寻访随笔

我要寻找植物。

这是一本厚厚的《医巫闾山野生植物原色图鉴》带给我的欲念。我对家山的植物是有愧的。当一阵清爽的山风吹来，或者一场丰沛的雨水从天而降，才会生出对山林草木的一份敬畏，而这份敬畏往往因肤浅与朦胧弹指而过，并未恒定在灵魂深处。现在，我有意打量它们的时候，却又有些心神恍惚，总会把目光移到与植物有关或无关的事物上。我对植物浮光掠影的书写，违背了植物学对植物应有的描述，甚至属于节外生枝。但我的思维不能自主，看到它们的欢快、忧伤、孤独、坚耸、死亡，集体主义的共鸣和个人主义的呻唤，以及与人性相通的贪婪的存在，便无法凝心于莽莽苍苍、万紫千红一类的赞颂。尽管我对植物已经怀有深厚的情义。

我要说明，那本图鉴的编著者（两位研究植物的女士）先后与我在大山中同行，文中所有植物的名称，都是她们告诉我的，否则，我几乎一无所知。

森林里的阶层

走在森林里，有什么好想的呢，只管大口地呼吸就是，把在城市里淤堵于肺部的浊气全部呼出去，把树叶的青草的花儿的气息，连同阳光的味道，全部吸进来，如此往复，便会做完一次洗肺的功课。走着走着，不知不觉就走进了另一个社会。它与人类的相似度如此之高，怕是人类对它们的认知存在疏忽。

医巫闾山有一千四百多种植物，它们当中有贵族，比如山杨、糠椴、紫椴、黑桦、花曲柳、黄波椤……这些高大的乔木，都属于贵族阶层。它们很是高傲，挺着腰身，个个都是目空一切的神态。只有仰视，才会看见它们的容貌。而山杏、坚桦、酸枣、乌苏里鼠李，锐齿鼠李，作为亚乔木，也算是有着贵族的血统。所以，它们也不失几分傲气，只是因为那身躯，还轮不到它们居高临下。普通一族应该属于小叶鼠李、接骨木、胡枝子、毛樱桃、榆叶梅、花木蓝等一类的灌木。它们庸常而踏实，不想攀高附贵，但在森林里并非处于底层社会，真正的底层是它们身下的草本植物。专家说，这样层次分明的森林是健康的，这就等于说，植物的阶层造就了森林社会，森林让所有的植物都归属于各自的阶层。当然，同属一个阶层，也有身份的差异。黄波椤就比糠椴高贵，花曲柳就比山杨高贵。

阳光的分配使阶层之间出现明显的贫富差距。每天，乔木享受着最饱满的阳光。它们对阳光不失毫厘的吮吸，让自己的周身血脉通透，气色爽然。当阳光被它的繁枝茂叶暴舔之后，给到那些亚乔木的身上，虽然缺少灿灿的金光，却也温暖而明亮，使亚乔木受到并不十分吝啬的哺育。

阳光，像是来自天上的流水，不停地向下流泻，待到它流泻到灌木丛中，然后把最后残留的几丝光线，给了紧紧依附于土地的小草，阳光的流水就抵达了终点。球果堇菜、鸡腿堇菜、黄花萱草、玉竹等，从不在意阳光的多少，只要有阳光，这些草就会成活，活得肩并肩、手拉手，并且坚毅不屈，始终身附泥土，甘于自己卑微的存在。

草的色彩才是森林的底色，而这底色的形成，恰恰是吸吮了最少的阳光。不知为什么，我不再留意那些高大的树种，开始关注灌木和草本植物，也许它们的生命更值得尊重。

报春花开后

报春的就是争春的一族。

它们毫不矜持，在微寒的空气里，竞相开出各自的花朵，为人世间报告春来的讯息。

医巫闾山的报春植物，诸如延胡索、莓叶委陵菜、大丁草、粗根鸢尾、桃叶鸦葱、蚂蚱腿子、点地梅、白头翁、诸葛菜、早开堇菜、迎红杜鹃……它们开的花儿虽然没有漫山的桃花和梨花耀眼，并在众多的乔木的叶子还没有现身之前，就已经完成了一次报春的拼抢，花儿也便随之寂灭，但它们不因短暂而有任何的懊悔，来年依然会有如此的表现。

人们对报春花的青睐，大概是源于漫长的寒冬。寒冬消磨了人的兴致，使人急切地要看见冰消雪融，呼吸到春天的气息。所以，哪怕是一枚绿芽，一朵小花儿，都会拨动人的心弦。但在春天的舞台上，报春不过是个序曲，之后上演的曲目，才是春的乐章。

我喜欢早春过后，盛开在山路两侧的锦带花。在报春花开的时候，它矜持、沉默、翘足而待。它不会让春天萧索，就在报春花相继凋零时，它忽地抖起精神，怒放出粉里透红的花儿，一丛丛、一片片相连一起，看上去如迎宾的队伍。其实，锦带花不过是平凡的野性的花种，而它盛开的平凡的花朵，却是春天里燃烧时间最长的火焰，一直燃烧到夏花初现为止。它们大都喜欢开在路边，而不是开在密林之中，也许是渴望阳光和风的缘故吧。

人们往往倾慕于罕有的东西，对于惯常的事物，即使能给你提供某种满足，也会对其缺少足够的关注和怜爱，比如对和风、细雨，对旭日、阳光，对报春花开放之后其他草木的花儿。

从开满锦带花的山脚下向上几公里，山势九曲回肠，有许多植物的花朵点缀其间。过去，一句"山花烂漫"，便模糊了它们各自特有的色彩，也淹没了本属于那些植物的名字。像是对丢失的一种寻找，我要看到它们，要知道它们姓甚名谁。花蕊淡黄、花团紧密的，叫土庄绣线菊，与其他绣线菊一样，是灌木里的蜜源植物，看来它的花是蜜蜂的挚爱。溲疏花开得洁白，万绿丛中，如飞来一团团白雪。白屈菜纤细翠绿的花茎，托举着金黄的花伞，只是托举的力量缺乏分寸感，漫过了花蕊的娇容。漏芦那个编织而成的粉紫色头冠，被一根粗壮的茎体力挺起来，画面感十足，在早春后的春天里尽展姿容。

人似乎没有植物表现得真实。植物与人最大的不同，是没有丝毫的掩饰，生根、发芽、开花、结果都在特定的季节里，本色、相貌和身高皆随天意。即便是争春，也毫无顾忌，在枯萎的末日，它们也心甘情愿，从不以虚假的面孔，或是种种徒劳的手段，去掩饰和阻遏自己最后凋零的命运。当然，面对风霜雪雨，各种植物也不失抗争精神，这和人对命运的不屈有相似之处。

山里静极了，静得能听到一枚叶子伸展的轻音。那些野花就那么寂寞地开着。其实，它们并不寂寞，花与花之间形成彼此的关照，使它们各自的独放，都会为对方带去一份欣喜。仔细观察，它们都是各自独立的小小的团体，有的甚至三五成群，没有任何抢眼的阵势，像是为春天歌唱的主角陪衬的舞者。它们都有独立的性格和时间表，在看似不相容中又彼此呼应。有的尽管支撑不到春的尽头，花儿便会随风而逝，但此前的表现，说明它们为一个完整的春天，已经竭尽全力了。

假如没有草

这种植物有个拗口的名字——蔓假繁缕，也叫蔓孩儿参，可全草入药，清热解毒。在路边的枯叶里，它开着几簇素雅的五瓣白色小花，花的叶片很是清秀。就在蔓孩儿参的旁边，有一种植物叫点地梅，它长得过于袖珍，也许是这片植物群中最矮小的，其花的形状，酷似同比例缩小的梅花，开得格外精致，也可全草入药，主治疗疮肿毒之症。

像是突然打开一扇门，那么多草本和灌木植物，接连闯入眼帘——长蕊石头花、白头翁、诸葛菜、独行菜、米口袋、蛇床、墓头回……它们的名字听起来很有意趣，都是有药用价值的植物。

很少有人关注森林里的草，以为它们过于世俗化，除非开出花来的瞬间，否则也许不能赢得人类的一瞥。像是预感到人类一经出现，疾病也会随之而来。它们的出现还是太早了，经过漫长光阴的等待。人类起初并不认为它们与人类有何因缘，只有神农氏第一个亲近它们，被誉为"药圣"的人为寻找它们，踏遍了无数座青山。草命和人命早有约定，人类却忘得一干二净。只有在卧榻上痛苦地呻吟时，有人才会想起草，但不是具体的哪一种草，而是草性的药，或是药性的草，至于哪类药来自哪一种草，大都不会被人熟知。所以，人类对草应该有负疚感。当草药医治好了人的病，人的表情也许依然麻木，觉得草就是草，是低人几等的身下之物。这是对草的轻贱，犹如权贵对庶民的漠视。

实际上，每一株草来到世上，几乎对应了人或动物所有的疾病。有一种草开白花，果实如红玛瑙。早年间，医巫闾山野鹿多，鹿患病后喜欢吃这一植物的叶子和果实，吃后病就好起来了，所以叫它"鹿药"。一只腰部受伤的兔子，吃了缠在豆秸上的野生黄丝藤，不久伤兔痊愈。黄丝藤成为一种草药，人们便在兔字上面加一个草字头，取名"菟丝子"。

无论我是否见过山里的哪一种草，我都似乎觉得，过去从未与它们相逢，以至于使我对它们突然的亲近，感到些许的忐忑。我想，还是由于人的骄横傲慢，使本该熟悉的事物，一直陷于陌生之中。草木，本来是相伴于人类，它们与人一样，都有自己的名字，有属于自己生长的土地，而人呢，对它们的认知会有多少？"我们对待植物的态度是异常狭隘的。如果我们看到一种植物具有某种直接用途，我们就种植它。如果出于某种原因，我们认为一种植物的存在不合心意或者没有必要，我们就可以立刻判它死刑。"不知还有多少人，依然抱有美国海洋生物学家蕾切尔·卡逊所说的对植物的轻蔑。

世上假如没有草。而事实上草在生长。

古道边的芳草

古道的一端是义县与北镇交界的老爷岭峰顶，峰顶有一片古松；另一端是医巫闾山东麓的村庄，村庄被繁茂的树木遮掩。

随山势蜿蜒起伏的路面，铺装厚厚的不规则的石板，经受住了车辙印和牲畜蹄印的蹂躏，阳光为它映出纯铜一般坚硬的质地，透着清冷与苍凉。

古道修筑于明朝或清朝哪个年间，没人能说清楚，有人说它明朝就有，有人说清朝才有。反正它是一条古道。

一条路和植物的联系，不外乎是路边生长着花草树木。有的是人们为路栽种的，有的是自然长出来的，没有为路做映衬的意愿。路因为花草不显清冷，实际上是走在路上人不再寂寞。

不会有人为古道种植什么，两边的花草完全是自然属性。既然如此，它们应该是零散、疏落的，甚至也和古道一样，空寂落寞。它们却有些特别，像是奔着古道而来，似乎带着呼啸般的声音，拥挤、推搡、相互撕扯、缠绕。鼓子花、鸡树条、

烟管蓟、全叶马兰、大山黧豆、风车草、花苜蓿、大齿山芹……它们从南北两个方向过来，终点就是古道的边缘。它们鼓足了劲，贮满一种气势，开着白色、粉色和黄色的花儿。它们不知道人世间，哪一种花色适于祭奠，哪一种用于喜庆，哪一种只供观赏，只把自己的本色开在路边，无需谁去挑剔，就那么隔道相望，如隔在岁月之河的两岸。于是，古道有了植物的护拥，如镶嵌了彩色的宽边儿。

是不是植物对岁月的情分，全凭了人去猜想。有一种目光看事物，总是能看到事物鲜活的存在，有表情，有呼吸，有随时可变的形态，甚至看出有莫名的意识，时时支配它们以自己的方式去表达心境。古道作古，草木有情。这是人的感觉。古道两侧以远，除了一些高大的乔木，并不见有花儿的影子。没有偶发，只有因果。这一幕让揣测到此为止。

之后转入到另一种遥想。在那远去的时光里，是否有它们的存在？如果真的有，它们便是永恒的精灵，就曾听到车马的喧嚣，看见过古人复杂的表情和缓缓移动的身影。木制的车轮上，钉满了铁钉，或者封着铁条，与牲畜的铁掌一起，在石板上溅出点点星火。此时，路边再鲜艳的花草，也不会跃入路人的视线。

古道哑然无声，没有车马从这里走过，樵夫也从不在这条路上现身。古道边的芳草不再等候什么，因为等候已在无数个四季之后，变成了无数株草木。

山风吹来，芳草一同躬下身去。

大树的尸体

那些死去的树，都是大树，在这里不一一点出它们的名字。它们至少活了多少年，没人做过计算，但一定是活过很久很久。死的位置很随意，不选择高度和坡度，像是"青山处处埋忠骨"。死的形态有横卧的，半坐半卧的，也有站立着的。它们死于飓风、雷击，也死于应该死去的寿命。总之，它们都褪去了绿色，风雨给它们的肌肤留下一块块疮疤，干枯和腐朽暴露在阳光下，悲壮而又凄怆。蚂蚁和不知名字的虫子，欢愉于大树的尸骨，还有嗡嗡飞来的小东西，陶醉得不再飞走。

与一片葱绿相比，那些死去的树，犹如茫茫人海里倒下去的几个或一些个人。只有鸭跖草的花开得耀眼，宝石蓝的花色，密集在一起，一如夜空上的点点星光，还有大叶野豌豆、高山蓍、败酱、鼠掌老鹳草、藜芦、穿龙薯蓣、黄花乌头等等，它们都在那棵树边，似乎在为逝者追思。

每一株死去的树，都曾是一片绿荫，绿荫没了，像多了一处天井，看得见白云在天上飘动，偶尔也有鸟儿一掠而过。

森林保护区有规定，不许任何人为死去的大树收尸，只能就地把它们喂给蚂蚁和虫子，喂给风和阳光，也喂给雨和雪，剩下的化作泥土，成为它们同类生长的肥料。这个"天葬"的时间，不知要用多少年。多少年里，它们也许依然保留死去时的姿势，这样可以让看到它们的人，猜测到它们的死因。当然，有的死因知道了也毫无意义，比如雷霆和飓风。除了与森林打交道的专业人士，几乎不会有人为此多伤脑筋。

横卧在山径上的一棵死树，长出厚厚的苔藓，挖野菜的人从它的一端绕进林子里，然后又从林子里绕出，复归到小路上。山里人经常走这段路，却不会有人对这棵死树多看一眼。

这棵树活着的时候，能遮住所有的阳光，夏日里上山下山的人在树下歇息，绿荫溢出的清凉，曾让人对这棵树充满感激。

芦苇与藏书楼

很突兀的存在。

依照芦苇的习性，它应该生长在河岸、湖边、湿地，不该摇曳在医巫闾山的最高峰上。它竟然在峰顶上扎下根来，抢占了山里所有植物不可企及的高度。

在大山里行走，想看好看的花，没有特意寻找芦苇的意思。芦苇太普通，在好多地方都能看见。山势陡峭，时断时续的山路，盛开着紫色的野丁香，空气里飘移着淡淡的香气。攀爬到峰顶时，才看到这片芦苇。芦苇有什么好写的？对了，法国哲学家帕斯卡说过，人是一根会思考的芦苇。但他说的是人的生命的脆弱和思想的强大，却不是对芦苇赞颂。

峰顶是一个偌大的平台，就在芦苇的北侧，有一座辽代的藏书楼遗址。藏书楼也叫望海堂。辽太子耶律倍酷爱医巫闾山之灵秀，置万卷书于绝顶。当时建有三层殿堂、数十间房屋。很难想象那些石料，是怎么搬运上去的。此处为辽代最大的私人藏书楼，可惜早就毁于兵火。乾隆对此曾感叹："曾闻万卷贮山亭，欲胜刘家陋室铭。椽桷缥缃消已尽，惟余名共碧峰青。"

哦，耶律倍就是一株芦苇！

但我觉得绝顶上的芦苇很不知趣，它不该以毫无意义的高度，去跟一个极富文化属性的历史遗骸争高论下。这种对比的结果，只能归于滑稽，会让人接连想到装腔作势、滥竽充数、不自量力、自命不凡、夜郎自大……一串成语。再者，它也没有使用价值，不会有人跑到绝顶收割它，将其作为编席织帘的材料。更无观赏价值，没人仰望它，即使到了顶峰，也会嫌其碍眼，遮挡了观赏望海堂的视线。

没用的东西往往按照有用去生长。山芦苇却有极强的生命

力。根上的一个分蘖，就能蹿出很远，长出新的一株。它照样需要适宜的空气湿度。如果它的身边没有森林的滋润，空气是干燥的，它也无法在这里生长。它身下的泥土确是一个谜团，山风早该把这里吹得干干净净，甚至露出坚硬的岩石，但它的根就深扎在泥土里。我揣测，怕是山里肥厚的腐叶土，被风卷起来，然后吹落到山顶的吧。因为这些，芦苇似乎也没虚度光阴，起码为一方水土的丰饶和湿润作出了证明。这么一想，它并不多余，那些个成语都扣在它头上，还是人缺了一份宽容。

望海堂虽然消失，眼望渤海也目不可及，但此处是眺望森林的绝佳点位。放眼四望，森林的微观场景，顿时转入宏观世界。白云浮动在群山之上，像是对森林轻柔的护佑，又仿佛是森林呼出的气息，化作了片片云朵。

我还是觉得，森林的宏大气象，一如海洋，起伏的山峦便是奔涌的海浪。而绝顶上的芦苇，便是海上来历不明的漂浮物。

野菜与野草

大石湖风景区里，金黄色的苦荬菜花和淡紫色的茅苞花，盛开在细叶益母草、歪头菜、多花胡枝子、北马兜铃等植物群中，游人过来拍照，却不知道苦难的见证者就在其中。

可食用的野草，也叫野菜。野菜从野草中分离出来，便有了粮食的功效。不仅苦荬菜和茅苞，那些凡是可食用的草类，都是那个特殊年代的食品。野菜的名字离奇古怪：叉分蓼、反枝苋、凹头苋、葶苈、附地菜、鸭跖草、辣辣菜、龙葵……当地百姓也许给它们另起了名字。它们分布在医巫闾山的山上山下，根茎叶可以充饥。

知道可以把它们当粮食，怕是经过了很多人的咀嚼和肠胃才有的结论。于是，人们为了活命，开始四处奔波寻找。它们的确救了那一代很多人的命，很多人对它们心存感激。

野菜的命比人命硬，硬到不怕被吃被踩，硬到只剩下落叶残英，依旧年复一年，生生不息。它们的性格恰如走过苦难的人，刚毅、不屈。当苦难过去，不知是否有人会想到它们。岁月没有留下痕迹。苦难从来不被眷顾，逃离的路上都是噩梦，没有谁情愿为苦难回头。偶尔对苦难的回忆，只是对逃离的庆幸。庆幸不再吃野菜，庆幸有了足够的粮食、蔬菜、肉蛋，有了防寒避暑的房子，有了几乎曾经想有的一切。

庆幸会使记忆淡忘。野菜被淡忘，吃野菜的日子被淡忘，吃野菜的人被他们的后人淡忘。而野菜在被淡忘中恢复了野草的身份，重新回归草界，并受到与其他野草同样的保护。

正午的阳光透过树的枝叶，将曾经是野菜的野草照耀得神采焕发，它们各自的筋脉蓄满了力量，让花梗理直气壮地坚挺起来，释放着不可一世的野性。

这是草的胜利！它们本就属于草。

应该知恩图报吧！就像感恩于为你付出的人那样，但人怎么会感恩于草呢，这个问题未免荒唐。其实很简单，用一种态度就足以让草感动不已，那就是永远记住它们，不再伤害它们的一枝一叶，让它们和人一样活着。

一些吃饱肚子的人，又吃腻了鸡鸭鱼肉，突然效仿那个岁月里的人，舌尖上开始向往野菜的味道。殊不知，它们在山里以一株株草的身份，已经和那些高大的树木一样变得尊贵，早不属于人的咀嚼之物了。

森林保护者们真正敬重它们，在保护区内，只能说出它们在植物学里的名字，却不说它们是否可以食用。为草保守秘密，是担心说出去，草会重遭厄运。

为草祈祷！

追想一枚松子

三万四千多亩油松林，没有一棵是人工栽植，覆盖着广袤的医巫闾山，苍绿、浩渺。林涛卷起，轰鸣声时骤时缓。

涛声退去，想起一枚种子。

很久很久以前，医巫间山一定出现第一棵油松，然后才有一棵又一棵的油松，继而组成了一片油松的森林。第一棵油松当然来自一枚松子。松子从哪里来？一个理性十足的疑问，会让人想到空中的风，是风裹挟着它，翻越几道山水，最后把它抛在这个寂寥的荒脊；或者是鸟儿，那只鸟儿从遥远的有油松的地方飞来，衔着一枚松子，不知飞了多久，终于在一片白云之下张开鸟喙，把松子丢下来，丢在了这座大山的后背。风或鸟儿对松子的迁徙，似乎事先有了具体的指向，为一座山，为赤裸裸的岩石，或许也为生态的意义。

很难想象，山地的瘠薄和气候的干旱，偏偏赢得那枚种子的钟情，它在这里扎下根，开始生长，而后繁育后代，演绎出一种植物群落诞生的始末。

没人相信油松喜欢瘠薄，但事实上，只要身下的泥土能够让它们站稳脚跟，它们便会心怀感激，从而把异乡和故乡重叠一起，仿佛游民终于落脚到新的一方水土。它们没有任何奢求，一切顺其自然。山里有许多矫情的植物，挑剔阳光、风雨、朝向、坡度，俨然贵妇人的品性，而油松像是出卖劳力的硬汉，隐忍、坚毅，把一切困苦视若平常，并以一种不可思议的力量，顽强地不断进化。此间，它们经受着风霜雨雪以及病虫害的侵袭，虽然满身伤痕，但身姿挺然，神情自若。

无论如何，它们却不是植物中的枭雄，只是为了生存，才不得不为命运抗争。它们是普通一族，即便高高大大，四季常青，也没人看好其粗糙的材质。所以，没人用它制作一件像样

的家具，只是偶尔当作建房的木檩。与那些名贵的树种相比，它们似乎没有资格爱慕奢华，当然也从不顾及人类的目光，就那么默默地生长着、壮大着、扩展着，形成了不可小觑的浩瀚之势。

　　油松王国也有一份包容，热河黄精、白鲜、紫花地丁、羊耳蒜这些植物，还有多种灌木，都在它身下的阳光里。松鼠在林间欢快地蹿跳，无数只喜鹊上下翻飞，林中散发着松油独特的气息。

　　过去在林中走一段小路，乘一处阴凉，吸上几口清新的空气，然后便同森林匆匆作别，从未对哪一种植物有过任何亲近。所以，我为这兴趣的迟来感到羞愧。站在森林保护站的瞭望塔上，再看这片油松林，似乎不是森林，而是苦难中崛起的一个生命群体。

阻击侵略者

听说植物世界并不太平，也有侵略者入侵，才觉得自己浅见寡识。

大惑不解的是，那些黄花刺茄、假苍耳、三裂叶豚草、意大利苍耳、少花蒺藜草等外来物种，与人性的野蛮相遇一起，一直怀有侵略者的野心。我没有见过它们，也不知道它们隐身在何方，犹如敌兵在不明处，伺机要向你发起进攻。总之，它们如果来袭，便是来势汹汹，一旦占领地盘，放射出的毒素会使当地的植物惨遭灭顶之灾。

面对广袤的森林，你不能不心怀忧虑，不能不想到防御。

实际上，家山早已筑起防御的壁垒，这壁垒便是森林的体魄，强壮而有韧性。外来物种一旦侵入，却无法在繁茂的林中占领一席之地。比如油松的同类物种，早就垂涎于刚刚现出生机的山峦，纷纷奔袭过来。家园保卫战开始了，油松肩并肩，拼力抵御同类物种的闯入。最终，它们胜利了，分布的领地越来越辽阔。在天然油松林里，没有看到与油松比肩而立的其他树木，因为这是油松的独立王国。由此可见，壮大自己才是最好的防御。

森林需要警惕，森林之外的人需要觉醒。

几头老牛在田边缓缓走过，绕开了一丛尖刺满身开着黄花的植物；羊群在河边吃草，嗅到一片柔柔的叶子散发的怪异的气味，迅速躲闪开去。它们无法告诉人类，那些植物便是毒素满身的侵略者。

森林保护者们始终保持高度警觉，使它们受到及时通缉，并被灭除在医巫闾山之外。为了便于知晓植物落户的状态，大山里所有同属的野生植物，都有了拉丁文编码，等于领取了自己的"身份证"，在被呵护中得以自由自在地生长。

我对森林的命运还是免不了几分担忧，担忧灵魂扭曲的人，会不会成为森林的侵略者。人类曾有过乱砍盗伐的恶行，有过放火烧山的野蛮。痛定思痛，不可不防。好在人的认知，在一天天提升。

我走在密林深处，谛听众生喧哗，想着怎样才能让人类和阳光一样，用温度去拥抱它们。这绝不仅是乡愁式的抒情，而且是实实在在的书写，其主题就是人与自然，是有关植物的文本，更是有关人的文本。但愿人们都像陪我上山的两位女士一样，执意地奔赴在山林之间，怀着对每一片叶子的痴迷与眷恋，参与到书写与保护之中。

我们终将成为一个大自然的收藏家。

2